铁马冰河入梦来

刘跃清 著

江苏凤凰文艺出版社

图书在版编目（CIP）数据

铁马冰河入梦来 / 刘跃清著． -- 南京 ： 江苏凤凰文艺出版社， 2022.10

ISBN 978-7-5594-6849-9

Ⅰ．①铁… Ⅱ．①刘… Ⅲ．①长篇小说－中国－当代 Ⅳ．① I247.5

中国版本图书馆 CIP 数据核字（2022）第 081701 号

铁马冰河入梦来

刘跃清 著

出 版 人	张在健
责任编辑	张恩东
装帧设计	凌富仁
责任印制	刘　巍
出版发行	江苏凤凰文艺出版社
	南京市中央路 165 号，邮编：210009
网　　址	http：//www.jswenyi.com
印　　刷	江苏凤凰数码印务有限公司
开　　本	700 毫米 ×1000 毫米　1/16
印　　张	15.75
字　　数	165 千字
版　　次	2022 年 10 月第 1 版
印　　次	2022 年 10 月第 1 次印刷
书　　号	ISBN 978-7-5594-6849-9
定　　价	59.00 元

江苏凤凰文艺版图书凡印刷、装订错误，可向出版社调换，联系电话 025-83280257

内容提要

　　21 世纪初,我有幸参加整修临汾旅历史陈列馆。在收集整理文物资料过程中,我对一个铁锅、一把大刀、一根皮带、一双布鞋都产生了浓厚兴趣……无意间,我走进老红军李长胜的精神世界,听他说起波澜壮阔的军旅人生:抗日战争时期,李长胜担任决九团三营十连指导员,他们连队里有一名叫王黑塔的战士使一把大刀如飞,奋勇杀敌;解放战争时期,李长胜和长征途中的女战友刘小花产生深厚感情,他们之间的信物是一根小小的皮带;他的战友——一个叫李跟娣的女红军战士,背一口大铁锅参加长征,一直走到陕北。为了胜利,上级将解放战士王祖强树立为战斗英雄,李长胜曾经的通信员黄三胖很不服气;我在寻找一块印有"光荣的临汾旅"字样的手帕时,老首长李如虎一再请求组织上纠正他的党龄……

目录

引子	001
第一章　李跟娣的大铁锅	017
第二章　屠刀与救赎	049
第三章　爱情遭遇战	119
第四章　我的战友王祖强	181
第五章　谁弄丢了我的党龄	207

引 子

公路两旁的法国梧桐还是光秃秃的，天地一片阴沉灰蒙。309路公交车慢吞吞地绕着清冷的紫金山转，依次路过青马、黄马、马群等站点。一听就知道这些地方是明代老朱家养马的地方，神马（什么）都是浮云，如今只剩下一个个地名以资凭吊。车上冷冷清清三五个人，谁也不说话，好像一说话就会打破某种默契与平衡。这路公交因为经停南京站，以前坐的人多，大多是挑箩背筐的菜农，早晚高峰要想挤上去"鬼都怕"，后来沿途老百姓都搬迁了，坐的人少得"活见鬼"。快到营盘了，我背起背囊等在门口，公交把我放下，又孤零零地蹒跚前行。

转眼我在百石桥营盘待了快二十年了，总感觉和我老家湘中隆回北面那个叫白凼小山村，一样熟悉亲切。营盘东侧有座小水泥桥，那道通往家属区的门，大家习惯叫它东小门。出门是勉强能错车的百十米便道，直通宁杭公路，如同一截毛细血管串起稍大点的血管。路的一侧是整治得愈发消瘦、散发着异味的百水河，一侧是个花生草漫长的臭水塘，路旁"你方唱罢我登场"地开过小卖部、卤菜店、照相馆、废品收购之类的小店，水果、电话卡、日用品、军用品什么都有。营盘里不时"点验"士兵个人战备物质，常有兵行色匆匆地去买挎包、水壶、腰带等。顶头那家小面馆，我的第一句南京话"阿要辣油"，就是从那儿学的。几块钱一碗汤面或炒面，加一块钱可以添一个荷包蛋或油煎蛋，早上偶尔有包子、蒸饺，方便且实惠。只是那油腻的小桌上可以自取的辣油味道实在一般，和四川的辣油比差远了，川味辣油用辣椒面拌上白芝麻用滚油一浇，那个喷香呀。

毗邻营盘有过几家小饭馆，鱼火锅、牛羊汤，等等，开的时间都不长。只有一个叫"四川酒家"的，从我腼腆青涩时就认识光顾（估计此前就有了），直到我挺着个油腻的小肚腩，它还一直开着，只是中间地点稍微变化过。"四川酒家"老板是四川内江的，姓刘，男人老人跑堂，女人掌厨，正宗川味。那年月兵们家里来人，战友聚会，老兵退伍，节日喜庆，三五人相约来到小酒家聚聚，热闹一下，也算是给平凡琐碎枯燥艰辛的军旅生活加一点辣味。有一位江西"老表"的夫人每次来队探亲时，他都要叫上几个战友在小酒家撮一顿，以示盛情。转世后，他去了夫人的老家。他们如吸铁石一样彼此相奔地回到深圳，又由于种种原因，而劳燕分飞。后来有人见她只身来过，特地点了"口水鸡""夫妻肺片"等招牌菜，自酌自饮。也许她品尝的不仅是那个味道，更是那份五味杂陈的记忆。

东小门的路边开过一个小理发店，师傅姓刘。营盘里每个连队都有自学成才的兼职理发员，一张报纸撕个圆口往脖子上一套，搬把椅

子往走廊上一坐就可开张。特别是翌日一早"会操",军容风纪检查,理发员生意兴隆,熄灯号响过了还在忙,有的等不及了就溜到外面去理。刘师傅有时候也应邀来营区,在某个连队如打草机一样将大伙的头"过"一遍,百八十元,临去时从连队司务处结账。后来,离刘师傅店不远处又开了一家,老板是位高大胖壮的中年妇女,请了位长相甜美的女孩帮忙洗发。女孩常穿吊带裙,"熟肉铺子"似的露出一些让人想入非非之处,没客人时,她俩在店门外一蹦一跳地打羽毛球,笑声也像羽毛球飘忽着。当兵的都是年轻人,结果可想而知,刘师傅的店渐渐地门可罗雀,只得关门大吉。刘师傅去后,女孩也消失了。

早先百石桥有所小学,后来和麒麟坝小学合并了,再后来麒麟坝小学也没了,合并到了马群月亮城中心小学。我们部队有个连队和百石桥小学共建,因活动搞得好,被军区授予了称号。某连队和麒麟坝小学共建,过端午时孩子们送来粽子、咸鸭蛋,上面还贴有字迹歪斜的名字,煞是可爱。20世纪90年代初营盘附近建了所文化学校,他们有时借用我们的礼堂,有时在我们操练的地方开运动会,相互来往,发生各种各样的故事。

营盘后面是麒麟坝村,村民出门得从营盘家属区穿过,很不方便营区管理。上级部门协调多次未果,后来给他们从小山那边修了一条道。我刚当兵时,附近老百姓生活还不宽裕,每到饭点,时有村妇提个小桶在饭堂前后转悠,一转眼就把连队潲水桶里的剩菜剩饭倒回去喂猪了。这时,饲养员、司务长或副连长会急得大叫,我等大头兵很多时候装作没看见，但如果被领导撞见了，也会挨顿训，凶我们没有把连队当作家。在机关当"小干事"时，晚饭后我常去百石桥、麒麟坝散漫走走，见锅碗瓢盆，闻人间烟火，那是我最惬意的业余生活。虽在那一片蛰居多年，我不曾熟悉一个老乡，唯认得几个开"黑车"的师傅。

百石桥虽位于宁杭公路旁，一侧有条铁轨，一过火车，随着叮叮当当的钟声，栅栏放下，交通便完全切断。这时如果有急事，或赶车船飞机等，人挤在公共汽车上，上下不得，能把人急疯。记得有一年一辆大客车经过道口时抛锚了，火车飞驰而来，顿成悲剧，惨不忍睹。后来，营盘东小门外聚了几位"送客"的师傅。他们嫌叫开黑车、拉客难听，自称送客的。营盘里的"党和军队的最低领导人"干部也和老士官一样临时出门，因公因私皆有，就请他们送一下，随叫随到，价钱公道；有时候是深更半夜请他们去机场或火车站接人，他们也二话不说，不辞辛劳。他们的手机号是公共信息，很多官兵存有，没生意时，他们就三五个坐在路边用一副磨得起毛的扑克"掼蛋"，手机一响，立马出发。如今，网约车多了，他们可能失业或改行了，不过他们家里大多有好几套拆迁房，生计不愁。

每年"八一"前后，会有一些老兵候鸟似的从四面八方赶来，有的白发苍苍，也有的风华正茂；有五六人衣着简朴、行色低调的，也有百十人统一穿T恤衫、兴师动众、大张旗鼓的，有的能找到"关系"进去看看，有的只能在大门外转转，怅然张望一番，甚至连在营门口

照个相都不能——因为那是军事禁区。他们都会住在附近小旅店里，喝一场，闹一晌，嚎一回，笑一声，哭一阵，用这种方式凭吊一番他们刻骨铭心、飘逝已久的青春。

衰黄的草地上一层薄霜，营门外行人车辆稀疏，营盘里有喇叭、番号声隐约传出，一副热火朝天的样子。我刚接近警戒线，一侧哨兵大喊："站住！干什么的？"另一侧的哨兵说："同志，如果有事请到传达室登记。"这时，我才觉察到自己没穿军装，回到老营盘，就像回家习惯性地直往里走。两侧哨兵的着装好像不统一，左侧穿迷彩大衣，右侧穿平常的迷彩做训服。发出严厉断喝的是右侧哨兵，这种配合是不是军务、保卫部门有意这样安排，还是他们自作主张，人在寒冷状态下警惕性似乎更高。一晃，我去集团军整理英模谱已经一年多了，期间也匆匆回来过几趟，营门哨兵应该换过一茬了，对我面熟都谈不上了。本来集团军政治部想让我继续干，准备把我的编制命令下到集团军，在征求我的意见时，我说想回基层，回老部队继续带兵。此前我和妻子商量过，她不太愿意去，说那儿太偏了，生活习惯不一样不说，找事做更难。我已经给她办了随军，由于一时还没找到事做，她还待在老家。当兵其实到哪儿都一样，越艰苦、边远的地方越需要人，也越锻炼人，拖家带口有时候就要征求对方的意见了。我们部队驻南京市郊，只有关键岗位的提升，如正营提副团才愿意去军部，如果是平职调动，心里还是有想法的。当然，有想法可以保留，军人以服从命令为天职。最终我揣着组织处长、政治部副主任给我做出的鉴定回来了。鉴定上一大堆肯定表扬的话大多是习惯性用语，但有一句如"曳光弹"绽放：建议提升使用。我之所以在这个时候回来，心里是有"小九九"的。老兵退伍后，马上就要开展干部转业工作，现在已经开始摸底了。我们教导员任职已满五年，如提升不了就只能向后转了，还有宣传科长位置也空着，我在宣传科也干过几年，现在任营副教导员已满三年了，应该说能够让组织放心，可以挑更重的担子，承担更大的责任。

早上，我在营里吃过早饭，操课号还没响我就戴上帽子，整理军容，兴冲冲地向团机关走去，决定找政治部主任、政委谈谈心。找领导汇报工作、思想，最好赶在上班前或快下班的时候，那个时间报告这事那事的人少。主任办公室的门虚掩着，好像在通电话。我在门口隐约感觉到他电话说完了，我喊"报告"进去。主任一见是我，满脸堆笑，说："接到组织处长的电话了，你的工作表现很好嘛，集团军首长对你评价很高，特地让我们提出表扬。"我顺势把集团军政治部对我做的鉴定取出，双手恭恭敬敬地递上。主任曾经是某红军团"钢八连"指导员，战士提干的，带兵做思想工作有一套，曾被军区树立为先进典型，报纸上很是热闹地宣传过一阵子。他做人做事就一个"真"字，讲真理，说真话，待人真心真诚。他经常说既要讲大道理又要讲小道理，要把个人的人生规划和国家民族军队团体利益铆合在一起考虑。古语说"己所不欲勿施于人"，同志们要顾全大局，要讲牺牲讲奉献，但领导干部也要懂得换位思考，不要站着说话不腰疼，要替老实人、牺牲奉献者考虑。

操课号响起，旅机关大楼顶上朝几个方向都装有喇叭，军号声甚是嘹亮。楼道里响起阵阵脚步声，开门声，打招呼声。主任问："喝水吗？"我笑着摆摆手。

"这个还是你个人保管吧，做个纪念，交给干部科，又不能入档案，说不定还弄丢了。"主任笑着把鉴定还给我，"旅领导决定让你参加旅史陈列馆筹建工作。"他见我满脸疑惑，补了一句，"放心，你的成长进步组织上会考虑的。"

"可我对盖房子，搞装修，陈列，布展一点都不懂呀。"我顿时感觉头大。

主任说："装修房子等硬件部分由营房科负责，你只要负责收集整理有关资料。"

"可是……"

"这是旅长建议的，说你在集团军编撰英模谱，熟悉历史，回来刚好用上。同志呀，每个人不是天生什么都会，很多事是在摸索中边干边学，只要有责任心，肯定能千方百计想办法干好，责任心有时候能弥补能力的不足……"主任微笑着注视着我。有一种人看起来就和善敦厚，从他嘴里讲出来的话哪怕和你所期望的相去甚远，也让人感觉他的温暖真诚，就如坐在电子投影的火炉前，至少心理上感到暖和。

按理说，旅史属于传统教育、政治思想方面的事，应该政委主抓。

可我们政委是兄弟单位交流过来的，虽然恶补了一些旅史知识，但只是轮廓、概况性的，那些掌故及生动形象有温度的细节就不知道了。旅长是我们部队的"土著"，从地方大学生入伍一直干到旅长，经过二十多年的滚打与浸染，对我们部队的历史熟稔。大会小会上，一些战斗英雄鲜为人知的故事冷不丁从他嘴里冒出，兵们听得眼神发直。驻地时有共建单位，有慕名来访者，几乎都是旅医院的女卫生员或通信连的女兵担任解说。她们的声音清亮婉转，但也仅限于"照本宣科"，如果有人提问，立马可能"熄火"。这时候如果旅长在场，他当即接招，娓娓道来，侃侃而谈，正史，趣闻，传奇，"教科书"似的解说让大家听得意犹未尽。当然，如果是上级首长或地方党政领导"莅临"，旅长肯定军容严整，戴白手套，拿一支荧光笔，如在沙盘上推演一般，把我们部队的传奇再一次精彩演绎。旅长每一次神采飞扬地解说，结束时总是十分歉意地说："我们的旅史馆简单陈旧了点，让大家失望了。"简朴的旅史馆一直让旅长耿耿于怀，感觉对不起先辈，与我们这支赫赫有名的英雄部队不相称。

主任办公桌上的电话响起，"今天就说到这儿吧，你回去准备准备，早点进入情况。"他拿起电话扭头对我说，"为了工作方便，建议你住到旅史馆去。"

旅史馆位于大礼堂右侧，大操场旁边，占据营盘最醒目的位置。20世纪80年代初盖的两层楼房，水泥外立面改成银灰色玻璃幕墙后，看起来很是气派。大门口上方贴着六个金色大字：光荣的临汾旅，右下角三个小字：徐向前。房屋里面，由于漏雨，多处墙角有地图等高线一样的黑色水渍，石灰墙面斑驳起皮；泛黄、卷角的图片一律七寸照片大小，密密麻麻排过去，像是稍息等待会操的队伍；所有文物装在几排玻璃柜里，如20世纪七八十年代乡镇代销店搞展销……常有老前辈回来，认真仔细得像考古一样转一圈后，不时指出一些错误，或不够严谨的地方。我第一次参观旅史馆是刚入伍没多久，由于前两天训练脚扭伤了，我跟着队伍一瘸一拐地走了十几里，当时看到什么听到什么都忘了，但那种"朝圣"的心情还记得，那天晚点名时指导员表扬我能吃苦。后来，我出入过旅史馆多趟，闭着眼睛都能想起它的样子，知道哪个区域是什么内容，哪幅图片、哪件文物大致在哪儿。也许，从我第一次参观，到现在，它一直寂寥地等在那儿，一副饱经沧桑的样子。

　　我心里尽管有想法，但还是由磨蹭到渐渐忙碌起来。我从宣传科要来旅史馆钥匙，旅史馆的日常维护管理和开放时的解说由宣传科负责。把大厅右侧一间堆满杂物的房子清理出来，打扫干净，从营房科借来一床一桌一椅一柜；把被褥、台灯、脸盆等日常生活用品一一摆放好；到组织科仓库、宣传科图书室，将那些落满灰尘涉及军史、旅史的书全部找来……太阳西下时，我坐在窗口，打开一本在岁月缄默中布满"老年斑"的书，没翻几页，接连打了多个喷嚏。我抬眼望去，金色细碎的阳光洒满窗外松柏树树冠，这时我才注意到小房子从早到晚几乎晒不到阳光。

夜晚的风似乎格外大,树梢、窗户、瓦楞到处发出尖厉的呼呼声。被子冷得像铁,还有白天没太在意的粉尘、霉味一齐往眼鼻嘴巴里钻。不知道几点了,我很累很困,就是翻来覆去睡不着,也懒得看表,看了只会更加焦虑。迷迷糊糊中,东小门岗哨处有人喊:"站住,口令!"声音像上了霜的水泥地,阴冷。有人小声嘀咕,"哐当"响起拉开铁栅栏的声音。那个门通往家属区,也通往后面那个小村庄。

恍惚中传来一阵杂乱的声音,像是在旅史馆的大厅里,又像是外面的操场上,情形如同在大礼堂看完电影刚散场:"十连的,这边!""五连的,这边!""八连的,到齐了没有?报数!"叫喊声、脚步声、番号声交织在一起。有的队伍在跑,步伐整齐;有的队伍在松散、拖沓地走,指挥员也下达调整口令,队列里还有小声的说笑声。更多的是一些小散单位,散兵游勇,如打翻一筐枣子四处乱窜,相互招呼,大呼小叫。

"哎呀,这可是我的宝贝疙瘩。"像是一个女兵的声音。

"哈哈,我的老伙计看起来还是老样子。"

"王祖强,你逞什么能,还不是我的俘虏。"说话好像不太和气。

有人在劝:"哎呀,都是老战友,还不是为了打胜仗嘛。"

"王黑塔!王黑塔!王黑塔到了没有?"

"没看到!"

"李如虎那王八蛋还熬着,快来报到了吧。"

有人说:"你们听讲了吧,旅史馆要改建啦?"

"搞政工的都是吃干饭拉稀屎，不顶劲！"

"你那是老观念，政委说你多次了，思想工作是打胜仗的基础！"

"砰砰砰"，我睁开眼，看到组织科长在窗外挥舞着腰带，把玻璃窗拍得山响。窗外齐刷刷的脚步声、洪亮近乎歇斯底里的番号声像涨潮一样，一波一波涌来。

天已大亮。收操号、广播声依次响起，连队开始收操，接下来就是整理内务了。我头上如戴一顶又冷又湿的迷彩帽，昏昏沉沉。吃早饭时，我问教导员："昨晚部队看电影了？"

他盯着我额头说："没有呀。"

"我还是搬回来住吧。"

"刚过去，怎么又要搬回来。"

"一个人住那怪冷清的。"

上午，我来到旅史馆，又把图片、文物细致过了一遍，似乎每一次都有收获，心生感慨。那几排玻璃柜里有草鞋、皮箱、毛毯、本子、钢笔、怀表、饭盒、指挥刀、迫击炮、汉阳造、驳壳枪、三八大盖、马克沁机枪等。所有文物一溜排开，没有文字说明，有的摆放位置不合适。如用柳树筒箍起来的大炮应该放在抗日战争时期，却摆在解放战争时期的图片前。配有三棱形枪刺的水连珠步枪系苏式武器，是我军抗美援朝战争中步兵使用的主要武器装备，却放置在抗日战争时期……

靠门口的角落边一个玻璃柜里装有一口铁锅、一把大刀、一根皮带、一双布鞋，这几样东西无序地摆在一起有什么特殊意义吗？是和其他文物一样随意摆放，还是有意为之？再看那口锈迹斑斑、能煮两斗米大铁锅，锅底有六七个破洞，可能是子弹击穿的。补过的地方渗出黑色如粉末状的碎渣，没补的地方如几只深邃的眼睛，沿着两三道裂缝有一排排细碎密集的黑点，那是补过的痕迹。整个锅好像稍一搬动就会碎。那把大刀足有三四斤重，连刀柄一起有一米多长。刀柄缠满了看不出颜色的布条，刀背足有两寸厚，刀刃有好几道缺口，锋利处依然寒光闪闪。皮带应该是黄牛皮的，细长得如一条晒干的蚯蚓，那饱经沧桑的样子像是汗水里熬出来的。那双厚实的"千层底"，圆口，黑面，北方地区常见的那种老布鞋，鞋帮鞋底发黄，细密的麻线针脚清晰可见，看得出没穿过几回。

　　小时候我听祖父讲过一个故事：有个卖私盐的，长年累月用一根檀树扁担挑盐卖，那根扁担整日在他肩上磨来蹭去，被他的汗水浸得油光发亮，俨然像玉石一样形成"包浆"。檀树坚固，有韧性，挑上百十斤还能随着步伐节奏一纵一纵的，十分轻快。一个烈日炎炎的夏日，盐贩在路过一个山洞时，可能是担子太重了，或扁担用得太久了，竟然嘎吱一声断成两截。盐贩呆呆地望着彼此厮磨了十来年的扁担，心里甚是惋惜，他拿着两截扁担信步走进潮湿阴冷的山洞，选了个干净清爽像佛龛一样的位置小心安放好。跟随自己多年的物件，得让它有个好的归宿。此后不久，他路遇几个强人在行凶做歹，当时他不知哪儿来的勇气和狠劲，抡起那根新做的檀树扁担把几个强人赶跑了。

被救的居然是当地一个不大不小官吏的家眷，官府嘉勉，破例让他进入体制，没想到他顺风顺水，左右逢源，一路升迁，官越做越大。又是一个酷热难当的夏日，他乘坐轿子沿着当年贩盐的路晃晃悠悠前行，已是"老爷"的盐贩今日坐轿摇扇望风景，想起曾经爬山涉水、东躲西藏的艰难困苦感慨万千。路过那个山洞时，他喊停轿，大腹便便、踱着方步走进洞里，将当年那两截扁担取出，依然油光可鉴，如毛细血管一样的纹路隐约可见。盐贩老爷决定将旧物带回，不时把玩，追古抚今。扁担取回后，盐贩老爷诸事不顺，没过多久被同僚参奏一本，罢官回家，又回到原点。祖父的结论是，那根扁担已经沁入盐贩的生命气息，被安放在风水宝地后，得以让他飞黄腾达，当扁担取回后，他就没了倚仗。

祖父讲的故事如《山海经》一样荒诞怪异，但换个角度一想，每件文物跟随它昔日的主人流离颠沛、历经坎坷，依附凝结有很多信息是千真万确的。如果能透视它们的纹路肌理，就如同读懂一棵古树风吹树叶时的絮语，那该有多精彩。

我决定在收集整理旅史资料过程中，注意挖掘文物背后的故事。它们即使不能绽放鲜花，如果能结出几朵"木耳"也好。

新年度的军事训练在元旦放假一结束就铺开了，干部转业工作也随即开始。就在开训动员大会那个湿冷的下午，主任找到我，说旅里拟抽调政治部李副主任负责旅史馆筹建改造工作，我的组织关系放组织科，工资、伙食关系放在机关，住宿请营房科协调，在家属区没有找到合适的住处之前，先住士官公寓，即官兵家属临时来队宿舍楼。务必在"临汾旅"命名五十周年前将所有文字、图片、实物资料收集整理好，并布展到位。旅史馆开放届时将作为庆祝活动的压轴戏。在这项任务完成前，暂不安排我其他工作。

那些年每年五月十七日，我们部队要派代表团回"老家"参加临汾解放系列纪念活动。听回去过的同志说到处都是花一样的笑脸，热情滚烫的双手，嘘寒问暖的亲切，真能把人融化。紧接着六月四日，在我们部队命名的日子，也会举行一些纪念活动，把当年参加临汾战役的老兵、支前老模范、老英雄请回来，让他们看看咱们的队伍、自己的子弟兵现在怎样了。多年来，我们旅每年要招一些临汾籍的兵，以示这份基因血脉从来没有间断过。

我倒推了一下时间，必须在四月底前，甚至更早得完成所有资料收集整理，布展工作要在五月中旬之前完成，还要留下十天半月进行调整、调试。我也明白主任的言外之意，就看这次任务我完成得如何，再考虑下一步任用。

我一边和招标来的地方广告公司沟通，将现有文字、图片资料进行数字化处理，着手设计，一边马不停蹄走访我们部队周边几个干休所。那些放下饭碗就挂着拐杖遛弯、看电视、打门球、打桥牌、搓麻将、晒太阳聊天的老同志见老部队有人找上门来，乐得忆峥嵘岁月，帮着打电话，写介绍信，甚至一瘸一拐地带路。一个带出一嘟噜，一嘟噜带出一大片，我很快联系上不少老同志。一个多星期下来，感觉有收

获，但收获不大，只是补充了一些细节，纠正了几处有出入的地方。几个干休所离老部队近，每到过年前，旅领导都会带上干部科长挨家挨户上门，恭恭敬敬送上一袋米、一袋面表示慰问。平常部队开展尊干爱兵、战斗精神之类传统教育，组织和宣传科的同志不知跑过多少趟，老首长们说的都是旅史上已有的、教科书似的回答。

一个周六下午，我从邮局取包裹回来，自行车蹬得飞快，一个拐弯处，迎面撞上旅长。我一身便装，本想头一套拉装作没看见，就过去了，没想到旅长指着我说："下来，下来，你下来！"不知什么时候规定的，反正有很多年了，营盘里严禁军人骑自行车，有急事可以跑步前进，违反者自行车由纠察强制没收。我推着自行车，讪讪地来到旅长身边。"听说让你筹建旅史馆还有想法？"我说："没有，担心自己干不好！"我推着自行车和旅长并排往前走，顺便说起收集资料的困难和苦恼。旅长说："如果周边收集有困难，就到临汾、太原、成都、茂县这些地方去走走，到我们部队战斗过的地方去，该出差的要出差，如果当地还有我们的老前辈健在更好，如没有就走访一下党史部门，看是否有相关资料。"

有三三两两的兵背着水壶挎包手榴弹（教练弹），提着冲锋枪气喘吁吁地从我们身后跑来，路过我们时似乎在提速，一个个汗水湿透的背影，裹持着一阵温热汗息浓重的微风，现在应该是体能训练时间。我说："我想挖挖文物背后的故事，让我们旅的历史更生动些，就像部队的战斗力由眼前这些战士刻苦训练生成的一样。"那个玻璃柜里的几样东西又在我眼前闪过,"您对角落边那个柜子里的铁锅、大刀、皮带、布鞋的来历有所了解吗?"

旅长略一沉思,说:"那几样东西是北京一位叫李长胜的老首长很早以前送来的,那时候刚盖旅史馆。前几年老首长回来过,住旅招待所,吃饭简单,四菜一汤,就夹离他最近的那个菜,并且是靠近他那一边,其他的不动筷子,我开始以为不合老人家的口味,换上另一道菜还是如此,后来问老人,回答说怕浪费,可惜了。"我们旅长的思维有时候很感性,这不,他说起了老首长的生活细节,"最近好几年没来了,他耳背,行动迟缓,每次来在那几样东西前面停留很长时间,缓缓凑近,一样一样盯着看,我印象深刻。"

"让文物说话,让资料活起来,我想先挖挖看。"

旅长说:"你联系一下试试,要不去趟北京?那里我们部队的老首长多,且大都是老宝贝疙瘩。"

在通往家属区的十字路口,旅长往办公楼方向走了。我心里暗自庆幸,再次骑上车,旅长在后面大喊:"营区不准骑车,你难道不知道!"

第一章
李跟娣的大铁锅

李长胜老首长家的电话号码很快就打听到了，提供号码的几位老同志有的说他身体硬朗，有的说不太好。我打电话过去，好几次没人接，后来有人接了，我自报家门，对方是李老首长的儿子王解放，自称老王，我叫他王先生，一口字正腔圆的京味普通话，很健谈很有修养地说了很多，大致一个意思，希望我们去，尽快去，说老爷子身体倍儿棒。李老首长的儿子怎么姓王？也许是跟母亲姓吧。

　　我把大铁锅等几件文物拍照放大冲洗出来，带上几本我们自己编印的旅史资料就出发了。在北京，我按照王先生提供的地址，在附近找了家地下小旅馆住下。就是那种地面上露出半扇玻璃窗的小客栈，一个床位每晚十五元，一个十几平方米的房间沿墙排开七八张高低铁架床，上面放行李，下面是床铺，有的上下都睡人。也有"准标间"，得五六十元。住地下室的大多是操天南地北口音的走卒贩夫，大嗓门，大包小包，毕竟是进京城了，穿着都还算体面干净。有几处视角良好且通风的角落，从搭着的床围和旁边廉价的小摆设看，应该是长租户，晚上一留心，果然是"北漂"的年轻人，他们像鸟又像风，早出晚归，悄然无声。蓝白方格相间的床铺还算干净，卫生间、洗漱间是公共的，也还干净，就是

隐约有一股混合"84"消毒液的怪怪味道，估计晚上住的人多了，味道更重。当时我们部队的出差补助是八十块钱每人每天，含吃住交通电话等，所以也只能住地下室。

我安顿好后，和王先生相约在一个路边小饭店见面。乍一看怎么也不能把他和省部级领导的儿子，在电话里侃侃而谈、文质彬彬的那个人联系起来，眼前这人大腹便便，松松垮垮地穿一件蓝色工装，脚上一双老北京布鞋，脸好像没洗干净，微黑，看上去油腻，精神也不振作。我们点了几个小炒，三杯"二锅头"下肚后，很快就成了无话不谈的朋友。他说，他当过三年兵，退伍后进了一家眼镜制造厂，从厂里内退后，现在主要任务是照顾老爷子，平常最大爱好是集邮。我对集邮一窍不通，认为那是有钱有闲人玩的游戏，这个话头就算掐灭了。我们围绕着彼此当兵的经历，以及老爷子的经历、情况畅谈。我又问：老首长的身体状况怎么样？他说，您明天见到就知道了。还说，家里人多次劝老爷子写回忆录，开始不同意，后来态度有所松动，他们兄弟姐妹请了一位发表过文章的亲戚，甚至请到一位出过书的大作家，他说出一个名字，我没听说过。他们还找来几大摞其他老革命写的书，想让老爷子翻翻，参考，启发一下灵感。没想到老爷子翻了几本后，坚决不肯写了，也不让别人写他，说一切随他（它）去吧。王先生说，您这次来，和老爷子交流交流，看能否留下一点资料。

早春，天气干冷，太阳不太得劲。一走进医院大厅、过道就感到暖烘烘的，暖气开得很足。王先生像是地下交通员领着我七拐八弯地躲过好几道门岗，来到一间病房前。我怀里那束鲜花把我的身份、目的暴露了，一位中年女白大褂上前拦住我问："您上哪儿？"我向王先生望去，白大褂似乎明白我找谁，"您不能进去，不能打扰老人家，即使要进去，也要经过预约，得到上级批准后才可以，并且时间不能长，不能影响老人家休息……"我一时不知所措。王先生折了回来，挡在我和白大褂中间，朝我使个眼色，我转身闪进房间，正惊魂未定，王先生嘴里嘀咕着从容淡定地走了进来。

病房里一位护工在角落的小桌子旁收拾碗勺，她上前接过我手里的鲜花，放在窗台上，转身扶起老首长并利索地在其背后塞个枕头，大声喊："爷爷，有人来看您了。"斜躺的老首长像个小孩子，看看护工，又缓缓把头扭向我。老首长穿着病号服，微胖，雪白板寸头，从气色和眼神看被照顾得很好，精神不错。我问："老首长住进来多久了？"王先生说："去年入秋，天气一冷就来了，过段时间等天气暖和，估计他又要吵着回去。"

王先生开始是挨老首长站着，后来搬过一张凳子坐下。我说一句，王先生在老首长耳边大声复述一遍，老首长紧盯着我的嘴唇，然后扭头看他儿子，有时候要喊两三遍才明白什么意思。王先生介绍说："您老部队来人看望您了。"老首长挣扎着挺直腰杆，颤颤巍巍地举起右手，我慌得立即起身，向老首长郑重敬礼。落座，我正要问候，老首长满脸笑意，右手朝脖子下摸摸，示意我的风纪扣。那天我特地穿军装，由于医院里很热，刚才把风纪扣不由自主地解开了。

王先生得不厌其烦像是在前线炮火中喊话般，凑近老首长的耳朵把我说的大声重复一遍。老首长的江西口音，和我老家湖南差不多，我大部分能听懂，何况老人说得很慢。即使有听不懂的地方，也不能马上问，不能打断他好不容易搭起来，随时可能出现接触不良的思路。我的普通话不标准，有的话说了三四遍后，干脆用粗大的签字笔写在一块白漆小黑板上，尤其是那些人名、地名。

见到老首长那境况，我决定不把那几张照片一股脑拿出，每次只出示一张，像教小朋友识字一样，启发老人和它有关的记忆，同时也不要求老人简单介绍自己。在采访前，请采访对象简要介绍自己的人生经历、基本情况，是我在采访多位老首长后摸索出来的套路。当我拿出那张铁锅的放大照片，老首长浑身颤抖，枯瘦的双手反复摩挲，脸凑近再凑近，良久无声，当他从照片上抬起头时，已是一脸的泪水，他满脸皱纹的脸如暴雨过后的黄土坡。

王先生似乎对老爷子的情绪变化很了解，转移，安抚，收放，讲话，时间长短都拿捏得比较恰当。当看到老爷子说得激动了，就轻轻抚摸、拍打他的后背，把话题岔开。看到他眼睑耷拉下来，或打着哈欠眼神投向别处，王先生就说："刘干事，我们上午就谈到这儿，明天再来。今天下午看情况，您等我电话。"窗外的柳枝依稀冒芽了，老首长这棵老树似乎也在倔强地抽出新枝，身体一天好似一天，上午能断断续续地谈一两个小时，下午有时候也可以谈谈。自从我给门口的大白褂拎了一袋橙子，送过几杯奶茶后，她便不再阻拦我，只是叮嘱要注意老人家的身体状况，不能让老人累着了。

下面就是我根据李长胜老首长的回忆整理出来的文字。如果您有机会参观"临汾旅"历史团史馆，进入序厅后，右侧进门第一个文物柜里暗红色绒布上就是那口锈迹斑斑的铁锅，沿着上面那几个黑得深不可测的枪眼，就能跌跌撞撞走进那段历史。

敌人的飞机就像困得眼皮打架时令人厌烦的苍蝇，轰不走，转一圈又回来了。刚才还算整齐的队伍，打翻一筐梨样朝路两边乱滚。李跟娣手上提一口锅，背上的锅铲乍一看像杆枪。她冲上一道小土坡打望一眼，在一棵枞树下，铺开身子趴在铁锅上，样子并不慌。

李跟娣第一次经历飞机下"蛋"，也吓得闭着眼乱跑。只听到耳朵边呼呼作响，很不好意思还尿裤子了。新兵怕炮，老兵怕哨。不仅仅是因为听到吹哨就要集合，这事那事的，还因为炮声隆隆时，说明炸点离你还远着呢。而如果是尖啸的哨声，那你就小命难保了——炸点就在头顶或身边。李长胜告诉李跟娣如何躲炮弹和飞机炸弹时，她仰望着李长胜，眼睛亮得能淌出水，和小时候看她爷的眼神还是有点不太一样，她老家都把父亲叫爷。后来她又独自躲过几次，有经验了，还把这经验像李长胜教她一样告诉营里其他姐妹。现在，她已经是个老兵了，还是妇女工兵营的炊事班长。

"走啦——出发啰！"李跟娣正要从锅上爬起，后面炸响一串打锣样的笑声。"李跟娣呀李跟娣，别人是顾头不顾腚，你是顾锅不顾

命！""莫是呷了笑婆子的屁，有么子好笑的嘛，这口锅假如烂了，你们喝西北风去！"李跟娣还想回几句辣的，一瞥眼看到李长胜的大黑骡子上来了，骑在上面的不是李长胜，而是一个病恹恹的后生，李长胜说不定马上冒出。李跟娣一溜烟跑到小溪边，洗了把脸，扑了扑衣襟，黑乎乎的锅灰总是那么顽固。这样子如果李长胜见了，又会怪她：一口锅能当多少钱，抵得过你的命？集合，清点人数，伤亡十来个，有几个没了踪影。估计是掉队或开小差了，这种脑壳拴在裤腰带上的苦不是每个人能忍受得了的。

　　李跟娣从根据地出发就背着这口锅。中间爬过多少道坡，下过多少个坎，蹚过多少条河，记不得了。就是黑咕隆咚翻老爷山那样的悬崖峭壁，她都没撒过手，没大意过。红军尽往山沟沟里钻，爬猴子都打怵的山崖，脸贴着岩石，抬头就是前面人的脚跟，稍不小心就跌个粉身碎骨。再难也不能把这口锅摔掉，她说不清楚为什么，反正背着提着抱着，心里就踏实。跟着队伍走呀走，不晓得去哪儿，也不晓得还要走多久、多远。见敌机就躲，见火线就冲，渴了就喝溪水，饿了就埋锅做饭，困了就靠着枕着偎着或温热或冰冷的大铁锅，倒头就睡。

　　大铁锅是"那死鬼"打了一年长工挣的，李跟娣喜欢这么称呼她男人。这是家里唯一值钱的物什。大锅刚背回家时，她和"那死鬼"谋划着用来做饭，煮猪食，烧开水，做豆腐。冰水泡黄连一样的苦日子似乎因为这口锅有了热乎劲，有了盼头。茅草屋火塘上吊一小块腊肉皮，没有大铁锅之前，每次炒菜李跟娣麻利地用它往砂锅里抹一下，算是放油了。那次李跟娣一狠心把整块腊肉皮全"喂"了大铁锅。新锅一定得上油，有钱的人家里里外外用油浇，点上稻草把锅烧得油汪汪蓝幽幽的，这样才经久耐用。李跟娣家的光景并没有因为添了口锅变得红火兴旺起来。先是她"那死鬼"和人搭伙放木排时被淹死，不久她两岁多的崽儿（儿子）石伢子也得病死了。有句话说，寡妇死了崽儿真没指望了。婆家嫌她克夫克子，从冷言冷语，到恶言恶语，把她赶回娘家。在娘家，她也没呷闲饭，苦活脏活抢着干，但家里平添一张嘴，娘家弟媳妇尽给脸色看。家乡有红军路过时，她就背着这口锅头都不回地跟着队伍走了。她爷娘当年唤她跟娣，后面果然生了个弟弟。弟弟的家也勉强度日，平常又听婆娘的，弄得姐姐在名义上的娘家也难做，现在爷娘早去世了，弟弟也成家了，她再没了牵挂。李跟娣背上那口锅，用几年了。还跟新的一样，她爱惜呢。锅铲尽管是木头的，她也小心着，怕碰了刮了。她有的事跟组织上说了，有的没说。比方她不想让姐妹们晓得自己是"解放脚"，缠过又放开的，还生养过。她们中有几个可是大户人家的千金小姐，还进过洋学堂呢，她担心她们看不起自己。但这些事她都跟李长胜说了。

　　李跟娣和李长胜就是那次躲飞机时认识的，以前见过但没搭过话。马嘶人喊，飞机低空掠过炸弹轰隆，巨大的气浪能把帽子掀跑。慌乱中她和李长胜趴在一起，李长胜的领口像上了一层油，脖子后黑乎乎的像鸡脚杆。她打了几个喷嚏，不知是刺鼻的火药味，还是李长胜身上的味道。羞死先人了！爬起来时才晓得自己尿湿了裤子。李长胜的鼻子好像不灵，一点都没觉察到。那次李长胜就严厉批评她，不该把锅扑在身子底下。

李长胜帮她提起锅时，下面扣住一团被草鞋踩烂的狗屎。说起来，李长胜也是"江西老表"，住得离她婆家有大半天的路，他们村上好像还有她娘家一个远房亲戚，没来往了。他们能说家乡话，很多风俗习惯差不多。李长胜和她年纪差不多大，但说话做事有板有眼，尤其是每次站在队伍前用家乡口音说话，她不敢抬头看，但满心欢喜着。她不识字，李长胜斗大的字能识几箩筐。能识字的李长胜在她眼里更加了不起。她娘家村头有座庙，专门烧有字的纸，字是神灵送给我们的礼物，可要敬惜。李长胜是什么干部，她不晓得，也没打听过。从姐妹们和很多人待他的情形，和他跑来跑去的样子，估计管一摊子事。在她眼里，李长胜就是做事细心替别人想，说话服人心。李长胜夸她的大铁锅，说这口大铁锅在哪儿，宿营地就在哪儿，我们的家就在哪儿，暖和就在哪儿。看，说得多在理！

李跟娣背着"黑锅"，不分白天晚上往前挤，嘴里叫嚷："让开让开，锅来啦！"开始还有人挪挪，后来谁都不在意，照样打瞌睡，照样慢腾腾，锅底的灰很快被抹得干干净净。这样也好，情况紧急时省得把自己衣服弄脏了。她遇到过一个四十多岁留胡子高颧骨伙夫，不，应该称炊事员，对方见她也背口大锅，笑得合不拢嘴打招呼："嘿，老伙计！打起仗来我们正好顶起来避子弹。"李跟娣回他："我一个妇道人家当王八没事，你一个大男客（爷们儿）千万不能当缩头乌龟！"

哼，谁舍得用呷饭的家伙挡子弹？可那次大铁锅实实在在给她挡了一回子弹。上一回呷米饭像是在川北，又像在贵州，记不得了。队伍上南方人多，一说起红米饭南瓜汤就吞口水。干粮袋里一点好不容易到手的青稞麦，不能敞开呷，囫囵吞下去，顶饿，但屙不出，只能相互用棍子抠。有几个姐妹脸皮薄起初不愿意，后来还是没撑住。那天早上，日头露脸时李跟娣发现山脚水沟边竟然有座水磨。她马上兴奋得喊山一样，让大家把青稞送过来，磨成面粉好呷啰！李跟娣领着十几个姐妹背上全营的青稞，磨的磨，筛的筛，装的装，哼着小曲，嘻笑打趣。溪水潺潺，阳光普照，挣扎生存的黑暗寒冷好像被她们的歌声笑声驱赶得无影无踪。

日头移到西山丫口，青稞还没磨完。这时，沿山沟上来几十个敌人，老烟鬼一样走路东倒西歪、有气无力，一看就晓得是被前面队伍打垮的散兵游勇。他们猛然发现一群红军也一惊，哗地散开，趴在地上大气不敢喘一声。挨了一小会儿，看出竟然是一群红军娘们儿，马上来劲了，纷纷爬起，嘴里喊着"捉活的！"往这边冲。

敌人冲到半路上，蒙了！叫嚷几声赶紧卧倒在地上。奇怪，对面那群婆娘好像呷了豹子胆，照样磨面筛粉，不会又中埋伏了吧？其实，这时十几个女战士已紧张得汗流浃背，腿肚子像筛糠一样抖，但没有命令谁也不能开枪，不能随便走动。大家都在拿眼神瞟李跟娣，她年纪最大，有战斗经验。"开火！"李跟娣话刚落，敌人噼噼啪啪往这边打枪。女兵们四散开来，用几把站哨的小马枪回击。"号兵！"李跟娣麻利收拾起面粉、铁锅，埋头大喊。

号兵刘小花是个十二三岁的小女孩，脸尖瘦得像个锥子，身子没长开，瘦小灵活得像个猴，如果不开口说话，没有人知道她是女的。红军女战士身穿灰色军服，大部分都剃光着头，扎腰带，缠绑腿，赤脚穿草鞋，背小马枪或者大刀，一个一个英姿勃发。如果不仔细看，分不出性别。刘小花原来跟戏班学吹唢呐，别看她人小，腮帮一鼓，满脸通红的能吹好多调子呢。戏班的"台柱子"被国民党军一个团长看上"收编"为夫人后，戏班也就散了，她正没去处，恰好她们那地方"扩红"，她就参加了队伍。号兵闪身站在一根石柱后，从腰间拔出铮亮的马号，系一根已经黑得看不出本色的红绸带，左手一叉腰，那撼人心神的号声激荡开来，四周群山起伏，号角嘹亮，山谷回音，如惊雷滚滚。

这一次敌人彻底蒙了！以为真的中计了，红军的援兵说到就到。敌人有的爬起，脚步迟疑推搡着向前，有的开始往后挪……女战士们单独行动或落在后面，靠吹号吓跑小股敌人或地主武装已不止一次了，这一回不晓得行不行，不晓得能不能喊到救援。

十几个姐妹背着面粉边打边撤。正当敌人像蚂蟥一样怎么也甩不掉时，李长胜带兵赶到了。在肠子和腿都快要跑断时，大家终于赶到宿营地。大家你看着我，我望着你，哈哈大笑。每个人满头满脸的面粉被汗水冲洗成暴雨过后的稀松土地，沟壑纵横。突然，李跟娣飞扬的笑声像被么子击中，一头栽了下来。原来她发现大铁锅被打了个洞，子弹头还卡在里面呢。

姐妹们凑过来安慰李跟娣，幸好大铁锅救了一命。她怔怔看着那个破洞，好一会儿没头没脑说一句：怎么就没把她打死呢？

李跟娣想出过很多办法去堵那个洞。用浸泡透了的小木棍，小石子裹上泥浆，牛骨头缠上毛发等，五花八门的招法差点比得上爱迪生发明电灯时的失败和经验了。当然，她直到牺牲也没见到过电灯，更没听说过爱迪生这个名字。这些土法子勉强对付一顿两顿可以，可生火做饭，顿顿得用锅呀，最好就是能找到补锅匠把它补好。

疲惫的队伍一会儿东，一会儿西，一会儿南，一会儿北，像是没头苍蝇。好多时候天擦黑出发，天亮后宿营，碰不上几户人家。有时候转了几天，那几个土包包山坳坳看上去眼熟，原来又回到了老地方。李跟娣有双铁脚板，走路跟得上，就是心里老惦着背上的锅没补好。

那天在一个岔路口遇到李长胜蹲在路边，李跟娣问这躲猫猫一样兜圈圈是为么子？这也是姐妹们想弄清楚的。李长胜有时候去开会，应该晓得。他沉着脸不说话。几天没见，李长胜更显瘦，下巴像刀削过一样，身上气味更大，隔几步远能把人熏倒。

雨不紧不慢下了一整天。敌人飞机不来烦了，就是草鞋沾满泥像拖两个秤砣在脚上，干脆光脚丫走，爽快。掌灯时分来到一个小镇，雨雾里不打眼的瓦房茅草屋好像冷得发抖，丢魂了一样，连狗叫都听不到几声。年轻后生和妹陀（女孩子，当地叫法）都跑了，几个大户也跑了。后生和妹陀估计没跑远，披件蓑衣包两个红薯躲在周边山上，打量半晌悄悄溜了回来。小镇才像是缓过神来，炊烟袅袅，公鸡喔喔。这不怪老乡，"过兵"时都这样，谁晓得是哪个的枪把子，军爷好还是不好。大户人家跑了正合意，敲锣把群众喊拢来分浮财。桌椅板凳锅碗瓢盆铺开得像河滩，粮食大部分队伍得带走。裹头巾的男男女女笑脸像地上土疙瘩，看得出他们左右为难：担心得罪红军，更担心红军一走他们遭殃。

　　日头出来啰，姐妹们忙着烧水洗头洗澡，晾衣服。女人就好干净。李跟娣背上大铁锅招呼一声出门了，看这架势，队伍一时不会开拔。她沿着青石板打听哪儿有补锅的。有人说赶场的时候才有，有人指点过了这条街拐过那个弯上一道坡有个补锅匠。有人告诉路后，眼珠子好像被锅黏住了。她真切地听到背后有人说，共产党长官就是讲究，一个烤火盆也要补。

　　哦，老乡把它当成冬天烧木炭的烤火盆了。大铁锅不知么子时候变得暗红，粗粗拉拉一摸就掉粉。它已好久没沾油了，就是哧溜一大块板油都会粘锅。想到这，李跟娣愈发突兀的喉结滑动几下，唉，即使生肉也能呷几块。

　　估摸着应该快到了。可是后面隐约传来快要断气一样的呼喊，远处两个姐妹弓腰捂着肚子拼命朝她挥手。听明白了，队伍已经出发了，让她马上回去。

　　人马就像暴雨后山涧涨水，来得快走得也快，就剩李长胜带着十几杆枪在等她。这次，李长胜没给她好脸色，"不请假擅自行动，处分你！""哼，处分？处分就处分，处分是么子东西，看不见摸不着，不能当饭呷，也不能当衣穿，不痒又不痛，你们想怎么样就怎么样……"李跟娣背着大铁锅像牛一样嘘着气往前冲，当然这些话她没说出口。

　　队伍看上去像条没缆绳也没桨的船，任流水风吹，走走停停。有时候狼来了一样没命跑，伸手不见五指，雨打在脸上生痛也跑。有时候半

第一章　李跟娣的大铁锅

天没走几丈远，干干爽爽的大晴天也赖在一个地方不走，鬼才晓得前面发生么子事，不如坐在路边歇脚打草鞋捉虱子打瞌睡。行李可不能解开，解手也不要走远，队伍说走就走。

日头已经一竿高了，山路两旁茅草叶上的露水已经晒干。在一个十几户人家的平坝，上面传话说歇小半天，大半天过去了，没动静。李跟娣问房东，附近有补锅的吗？房东是个眼半瞎的老太太，却说自己三十多岁，她比画半天，李跟娣才弄清楚对方的意思。老人说有一个，挑担出门了，不晓得什么时候回来，有时候半年，有时几个月，也有时三五天，说不准。

川北天黑得晚。遥远的南方这时候鸡鸭入笼，人已将息，这边天却还亮着，但星星已迫不及待地钻了出来，颗粒很大，就在头顶，晃如伸手就能摘到。茅草牛粪树枝点起的火堆，影影绰绰，几个干瘦泛红的脸蛋开始"密谋"烧锅水洗澡。有的说"那个"骚扰一下跑了，用草木灰垫的，就想洗个澡；有的说"那个"早没了，不然真折腾人，能洗澡多好。"那个"本来是女人最平常抑或最感觉麻烦的生理特征，现在也成了甩不掉的敌人。用破锅烧水李跟娣有经验了，折根小木棍，削尖，浸湿，往小眼里一塞，只要锅里水不干，小木棍就不会烧掉，比熬粥煮饭省心。

没洗澡还好，洗过后穿上被汗水血水雨水泪水泡过百八十遍的衣服，如光背披件蓑衣，浑身刺痒得难受。姐妹们开始犹豫要不把衣服放锅里煮煮，对虱子来一个大歼灭。当然，她们晓得这些"革命虫"赶不净杀不绝，春风吹又生。它们和穷苦人相依为命，命硬得和革命者差不多。

它们从头上转战到身上，或者从身上转移到头上，不用担心水土不服。哪怕把身上穿的全都放进锅里煮过，把头发理光，过些日子它们又卷土重来。如果有几个人"打摆子"了，或是队伍要在哪儿住上几天时，那个在家仅有骟猪经验的军医就扯着嗓子喊，烧水煮虱子啰！三五个人的衣服丢进滚沸的锅里，水面上顿时白花花一片，像撒了一层糠，那场景，乖乖，真解恨！烤火的时候，也把衣服脱下来在火堆上抖，能听到噼啪声，那是有的虱子没爬稳掉火里了。煮吧，洗吧，就是马上喊集合出发也没么子，天晴一身汗落雨一身泥，靠身上的热气把衣服煨干是经常的事。

天蓝得像在染缸里泡过，李跟娣穿一身土蓝家织布对襟衣走在田埂上。微风吹来，她好像听到石伢子喊妈妈的声音，她步子乱了，一脚踩空……黑暗里响起几声尖叫，姐妹们支吾喘息着和几个黑影扭打在一起。李跟娣睡里边潮湿阴冷角落，脑壳嗡的一声：糟了！土匪打劫？敌人摸营？她翻身抱起大铁锅正要往外冲，一阵惊雷炸响，一个高大的黑影不但把那伙人轰走，还下了他们的枪。一听嗓音就晓得是李长胜。后来，她还是没忍住问李长胜那些是么子人。李长胜只是咬牙切齿、唾沫四溅地骂，砍脑壳挨枪子的败类。

队伍驻小镇几天了。小镇从最初的扑腾惊恐到像寺里傍晚的钟声一样平静祥和，沿街的店铺都开门做生意了，人来人往。李跟娣背着大铁锅转了一圈，找到一家铁匠铺。应该是夫妻店，敦实光膀的男人瞟了一眼说不会，大锤继续节奏起落，铁花飞溅，当当作响。那个屁股像鸭婆的女人倒蛮热心，把铁锅里里外外看了看，说补锅的师傅住高山上，明天赶场，肯定会来。小镇逢三逢七赶场。"记得哦，是阴历，这儿不过阳历和星期几。"那婆娘冲李跟娣背影脆亮地喊。

上午通知开大会，有紧要的事说。除了哨兵和守电台嘀嘀机的，每个人都要参加，不能参加的会后要传达到。李跟娣和姐妹们一样，也是到了一个很气派的祠堂才晓得，原来是趁赶场人多宣布群众纪律，枪毙两个战士，一个是抢了老百姓一匹洋花布，一个偷了两只鸡。能值儿块袁大头呢！两人在拍桌子跺板凳和厉声斥责中被五花大绑押上来，问他们还有什么话要说。抢布的那个穿一件婆娘才穿的对襟长褂，咕哝好一会儿才说清楚，他想做一套灰布军装，和大家穿得一样……偷老母鸡的说想炖锅汤给伤员喝，他们营长和好几个弟兄负重伤，几天了，躺在门板上叫唤骂人，不如给他们一枪子……台下一阵嗡嗡声，像撞钟后拖得长长的余音。祠堂后传来两声清脆枪响。李长胜说话像放大炮，渐渐盖住了下面的嘈杂。李长胜说有几个先生出面做保了，不是不给情面，红军有红军的纪律，不然我们和国民党军队还有么子区别？！

会还没完，李跟娣就赶回去烧饭。先前请过假的，她不能从头到尾参加，不然大家中午就得饿肚子。生火做饭时，那天晚上那几个黑影老在她眼前晃，会不会就是那几个人？饭出锅时，水少了，有点干，一看就不够呷。开饭啰！李跟娣悄悄躲一边，没摸碗。如果让她敞开肚皮，能呷几大海碗呢。

李跟娣赶到补锅摊时，日头偏西了。前面等着一串人，一个大背篓也在排队，那个裹黑头巾的驼背解手回来时，背篓被人挪开了。驼背和后面的长子吵了起来，差点动手。驼背骂骂咧咧，说他住山上，得走几十里，他婆娘在家等锅煮晚饭给几个娃呷呢，心里歹毒的人就是想让他打火把赶路。李跟娣问过了，她这口锅补好得两升米。米已经倒进补锅匠身边的背篓了，补锅的长队一点点往前挪，有时候半天没动，比日头落山还慢。起风了，隔远都能感觉到炉火闪烁跳跃的温暖。呼呼作响的炉膛里是一个茶杯大小的罐子，不晓得是铁的还是泥的。里面铁水沸腾，补锅匠不时从罐子里舀出一颗两颗红亮滚动的珠子，用一个像湿泥巴捏的小碟托住，眨眼间珠子被摁在锅的破裂处，铁水凝结，像蚯蚓或蚕豆一样的疤痕渐渐变成灰白。排队的不见少，补锅匠好像并不急，不慌不忙拉着风箱，手头也一直忙，有时往罐子里添几颗白色东西，好像是盐，顿时铁水翻滚溅溢。

  李跟娣几次想插队，跟大家说清理由，就是迈不动腿张不开嘴。谁不急呢，刚才有人就是因为排队险些打了起来。日头离西山就差几尺高了，前面还有七八个，驼背也才刚补好，背着小山一样的背篓一摇一晃走向回家的路，夕阳把影子拉得长长的。已经过了烧晚饭时间，再不回去，同志们半夜都呷不上饭。今天这锅看样子又补不成了，李跟娣上前想把米倒回来。补锅匠背篓里是一个灰色家织布口袋，里面装的真是百家米，红米、小米、薏米、小麦、青稞等。李跟娣说声对不住了，打算舀米。补锅匠黑得跟锅底一样的脸盘拉长得像吊了口锅。李跟娣拿起竹筒又放下，"师傅，天黑了还补？""补！""那您等等，我回去煮好饭呷再来。""要——得。"说话声好像没有了不快。

那天晚上月亮升得早，明晃晃的，李跟娣把饭刚做好，上级突然通知出发，急得像火烧眉毛。热腾腾半稠半干的米饭只能挨个儿打一碗，边呷边赶路。后来，队伍再也没转回那个小镇。不知那个收了红军两升米的黑脸补锅匠有没有等，等了多久。

断粮几天了，干粮袋里的缝都细细抠过。每个人瘦得皮包骨头，风吹都打晃。一到宿营地，头件事就是挖野菜。那天下午，大家呷李跟娣煮的野菜突然闻到一股牛肉的喷香，每人碗底有那么一点点细碎的牛肉末。吃在嘴里像嚼绒布条，咬不动，没味道。一问，才知道李长胜把半根皮带贡献出来了。每人呼噜一大碗，回头一看锅底就剩一点绿汪汪的残汤，这时眼里能伸出一张嘴把铁锅呷掉。

李跟娣发明了"病号饭"，豌豆尖放点盐巴，伤病得重的，豌豆尖嫩点。战士们饿得空手走路都打飘，三四个人抬不动一副担架，重伤员只能给几块光洋陆续寄放老乡家里，往往是未语先流泪："你们要记得我还在这儿，革命胜利后回来接我……"谁都晓得，在那看不到曙光的黑夜里，等待他们的将是么子，谁都不愿意说破，唯愿冒出一个个奇迹。

晌午，队伍歇在一片树林里，日头直晒得头昏冒虚汗泛酸水。李跟娣撬了把野葱去溪边洗时，撞见李长胜正打摆子。只见他斜躺在一棵樟树下，大热天冷得牙齿打战，只能咬紧牙关，浑身发抖。周围横七竖八摊满了人，有的弓腰，有的蜷成一团，有的四仰八叉，有的把帽子、斗笠、蓑衣、烂油纸伞或一块破布搭在脸上，鼾息梦话咂嘴声伴着阵阵风拂过树

梢，波涛一样的声音。李跟娣瞅了一眼周边，伸手去揪李长胜的后脖颈，李长胜一手挡开。他脖子细得好像就够一握，没想到还有那么大手劲。打摆子揪脖颈，直揪到发红发痒，渗出血来，是队伍上几乎人人都会的一个土方。

李跟娣哼一声，转身甩给李长胜一个背影。再回来时，腕上搭件衣服，一件摞满补丁的国民党军士兵上衣。她把衣服轻轻盖在李长胜身上。他睡着了，很沉。

晚霞染红天边，队伍好像回过神来，宿营地一片歌声笑声笛声。李跟娣端碗豌豆尖，耷拉着眼睑向李长胜走去时，想了很多话："你是病人""你不呷就走不动""你呷了就有劲打敌人"。李长胜看一眼因为没油泛黄但葱香四溢的豌豆尖，扭头望向远处，喉结一骨碌，略一沉吟接过。李长胜的呷相真难看，嘴巴呕响，颧骨耸动，牵动两侧鬓角都在动。

李长胜仰头喝汤时，她看到了，那件衣服他穿在里面。她也是当内衣穿，上面有她的体温，还有呷过她血的虱子，现在将呷他的血，他们的血以这种方式汇合一起……李跟娣脸红了。衣服是她从一具国民党兵尸体上扒下的，才上身时心里发慌，那张双眼圆睁血肉模糊的脸总在她眼前晃，洗过几水就好了。队伍上好些人扒过死尸衣服，扒鞋子的更多，穿胶鞋总比穿草鞋好走。姐妹们开始还大惊小怪，后来见多了就像赶场一样，还挑挑拣拣。他们不扒，一转身当地老乡也会扒。谁也不要怪罪谁，先顾活着的吧。战士们常哈哈大笑，这一路上国民党军前迎后送，不但给我们送来枪和炮，有时候还送来给养。

李长胜用衣袖一撸嘴,把斑驳的洋瓷碗递给她:"锅补好了吗?""还没。""得想想办法,前面路难走人烟更少了。"李跟娣不晓得已经到哪儿了,要去哪儿,很多人和她一样也不晓得,只是跟着麻木地走,走到天边边,路尽头。

走着走着,冷不防远处传来零星或激烈的枪声,白天炮声应得山谷轰鸣,夜晚的枪声传得很远,能把天上的星星打落。枪炮声过后,是无边无际让人能生出耳鸣和幻觉的寂静。队伍在路旁歇一脚,捧起溪水,洗把脸喝几口,或摘片树叶放在嘴里咀,打个盹儿,有时候继续往前走,有时候转个向,有时候又折回去,队尾变成了队头。

前头遭遇敌人,小股地主武装一触即溃。割据一方的国民党军也有认死理经得打的,有时不得不顶牛一样干上一仗。消息陆续传来,姐妹中有几个的男人在前方,这时她们像聋了哑了一样,闷声不吭,别人说么子也听不见。死人见多了,熟悉的不熟悉的,敌人自己人,几句贴心窝的话不知从哪儿说起,就像眼泪落在干得冒烟的禾田里。李跟娣所能做的就是从锅里舀一点稠的,默默端给她们。好几天没见李长胜了,李跟娣拿木瓢的手突然中弹一样,垂了下来。

喇叭声里传出激动人心的跳跃欢快,前方打下一座县城,呷的喝的都有啦!李跟娣心里像鼓满阳春三月的风,铁锅终于能补了。总觉得转过一个山弯或翻过一座山头就到了。一直往北走,翻过几座光秃秃的山,趟过几条冷冰的河,才看到蜷缩在干枯河谷地带的城堡,远远看上去像一个风烛残年的叫花子在荒地里乞讨。一片低矮石头房,几条逼仄的街,点一锅烟能转遍。墙角边干硬的牛蹄窝像铁铸一样，牲口粪便倒没有到处是，都捡回家当柴火烧了。风扬起沙尘，迷得睁不开眼，不见一个人影，周围没有打过仗的痕迹。据说红军来之前守敌就跑了，老乡也跟着跑了。

城里最高大气派的房屋是一座喇嘛寺，风扯经幡，大门紧闭。战士们安静地守在外面，耳朵贴在门上能听到里面有人窸窸窣窣走动。几个政治干部轮流上前磨嘴皮子，双手做喇叭状扯着嗓子喊，娓娓道来语重心长时而汉话，时而叽里呱啦的藏语。说得口干舌燥，昏昏欲睡时，门吱呀打开一道缝，慢慢大开，战士们用白晃晃的光洋和宝贵的枪支弹药换了一大堆粮食，几乎每个人的干粮袋都装满。让李跟娣高兴得又唱又跳的是，还换来了几背篓大蒜生姜辣椒，不美的是锅还不能补。他们没要花椒，贵还呷不惯。

为了翻"神山"（雪山），大家热火朝天忙乎了几天。出发那天早上天蒙蒙亮，李跟娣煮糊糊时比平常多放了几把炒面，让大家喝稠点。另外还烧了一锅辣椒大蒜生姜汤，每个人舀一碗，辣得汗流浃背，眼泪鼻涕直淌。雪山上下有六七十里，每天后晌午即下午四点前，一定要翻过去，不能停留，不能说话，不能解手，不能嘻笑打闹……一个脸色比枣子还要红的喇嘛听说红军要爬"神山"，直摇头，后来还是忍不住说了这些。

那一天大伙儿像神仙一样经历了四季：山脚正是烈日炎炎的盛夏；山腰遍地奇花异草，春暖花开；往上一点是草木萧条，凉风萧萧的深秋；再往上走寒风呼啸，白雪皑皑，云雾弥漫。走在雪地里如踩在棉花上，

第一章 李跟娣的大铁锅

晕乎乎的，胸口也像堵了团棉花，喘不过气来。浸透衣背的汗水转眼结成冰溜，像披上一层盔甲，冷得刺骨。脚上如拖着粗重的铁链，愈来愈沉，愈来愈慢……茫茫雪地里一条深深浅浅、歪歪斜斜的路伸向远方，两旁不时隆起一个平缓的小雪堆，风打着卷掀起积雪下一片破烂衣襟……远处好像有个人斜坐坡坎下，像是睡熟了，又像一层薄雪覆盖一座雕像。李跟娣路过时认出来了，小福建，才十二三岁，前几天还调皮地说从没见过雪，更没见过六月天的雪，白雪世界一定很好看很好玩……这下他永远年轻永远笑嘻嘻地留在雪地里了。每一个人弓着腰头埋得低低的，脚步放得很轻很慢，害怕惊扰了他飞翔的美梦和欢笑。

　　下山明显快多了。有人一路小跑，有人干脆坐在雪地里往下梭，碰到土坎，凌空腾起，揉揉屁股继续梭。有人经过李跟娣身边时大喊，坐在大铁锅里梭嘛！李跟娣还没回答，那人已梭下好几丈远。她拄根木棍背着大铁锅，笨乌龟一样，踩稳踩实了再慢慢走。笑声喊声扬起飞雪，响彻云霄。

　　过雪山李跟娣也得了雪盲症，瞎子一样。有的人拄着拐杖手搭在前面人的背篓上，缓缓地走。李跟娣是和一大串人一起由一根草绳子牵着，慢慢地走。黑暗中，她听到了李长胜沙哑的嗓音，晓得他还活着，眼前好像泛起光亮。

　　一路向北，行走藏区。藏民小心、敬而远之地打量这支衣冠褴褛、脚步趔趄、待人和气的队伍，他们是去朝圣？又像不是。如果不是，哪经得住那么苦？有那么大的劲？如果是，他们信的是哪位佛祖，圣

地在何方？

没有月亮也没有星星，走了很久也很远，隐约听到狗叫鸡鸣声。远处依稀亮起点点灯光，眨眼又熄了，让人不由得打起精神。鸡叫头遍，应该是后半夜，天快亮了。黑灯瞎火，低沉的口令像一条悄然游走的蛇，饥饿疲惫瞌睡的毒素瞬间发作，从队头传到队尾。犯困到睁不开眼走路打晃时，哪怕饿得肚子贴背脊也不想呷，就想睡，倒头就睡。队伍水银泄地一样悄然散开，屋檐下，牛棚里，猪圈旁，柴草屋，大树下，坟地里，哪儿平整点没石头硌背就行。

不晓得睡了多久，不晓得睡在哪儿，真不晓得。蒙眬中李跟娣感觉有人在走动说话，睁眼一看，尽是平日里的熟面孔。咦，这个估摸有百十户人家的村落，他们昨晚进村时好像有灯火，那么乡亲们是么子时辰走的？扶老携幼、拖家带口是怎么走的？李跟娣觉得像做了亏心事。

又没粮下锅了。河谷里山坡上成片成片像云朵一样的青稞才泛黄，微风拂过，轻轻摇晃。抽一穗剥开，手指一碾，颗粒灌浆后没多久，还没完全变硬，这种青稞磨出来的面粉不柔不粘不黏。

红军为了活命，不得不割。在高原的蓝天白云下，战士们割的割，抱的抱，脱粒的脱粒，用石磨用碾子用锤子用石头搓，只要能把麦粒弄出来，么子办法都用上。能断文识字的找来木炭，或用锅灰兑上水在一块块木牌上，写上收割青稞的重量，是哪支小分队收割的，可以拿着牌子找后面的队伍要钱，或者保存好证据以后给钱。估计后来赶回家的乡亲只是哀声叹息，又遭兵灾了。他们没把那些木牌当回事，也许他们不识字。就是识字,一块木牌也不方便保存。最让人想不到的是这支叫花子一样的队伍,若干年后会进紫禁城,打下龙庭坐天下。红军走过,一路播撒种子和希望,也对本来就深受苦难的乡亲们多有打搅。

日头快落山了,远山苍茫。战士们还在地里忙,上级说把袋子背篓能装的都装满,往前走就难得补充了。这时迎着夕阳走过来十几个藏胞,橘红色阳光打在脸上像上了一层釉。有几个能说简单汉话,连猜带蒙搞清楚了那天晚上狗叫声一起,红军刚进山口,乡亲们就往山上跑,家里么子都没收拾,连油灯都没吹。暗地里看了几天,发现这伙人没长红头发红毛,没有青面獠牙,没杀牲口、烧房子,没有打土豪分浮财,不像有的汉人说的那样弄得鸡飞狗跳。管采买的上司付了一些银圆,说是青稞的钱。有个满脸皱纹看起来很老成的藏胞用两根指头轻轻拈起银圆,鼓起腮帮猛一吹,飞快移到耳朵边,闭上眼睛好一会儿。战士们在一旁看得莫名其妙的,李跟娣也是后来问李长胜才晓得,那是鉴别银圆的真假,声音拖得长才是真的。老成的藏胞朝上司点了点头,然后醉酒一样朝远山手舞足蹈叫喊,十几个藏胞跟着一起嗷嗷嗷地喊。又有一些藏民陆续回到家里。

晚上,山脚平坝上燃起熊熊篝火,藏胞和战士们喝酒唱歌跳锅庄舞,闹到很晚人群才渐渐散去,残月偏西,山乡愈静。

李跟娣从一队背茶包的脚力茶夫子那儿打听到,离这儿三十多里外有个补锅的,手艺好,就是……就是么子,他们掩嘴笑,不愿意多说。这条路多少年前就是茶马道,茶夫子们十几二十几个一伙,男男女女(男的多）背一个大背篓，挂一根带叉的拐棍，背篓里装满藏胞们一日不可缺少的茶包，低哼号子慢慢走，同走同歇，路边歇脚时就用带叉的拐棍撑住背篓，这样起肩方便。茶夫子们长年累月在这片走，地熟，应该不会错。

李跟娣问了几次，得到确切答复，前面路很难走，队伍还要休整几天。三十多里，上午赶早点，把锅补好，晌午时就回来了。李跟娣一身当地居家女人打扮，裹一块黑头巾，一件补丁青布对襟褂盖住膝盖。她背着大铁锅去请假时，教导员一愣，哈哈大笑，说让几个姐妹带上家伙陪着，还是小心点好。李跟娣说不要，大家都忙。听说那儿刚驻过我们的队伍，走的时候，乡亲们依依不舍，有的还加入进来了呢。教导员想了想，把装驳壳枪的蓝布包袱系在她腰上："里面还有七发子弹，急难时防身用，早去早回。"

沿着茶夫子们歇脚时拐棍经年累月磨出来的一个个石窝窝，在一个大约几十户人烟的小村旁，离大路不远，李跟娣找到了两间茅草屋，那个传说中的补锅铺。补锅师傅头大，个矮，上下一般粗，像个木墩，李跟娣心里喊他"冬瓜"。他光溜着身子，腰上拴的好像是一张几乎磨光的麂子皮，当围裙又当裤子。随着拉风箱的节奏，胯下阳物像个烟袋晃晃悠悠。阳光从屋顶零星漏下，光柱里灰尘浮动，铺子里就李跟娣一个客人，周围静悄悄的，过耳的只有风箱声。不远处溪水潺潺，还有偶尔的鸟叫。师傅扒拉着炉火，找话搭。李跟娣干瘦蜡黄的脸这时红得像炉火，头一直扭着，抹不开面回话就几个字。"冬瓜"还是听出来了，外地嫁过来的？嗯。很少出门？嗯。山那边田家坝的？嗯。

"冬瓜"摆弄大铁锅的样子看起来很轻巧，一阵敲打磨锉，破洞周边渐渐露出灰亮铁色。铁水也沸腾了，"冬瓜"舀了舀，慢悠悠说补隆个大的疤得四升米。李跟娣一摸口袋才想起，早晨换衣服时忘了，补锅的钱落在军装口袋里。迎着"冬瓜"迷离的目光："师傅，我……""没得米？光洋，烟土也要得。"

李跟娣缓缓解下头巾，这一坨布包在脑壳上，发晕。她本来想问这块七八成新的头巾布能抵吗？可说出口的是"赊账行吗？明天就来还。""冬瓜"似笑非笑地看了她一眼："没得钱，困一觉也行。""冬瓜"可能怕她有顾虑，又跟一句"这儿好多婆娘都这样，困一觉又没少啥子……"

"再说，老子一枪崩了你！"李跟娣一把扯出驳壳枪，指着"冬瓜"的圆脑壳厉声喝道。她自己也不清楚，为么子一下子蹿起那么大的火气，可能从一进门就感到憋屈，觉得"冬瓜"在侮辱妇女。

李跟娣一手提着枪，拉长着脸，坐下，头像刚进来时一样扭向一边。"冬瓜"拉了两下风箱，突然起身就往后门跑。"回来，回来！给我回来！"李跟娣扬了扬手里的枪，不敢真的开火。看不出他矮墩墩的"冬瓜"样，滚得比兔子还快，转眼就没了踪影。

回来路上，李跟娣浑身像散了架一样，觉得背上的锅山一样沉。破的地方没补好，反而锉得比原来大了些。她脑壳里乱得像煮粥，自己的态度吓着他了？还是应该把身子给了他？

第一章 李跟娣的大铁锅

过草地前,上级通知大家除了多割麦子,每人至少要带十五天以上干粮。还让想办法找皮子、羊毛做两双草鞋、一双包脚布,一件羊毛或皮子衣服,带一根棍子,擦拭武器,把个人身上收拾利索,洗衣、洗澡、剃头等。上级的安排倒周详,但有的没法做到,比方带十五天以上干粮,就是把藏胞们种的青稞全割完都不够,还总得给人家留点口粮吧。每人做一件羊毛或皮子衣服,哪怕人人动手做针线活,又哪儿来那么多羊毛或皮子呢?

八月的高原,不刮风的时候日头懒洋洋的。姐妹们像一群雪鸟说笑忙碌着,打探哪样做好了,相互搭把手帮个忙。走了那么远,哪样的高山大河没见过,哪样的危难险急没闯过!上级把草地说得比敌人还凶残,在战士们言语里就如出趟远门,离家已经很远的人不再害怕远,说不定增眼界长见识了呢。李跟娣没有多少心思准备个人物品,她得防备着大铁锅使性子制造各种麻烦。她打算背上锅再去找那个补锅匠,他说么子都应承。但出发时间一直没个准,说走就走,一路上都是这样子。

李跟娣恨自己真没用,传说里的女娲娘娘把天都补好了,走了那么远,遭了那么多罪,她连一口锅都没补好。

草地远看起来像块碧绿的地毯,让人想躺上去打几个滚。一走进它的世界,李跟娣疑心在通往阴曹地府的路上——如果身边没有扶持的战友,背上没有沉重的铁锅。放眼望去,浓雾阴森,河沟纵横,积水淤黑,腐臭刺鼻。没有树木,没有石头,没有人烟,没有道路,甚至没有声音,只有一丛丛青草,密密麻麻,无边无际。用木棍试探着,踩着一个个凸起的草垛往前走,一不小心突然感觉脚下软绵绵晃悠悠的,稍一用力就往下陷,越挣扎越陷越深。这时只能靠身边战友伸出枪杈拔河一样往外拉,草地上有时木棍很不好找,情急之中李长胜那半根皮带发挥很大作用,几次将战友从没及胸口的沼泽地里拉出来。有的呼喊着拉了出来,有的陷下去时没人看到,或感觉太累了,不想喊也不想动……仰望着灰蒙蒙低垂的天空,就让腐草淤泥慢慢没过头顶,浑身痒酥酥的,片刻间混浊的水面只冒出几个气泡,不知是草地在打饱嗝,还是战士的叹息……草地上的天气说变就变,从狂风暴雨到骄阳似火就眨眼之间的事,淋一场雨全身湿透,冷得直打战。晚上宿营能找到一片灌木丛,烧一堆火,大家挨在一起,那是最开心最幸福的事。

才两三天,断粮就像瘟疫一样蔓延开。战士们要背武器、背包,背不动也没有那么多粮食可背,很多人是不晓得要走多久,好日子先过,呷饱了睡足了有劲走。风雨交加中,零星稀疏的人影逶迤成一条曲折断续的线,消失在灰蒙蒙的雨雾深处。缺氧、寒冷、疾病、饥饿,有的脚步摇晃走着走着就倒下了;有的晚上入睡后早上再也没有醒来;有的摘起野菜就往嘴里塞,倒在积水边泡沫和绿汁溢出嘴角;有的走岔了,有的掉队了……相互提醒哪些野菜能呷,哪些有毒;不能全部摘完,得给后面队伍留点;把路过的情形告诉后面人,得注意哪些事情,等等,这都成了一种自觉或纪律。据说,地狱和天堂的区别就在这儿,条件再恶劣,大家拧成一股绳就是天堂;条件再好,彼此算计要心眼儿,就是地狱。红军行走在地狱和天堂边缘。

李跟娣在草地上生过两次火，一次是她们捡到一堆骨头，像马又像骡又像牛，闻了闻气味不大，她们吞咽着口水一齐动手，把能砸开的砸开，炖了一锅野菜骨头汤。才缓过一点劲，姐妹们就围着火堆唱起了歌，说那是她们打娘胎里出来喝的最鲜美的味道。锅底那个洞，李跟娣是这样对付的，拣出一根大小合适的骨头缠上毛发，塞紧，烧焦，居然滴水不漏。第二次生火得感谢李长胜。那天傍晚宿营后李跟娣到处找野菜时，看到李长胜站在水潭边用一根木棍钓鱼，李长胜也看到她了。李长胜瘦得几乎脱相，衣服看起来空荡荡的，腿好像有点瘸。李跟娣觉得有一肚子话想跟李长胜说。面对李跟娣劫后重逢一样的笑脸，李长胜好像不冷不热。不远处有几个人在寻野菜，李长胜几次扭头朝那边看，没吭声。好一会儿没有鱼咬钩，李长胜一瘸一拐走的时候，看了李跟娣一眼，走出几步，又回头看了她一眼。李跟娣来到李长胜刚才垂钓的地方，草丛里躺着一袋拳头大小的青稞面，软乎乎的几乎成了面团，黑亮的干粮袋散发出刺鼻汗息，李跟娣似曾熟悉。李跟娣把小坨面带回去，搅上野菜煮一大锅，大伙儿美美打了顿牙祭。锅底破的地方，她还用那根骨头，不过这次缠的是她自己的头发。很多人都这么说，就是那两顿烟火，使她们姐妹全都活着走出草地。

　　深秋季节，草木萧条，在黄河一个叫虎豹口的渡口，残阳如血，傍晚河边的风像刀子一样锋利，才吃过一大碗高粱掺黄豆饭，李长胜又感到饿得慌。难得地安静，这时敌人的飞机不来了，白天飞机像绿头苍蝇一样飞来飞去，由于渡河的红军有几挺高射机枪，不时嗒嗒嗒一阵，敌机不敢飞得太低，只是在半空中盘旋，扔几个炸弹，炸起几根冲天水柱或几股烟尘，抖抖翅膀就走了。河滩上太阳下山后更热闹，到处是影影绰绰，奔跑疾走的人群，大小木船、羊皮筏子一齐出动，折腾三四天了，还有很多人没渡过河。上级说，敌人大队人马离这不远了，先是说让渡口防御部队必须坚守，等人马全部过河后才能撤离，后来说相机而动。

天蒙蒙亮，沙滩石头草地上了一层露水。灰扑扑一片等着渡河的红军战士就席地而坐，埋头打了个盹儿，单薄的灰布军装后背和衣袖外侧一片潮湿。有人喊："敌人的骑兵来了！"依稀能听到马蹄声了，噗噗噗的子弹在战士们的脚边溅起几缕烟尘。李跟娣等十几名女战士已经上了羊皮筏，李长胜和几个大老爷们奋力将筏子往河中央推，"我的锅（哥），我的锅（哥）！"李跟娣大声喊。有人笑着说："我们这么多人，谁是你哥？"见惯了生死的人，在任何时候都不会忘记轻松一下。李长胜铁青着脸说："等下一船带给你！""一定要记得哟——"李跟娣的喊声很快就被风浪和枪声淹没了。

枪声变得稀疏，守护渡河的部队开始后撤了。李长胜背着大铁锅落在后面，"当"的一声，又一颗子弹打在铁锅上，李长胜心一紧，扭头猛然看到刘小花："你没上船，怎么还在这儿？"刘小花带着哭腔说："我才去小解，他们就不见了。"李长胜一把拉住她疯跑……

李长胜后来才知道，包括他们在内还有很多人马没能渡过黄河去。不久，李长胜作为革命的火种暂时保存，去抗日军政大学学习。刘小花

被分到"火星剧社",整天领着一帮孩子刷标语、演短剧宣传抗日,忙得不亦乐乎。乍看,她比他们大不了多少,仔细一瞧,那经历两万五千多里磨砺出来的精神劲是不一样的。

雪花漫天,天气一天比一天冷,河那边一天比一天吃紧,戈壁滩上,枪声马嘶声喊杀声渐渐变得微弱,天地间一片白茫茫……很长日子,李长胜一直将那口锅带在身边,好几次梦到李跟娣满头大汗,头发湿成一缕一缕地跑来,劈头就问:"我的锅呢?你把我的锅弄到哪儿去了,同志们还等着开饭呢。"

李长胜去山西参加组建决死纵队,出发前一夜,他把铁锅刷上桐油,再用马粪纸仔细包裹好,再刷上一层桐油,然后埋在窑洞前那棵槐树下。他想,等到那一天,如果他们都活着,他就领着她来挖这口锅;如果他们都死了,他也死了,她还活着,就当他的衣冠冢;如果只有他活着,那得把它挖出来,保存起来传下去,给后辈做个纪念。

第二章
屠刀与救赎

早春，北京总有那么几天尘土飞扬，遮天蔽日，铺天盖地像搅浑一潭水，近的地方半透明，远一点的地方什么都看不清。我第一次进京，感觉即使扬尘天也很有首都的"派"。

昨天下午和李长胜老首长谈得从容，快结束时王先生问，要不要把明天上午要谈的内容跟老爷子说说，让他有个准备。我犹豫了一下，翻出那张大刀的照片递给他。第二天一早，王先生来电话说，老爷子昨晚没休息好，让我先去某地找黄三胖谈谈。我心里一咯噔，问："没大碍吧？"王先生说："老爷子看到您给他的照片后就脸色潮红，翻来覆去，好像有话要说，结果给憋回去了，可能是憋坏了。"采访耄耋老人，尤其是采访历经生死考验的老前辈和采访政府官员不一样，政府官员一般需要提前知道采访提纲，有的是想回答得周到细致，全面客观；有的是怕情况不熟悉，说错话。老革命就不一样了，那些记忆就深深地烙刻在那儿，一旦唤醒，就像身体里一到阴雨天就发作的隐痛，不吐不快。

太阳已经升高了，街上渐渐喧闹起来。我赶紧约黄三胖，好不容易进京一趟，我必须尽可能多地接触一些老前辈，为我们部队的历史多收集第一手鲜活资料。临行前主任跟我说，你的身份正好，如果安排一位领导干部，哪怕部门副职也不合适。那么多老前辈，登门拜望总不能空着手吧？不带礼物吧，面子上过不去；带吧，又违反规定，发票没法处理；还有轻了重了，多了少了的把握不好。我前往老前辈家，一般都是前一天晚上电话约好，把乘车线路规划好，采访提纲准备好，当然还得把白天的采访笔记整出来。第二天一大早出门，北京的地铁、公交四通八达，换乘方便。只是公交车走走停停，晃呀晃的，花两三个小时在路上是正常的事。我最远去过卢沟桥附近，中午休息的时候正好去抗日战争胜利纪念馆参观。在那座著名的桥上走了一趟，摸了摸栏杆上可爱的石狮子，凝神于那一道道深深的车辙。在我们部队战斗工作过的很多老前辈转业后，零星散布在北京的每个角落。中午，如果前辈留饭，哪怕只是客气一下，我都会像在连队食堂一样，毫不客气端起碗就吃，正好边吃边聊。如果快到开饭时间了，前辈没有留饭的意思就赶紧告辞，约定时间再来拜访。他们并不是小气，有的家里就一两位老人，午饭是在附近饭店预订送来，或请钟点工做的。

一个人的午餐很好解决，大街小巷各种小吃店，水饺、馄饨、面条、粉条、锅贴、烧饼、炸酱面、肉夹馍、驴肉火烧等，有时一个烤红薯也可以对付一顿。在北京那些日子，我这个吃不惯面食的"南蛮子"竟然喜欢上饺子，各种馅的都喜欢，一天三顿都可以。中午简单填饱肚子后，便赶紧往下一位前辈家赶；如果和上午的是同一位，或相距不远，就在附近公园的长条椅上坐坐，或去那两个很有名的洋快餐店里打个盹儿，那儿有空调，上卫生间方便，最主要的是即使不点餐也不赶人；还可以在环线地铁上找个座位闭目养神，冬暖夏凉，倒也自在。那时候很多城市还没有地铁，人潮涌动的北京地铁是那么干净整洁，就连报站的声音都那么动听，温润甜美。下午采访，有那么一会儿困得睁不开眼，几近恍惚，这时得不停地喝浓茶，提神，还有频繁去卫生间，可以驱散瞌睡，熬过那一阵子就好了。

王先生说让我去找黄三胖，可名单上赫然写着黄奇胜。那天中午我在黄老前辈家吃饭时才知道，黄奇胜原来叫黄三胖。20世纪50年代中期，他在某师当参谋长，一个四川籍参谋找他请假，回家结婚。他批了。参谋归队时竟然超了一天假。在司令部的例会上，黄三胖狠狠地批评他，扬言要给他处分。没想到他当众从怀里掏出假条，从容地说："首长，您批我三个半月的假，我提前归队，还得表扬我呢。"原来上面歪歪斜斜写着：同意。黄三月半。三胖两个字分得很开，看起来像三个字。因为这件事，他才下决心改名。当然也铆着劲练字，让自己的字尽量比鸡爪扒出来的好看点。他的大名只是出现在很正规的场合，老战友、老熟人还是三胖三胖地叫。

我把大刀的照片双手递给黄三胖时，他脱口说出一个名字：王黑塔。我顿时感觉如漆黑雨夜里划过一道闪电，终于找到王黑塔这个神秘的先辈。我在整理烈士名录时，在一张暗黄脆薄如蝉翼的草纸上，用淡得像水一样的蓝墨水写道：姓名：王黑塔；职务：三营十连班长；出生年月：1910 年 6 月；入党（团）时间一栏空着；籍贯：山西曲沃；何时何故牺牲：1946 年 1 月 13 日于固镇战斗中失踪。对一个鲜活生命的记录就短短十几个字，这些字安静地躲在故纸堆里，当脆薄的纸片消散时，他们就与天地同在了。我在整理英烈名录、事迹过程中见到很多很特别的名字，如刘蚂蚁、牛椅子、陈长子、张麻子、王石蛋等，感觉他们就像童年时的某个小伙伴，一唤就能脆生生地答应。

黄三胖身材矮胖，板寸白发，脸色红润，腰板挺直，说话洪亮，每顿饭前要小酌一杯。他说，在战争年代他很长时间和李老头（长胜）在一起，李老头打仗不是特别有能耐，不英勇也不怕死，打得赢就打，打不赢就跑，回过头来再想办法打。他最大的特点就是有韧劲，像《西游记》里的唐僧，一心往西去取经，什么困难什么诱惑都挡不住，换句话说也是一根筋，信念坚定，一条路走到黑。

李长胜说，他在延安学习之余，大部时间和在江西老家一样下地干活，侍弄庄稼。1937 年 7 月，抗日战争全面爆发后，阎老西（锡山）接受共产党的建议，在太原组建由共产党领导的山西青年抗敌决死队。决死队的政工干部由共产党派遣，军事干部由阎锡山的旧军官担任。枪械装备、后勤供给等由阎锡山的山西政府保障。由于政工干部都信仰马克思共产主义，所以决死队从一诞生就烙下鲜红的"中国共产党的军队"这个大印。新成立的决死纵队需要一大批思想素质比钢铁还要硬的政治工作者。组织上让李长胜去担任团政委或政治部主任。他第一次和组织"讨价还价",说在复杂环境里带兵就像炭火上跳舞,刀尖上舔血。他提出要到营连去担任教导员,最好是指导员,这样能和士兵在一起,关键时刻能掌握部队情况。

李长胜在决死纵队某团善于"收买人心",又不识时务,不懂规矩,让阎锡山的那些旧军官很是不屑一顾。可在1939年12月爆发的"十二月事变"中,在团里大部官兵"反水"去了阎锡山那边的情况下,他带领几位进步军官,沉着机智地将两三个反动旧军官关了起来,把连队完整地带了出来,还通过喊话,从其他连队拉过来二十来人。他们连队后来编为决死队八纵队二十三旅("临汾旅")决九团三营十连,别看序列排在最后,但打起仗来却是尖刀中的尖刀。

黄三胖曾当过李长胜的通信员,他们俩相互补充,相互映衬。他慢慢地回忆起王黑塔和他的那把刀。那几天我一合眼,就感觉王黑塔提着一把血淋淋的大刀站在我面前,一言不发,好像我不把这个故事写出来,就只能走着瞧了。

黄三胖当兵,用他自己的话说,是瞎猫碰上死耗子。他给东家放牛,把一条大牯牛丢了。他回去不被打死,也要剥层皮。那天,他们那儿过兵,他也不问啥队伍,撵上就走。他们村附近有三四支队伍来回捉迷藏一样折腾,有共产党领导的八路军,阎锡山的晋绥军,蒋介石的国民党军,日伪军(二狗子军),还有耀武扬威的小鬼子。

傍晚，队伍在一片小树林里埋锅造饭，待他吃完一大碗黄澄澄的小米饭后，有位瘦高个"南蛮子"过来和气地跟他说："你会什么？"黄三胖正用一堆湿漉漉的柴草烧火，烧得满是烟雾，一下子竟腾地燃了起来，他赶紧说："我会扔石子！"说着随手捡起一块石头向前扔去。石头像只云雀窜出去，果然比较远，和他年纪不相称。"南蛮子"哈哈大笑，说："你先回去吧，等长高一点再来，我们的队伍随时欢迎你。"

黄三胖始终低着头，用两个脚趾头打架。那人见他不吭声，笑着抚了一下他的右肩，把他带到伙房。后来，黄三胖才晓得，那个"南蛮子"是他们连队指导员，叫李长胜，还有像他这种看起来像病猫一样的小孩，得跟着队伍走三个月，不掉队，才算兵。炊事班有吃有喝的，又比较安全，他正好长身子骨。

李长胜说，黄三胖那时还没有一把"汉阳造"高，不忍心赶他走。

"打开水，泡脚啰！"

暮色里，土坯茅草屋里热气腾腾，人影晃动。一个又高又壮，黑得像尊塔一样的兵坐在锅灶边，不住地往锅底塞柴草，火苗一明一暗地舔着锅底，映得他在土墙上的背影像坨泥巴，忽高忽低。

有人舀了一盆水走了。他轻巧地拎起木桶往锅里掺凉水。黄三胖站在黑暗里，像根靠墙的扁担。他觉得冷，往灶边挪了挪。黑冬瓜问："你娘晓得么？"

黄三胖突然哭了，屋子里那股似曾相识的气味和物件让他很想家。经历无数次生生死死后,才明白那句话的意思。他走后,再也没见过他娘。

又有人进来打水,叫黑冬瓜王黑塔。他记住了。

王黑塔一年四季戴一顶帽檐像猪耳朵一样的帽子,睡觉都不脱,整天闷声不吭地劈材、烧火、挑水,队伍走到哪儿都实行"满缸运动"。挑好大家喝的用的,他还给房东挑。行军时背上除了背一口大黑锅和鼓鼓囊囊的米袋,他还背一个长条黑色布袋,从那沉甸甸的情形看,又不像雨伞。队伍一出发,他就直愣愣往前冲,谁见了他都躲。尽管这样,到了宿营地,锅底还是被蹭得铮亮。

黄三胖洗菜,抱柴,偶尔去借菜刀,借磨刀石,转眼在炊事班打杂一个多星期了,要不是那晚听王黑塔说过一句话,真怀疑他是哑巴。

半夜,黄三胖卷在"黄金被"麦秸杆堆里被尿憋醒,半爬起来,见一口"大钟"严严实实堵在门口。门板一宿营就被团指挥所卸去当办公桌了。月色从门口斜探进来,给那口"钟"披一层雾样的纱。再看那口"钟"双手合十,嘴里像有蜜蜂、蚊子在哼:"南无,喝啰怛那,哆啰夜耶;南无,阿唎耶,婆卢羯帝,烁钵啰耶,菩提萨埵婆耶,摩诃萨埵婆耶……"

富有节奏的轻哼声,伴着磨牙声、呼噜声、梦呓声、翻转声、拍打蚊子声,还有隔壁牛咀草的声音……屋子里愈静。黄三胖憋着,迷迷糊糊听到一阵水流声,突然全身轻松。有人惊叫,涨水了!天已大亮。大家有说有笑,童子尿金贵呢。黄三胖窝在麦秸里,看上去还在睡。

黄三胖问崔麻子，王黑塔在干什么？崔麻子是炊事班班长兼司务长，长条脸上没有麻子，只有两撮小八字胡。当兵前是当铺里的学徒，眼看快期满能争钱养家了，小鬼子打来，抢了当铺后，还不过瘾，一把火烧了。崔麻子当兵前娶了个逃荒女，还没养娃。部队很长一段时间在他家乡那一带转，他有时带信，让他婆娘来，在麦垛里滚一夜，满头草屑。他忙完活，喜欢卷一根喇叭烟蹲在地上算他的"狗肉账"。

崔麻子用舌尖抵着几颗黑黄的门牙在烟卷上舔了舔："嘘，他在咒死敌人。"

后来，黄三胖好多次撞见王黑塔盘腿默坐在避人的角落，像个一动不动的泥菩萨。他那个长条布袋里原来是一把没开刃的大刀。刀没开刃就和铁锤差不多，如果锤东西还不如一把铁锤呢。别看王黑塔长得一副凶恶得能吓哭小孩的样子，有次给伤员熬鸡汤，崔麻子让他帮忙杀只鸡，他都直往后退，说善哉善哉，不敢不敢。崔麻子问他怎么信佛？他说，他娘他奶奶都信。再问他为什么要当兵，他默然了。

深秋的日头暖洋洋的。兵们散在麦场上打草鞋，捉"光荣虫""人气虫"。其中"地面部队"虱子成群成队，集体冲锋；"坦克部队"臭虫火力突击；"空降伞兵"跳蚤零星骚扰。

指导员李长胜敞怀，翻开衣襟，摁住一只白色像琵琶一样蠕动的小虫，用拇指甲盖相抵。一只，又一只，衣缝里居然还有一串细白的的小卵。他的两个拇指甲盖像涂了指甲油，发红，很快变成酱紫色。

李长胜说:"虱子是革命虫,光荣虫。只有那些没有人味的,虱子都懒得咬。有一次,团长边捉边听我们汇报。还有一次开会,我坐得离团长近,亲眼看到一只虱子从他领口大摇大摆爬出,侦察一番又缩了回去。"

崔麻子最特别,每捉到一只扔进嘴里,咯噔一声细响,像磕瓜子一样,但不吐皮。黄三胖见过耍猴的,猴子就是这样吃虱子的。崔麻子说:"也是一点肉呢,味道不错,还是自己的。"他说话时,能看到粘在他牙齿上的丝丝红色。李长胜表扬他,司务长真是精打细算。

大家想了很多办法消灭虱子。最简单就是烧一堆火,脱下衣服在火上烤,用力抖,能听到火堆里细碎的噼啪声。大家把这种方法叫"火攻",在火上烤是"引蛇出洞",抖一抖是"调虎离山"。最彻底的是用行军锅烧一锅滚开的水,把衣服裤子一股脑扔进去,锅里顿时糠皮一样,白花花浮一层。这种办法叫"水攻",能把虱子卵都杀死,身上很是舒坦一阵子。但操作起来麻烦,得在一个地方住上好几天才行。主要是没的衣服换。每人就身上一套衣服,从春穿到冬。冬天发棉衣,春天抽掉棉花,成夹衣,夏天撕掉里层,成单衣,秋风起又盼棉衣。如果谁包袱里有一件上衣或一条裤子,哪怕是从鬼子尸体上扒下来的黄狗皮,就是"大财主"了。衣服烫过后,得在晴朗的日头下晾半晌才能干。这时总不能双手捂住裆部躲在哪儿,或像母鸡下蛋一样窝在哪个草垛里吧。大家住在老乡家里,大娘、大婶、大姑娘、小媳妇像日头下的树影,到处晃。歌词里唱,洗澡都要避女人呢。至于用行军锅，要征得王黑塔同意，以及一次只能煮五六个人的衣服等，这些都不打紧。还有一种方法叫"冰攻"，就是冬天睡觉前，把衣服用石头压在屋外的雪地里。这法子不方便不说，有紧急情况搞得手忙脚乱的，有人试过，虱子只是暂时冻昏，一挨身，热气一烘，比以前更活跃，痒得更难受。

王黑塔身上也长虱子，也捉，每捉一只就放进身边一个竹筒里。脸色平静，动作轻得像捉小鸡，哪怕虱子尾部血亮。竹筒细长油亮，很多时候塞几片树叶或几根青草，当石榴果熟时，里面就会变成几粒石榴籽。别人撩起衣服就捉，他得先找石榴。瞅准谁家房前屋后有，就给人家挑几担水，或把院子扫干净，或捡一小捆柴火，顶着乱拿群众"一针一线"的帽子，讨得一颗。

夜里行军，清早住下来。吃过饭，烫过脚，斜躺在麦垛上迎着暖暖的日头捉捉虱子，怪舒服的。

黄三胖在摆弄通信员小李子的小马枪，新缴获"二鬼子"伪军的。小李子大黄三胖五岁，背着小马枪，神气得仰着鼻孔能落进雨。黄三胖几乎央求了一锅饭的工夫，小李子才答应给他玩玩。

黄三胖端着小马枪从王黑塔身边跑过时，咣当，把竹筒踢出几扁担远。王黑塔拉了拉衣服，缓缓起身，踱过去，捡起竹筒，把散在地上的虱子又一只只仔细捡起放进去，像拾绣花针一样。做完这一切后，从上衣口袋掏出一个干瘪得像核桃一样的石榴，抠下几粒籽，手掌托着，倒进竹筒里。黄三胖喉管、腮帮一阵抽动，咕噜响。王黑塔把大半个石榴递给黄三胖，眼睛并不看他。

黄三胖一迟疑，接过。连皮和籽一起吞下。黄三胖问，为什么用石榴喂它们？王黑塔说，日本佛经上说石榴肉酸，和人肉差不多，虱子吃了一时不会饿死，然后让它们慢慢适应，慢慢爬走随喜随缘吧。

日本？心肠这么歹毒的小鬼子也吃斋念佛？他还想问，王黑塔已经踱开了。

黄三胖也叫王黑塔了。开始他认为不礼貌，后来他看大家都这么叫，连队点名也这么叫，他也就叫了。

早春，一天三顿野菜面糊糊改为两顿，越来越稀。

崔麻子的脸拉成一把窄长的刀，开始四处找粮。青黄不接时，开始是抖袋子，后来是挖野菜、捋树叶，只要能吃的都往嘴里塞。实在没办法了，崔麻子就带上三五个兵出去找粮。每次都是那几个兵，很少变。他们换上老百姓衣服，背个家织布包袱，趁天黑摸出去。几天后，夜里黑咕隆咚赶回来时，带回好几辆大车。好家伙！面粉、食盐、药品、布匹、棉花……吃的用的装满了车。大伙儿高兴得过年一样，崔麻子几个则磕磕烟锅，散架一样坐在地上，喘气。这些东西鬼子盯得紧，他们怎么弄到手的？如何通过鬼子的哨卡、封锁线、交通壕？那可是鸟飞过去都要掉身毛呀。他们从不说。

十连的日子就是比别的连队过得稠，很少断过顿，像饿不死的麻雀。崔麻子的名字可能是这么来的吧，黄三胖想。

行军打仗助民施工,吃稠的、好的;下雨天休整缝补,唱歌听报告,吃稀的、孬的。炊事班天蒙蒙亮就开始叮叮当当,切菜,揉面,烧开水。王黑塔盘坐在炉灶前,卷起一小把一小把麦秸秆,送进炉膛里。黄三胖窝在灶台旁的柴草堆里,紧挨着一条毛发蓬松的大黄狗。这狗日的上半夜还和哨兵在一起,呜呜欢叫。半夜里,黄三胖感觉身边像加了一个暖乎乎的枕头,他砸吧嘴,喉管一咕噜,揉揉眼,醒了。

豆油灯下,屋子里溢满了麦香、肉香。大白馒头,足有一两面粉一个;蒜苗炒肉,亮晶晶、颤悠悠的大肥肉片。那管够管饱的架势像大户人家办喜事。

要打仗了,打大仗了。黄三胖一阵兴奋,完全醒了。跟着队伍跑了三个多月,算一个兵了,也知道一些事。

兄弟们端起刺刀上去是拼命呀,说不定这是顿"上路饭",不让他们吃饱吃好,我心里难受啊。崔麻子经常这么说。

村庄一片寂静,几只老鸹在地边光秃秃的杨树上吵叫,两个捡粪的背着荆条筐慢慢走出村口,打破袅袅雾霭。

"大刀向鬼子头上砍去……"值班员刚起头。连长示意停止,躬着身子一跃,跳上晒场旁一道半人高的土坎,像是喊话:"同志们!今天,有鬼子的一个运粮队要经过牛头岭,上级命令我们在牛头岭东侧打埋伏,大家吃饱喝好,狠狠揍他个狗娘养的。开吃!"

队伍唿地一下散开,扬起淡淡烟尘。

一个班十来人围着一个大瓦盆,一堆一堆的。整个晒场只有咀嚼声、咂嘴声、吞咽声、筷子碰触瓦盆的声音……白胖馒头一抓五个指头印，鼓着腮帮将指头印一起吞下，好像更香。每人有个碗套，里面有碗和筷子。这时只有筷子用得上，各人的筷子是尖的，有磨尖的、有削尖的，习惯了也不会伤着嘴，而且很方便，尤其是吃肉，一戳两嘟噜，嘴沿着筷子一哧溜，全落进肚子，还没尝出滋味。闷头吃好一会儿，有人打嗝，有人起身拍肚子，有人还在往嘴里塞，但动作明显慢了。

"这可能是老子最后一顿了，下次吃好的，你们要唤我一声，让我闻闻。"

"你狗日的命硬，子弹都绕着你飞。"

大瓦盆里蒜苗炒肉吃完了，干净得像舔过一样。兵们吃得几乎端着肚子，扶着墙走，筐里馒头还剩一些，几个老兵一把掀下被汗渍和头油浸得黑乎乎的帽子，抓起剩下的馒头兜在帽子里："撒泡尿后就把它解决了。"

早春的日头也毒得像长牙。

牛头岭方向的枪声时疏时密，偶尔夹杂轰隆隆的炮声。那是敌人的炮，我们的小钢炮没这么响。崔麻子的脾气变得像这天一样，溅个火星就着。王黑塔按早上的量和面，崔麻子骂他是败家子，最多按三分之二就够了。一仗下来哪有那么多人吃？又不是打伪军，是打鬼子，抓不到几个俘虏。不死的烟熏，火燎，血呛，几个有胃口？你这是敬神,给鬼吃?

王黑塔默默揉面,烧火,挑水,低垂着眼睑,不紧不慢地忙乎着。

黄三胖手脚麻利,低眉顺眼地打着下手,生怕撞在崔麻子的枪口上。

饭好了。大白馒头,和早晨的一样,菜换成红辣椒炒鸡块,油汪汪,辣乎乎的,一看就让人吞口水。送饭的挑子也准备好了。王黑塔整了整背上那个长条布袋,上前。崔麻子拦住说:"我去。"

王黑塔说:"我去。"

"我是司务长,又是炊事班长,应该我去。"

"我有经验,我去。"王黑塔已经抓住了扁担。

"别忘了,你是犯错误来炊事班的。"崔麻子把"犯错误"三个字咬得很重。

王黑塔毫不在意,蹲身挑起担子说:"我去还能省几颗子弹。你为你婆娘想想吧。"

王黑塔好像一下子戳到崔麻子的痛处,他怔怔地让开了,目送王黑塔大步向枪声密集的地方走去。

犯错误?王黑塔是因为犯错误下炊事班的?犯的啥错误?黄三胖一头雾水。

送饭上火线是件危险的事。炊事员把饭送上前沿阵地,阵地上的兵就像换班一样,轮流换下来吃饭。当然这只是战斗并不激烈时。

送饭的炊事员这时也上去顶一阵，放几枪，扔几颗手榴弹。至少能换一个兵下来填饱肚子。如果打红眼了，炊事员就变成了战斗员，钉在阵地上了。上次，崔麻子送饭上了阵地，接过一个兵的"三八式"，一扣扳机，五六颗子弹一梭子全出去了，没打倒一个敌人。落下一个笑话。

战斗持续到黄昏，一百多名小鬼子被消灭大半部分，其余的夹着尾巴逃了。负责警戒打援的部队已发出信号，几路鬼子正气势汹汹地朝这儿赶来，扬起的烟尘有几丈高，估计是鬼子的"乌龟壳"坦克。来不及仔细打扫战场，兵和在山坳里等得不耐烦的游击队，一窝蜂把武器、弹药、粮食全扛走，十几辆汽车在阵阵手榴弹的爆炸声中燃起大火，火光映红了西边的日头。

王黑塔浑身像是烟窗里爬出来一样。这主要是我们自己造的手榴弹，响声大，烟大，威力小，有时一炸成两瓣。有一段时间，鬼子把我们的手榴弹当作扔石块，后来我们改成两三颗捆绑在一起扔出去。王黑塔挑着担子落在后面，担子两头挂着十几把枪，晃晃悠悠。从背影看，他身上的衣服已碎成布条，随风飘舞。这季节早晚温差大，尤其是汗水浸湿衣服后，晚风吹来，愈显冷。

崔麻子扳着王黑塔的肩左看右看，咦，这小子衣服破成这样子，身上居然没有伤。再看他挑回来的担子，馒头还剩下大半，上面沾满一层细黄的灰，蒙在上面的布不知吹到哪儿去了。木桶里的辣椒鸡块几乎没动，看起来还很干净，只是桶壁上长了一层细碎的"毛"。

黄三胖端一盆热水放在王黑塔跟前。王黑塔随手从担子上抓起一把小马枪递给他："归你了！"

崔麻子手上搭条裤子问，谁有衣服？没人应。黑暗中，水浇在身上哗啦哗啦响。崔麻子朝水响处说："黑塔，你先换上这裤子、衣服，我晚上给你洗好。"

黄三胖坐在草堆上研究了一番小马枪的构造，背上，昂首挺胸走了出去。他在连队住的几个场院转了一圈，又来到连部门口直晃，小李子终于注意到了："哟，有枪啦，自己缴的？"

黄三胖没吭声，肩上的枪口缓缓往下滑。

"不是自己缴的不算数。"小李子说。

果然，几天后补充新兵。黄三胖的枪没放过一次，就被收了回去，发给比他年纪大的。

寒星闪烁，远处传来猫头鹰的叫声。"南无阿弥多婆夜，哆他伽多夜，哆地夜他，阿弥利都婆毗，阿弥利哆，悉耽婆毗，阿弥利哆，毗迦兰帝……"王黑塔盘腿坐在门口，腿上搭着那把没开刃的大刀，豆油光落在他光溜溜的脊背上像抹了一层油。崔麻子在灯下缝衣服。

王黑塔又在咒敌人？黄三胖听指导员说，我们这次打死很多敌人，自己伤亡也不小……王黑塔真有劲，打了一天仗，还不困。黄三胖翻身，一个坚硬的东西把他硌醒，原来是怀里的小马枪。

李长胜强调，评功会每个人都要参加，不准请假。可王黑塔还是没去。他托黄三胖跟指导员说，他要磨麦子。"这个王黑塔！"指导员骂了一声，在一块木牌牌上歪歪斜斜写上"王黑塔"三个字，递给黄三胖："等会儿评功，有人过来，你就说是王黑塔的。"

全连分成三队坐在宽阔的晒场上，前后左右之间能赶大车，每个兵屁股后放一个吃饭用的碗。大多是搪瓷碗，各式各样，奇形怪状，有大有小，有的磕得坑坑洼洼，掉瓷的地方像一只只眼睛，有的碗口被压成椭圆……有几个老兵放的是帽子。

会场前面摆一张油漆斑驳直摇晃的八仙桌，桌上放一堆金灿灿的黄豆。李长胜双手按在八仙桌上喊："换上碗，谁叫你们用帽子的？"老兵转身把帽子戴上，慢腾腾从碗套里掏出碗，碗口边沿结有一圈黑糊状。看得出好几顿没洗了。

兵们排队走向八仙桌，抓一把黄豆，挨个儿从每个兵身后走过。认为谁勇敢，不怕死，应该立功，就在他身后的碗里叮当放一颗黄豆。一圈下来，把手里剩下的黄豆放回八仙桌上。

全连一个不落，住院的，包括牺牲的，因执勤站哨不能参加的，就写块木牌牌，让人说明。连队有很多兵认不得上面的字。黄三胖就认不得，他的名字是王黑塔教他认识的。

投完黄豆，黄三胖才发现把王黑塔的牌子拿倒了。这并没影响大家投豆，全连97个参加投豆，王黑塔得了96颗。

李长胜当场宣布，给王黑塔记大功一次："王黑塔同志很勇敢，一个人劈死7个鬼子……他曾经犯过错误，现在又改正了……"

台下有人交头接耳。

他连虱子都不敢摁死，能劈死7个敌人？用他那把没开刃的大刀？黄三胖认为自己听错了。

开始发奖，立功人员每人一块绣有"英勇杀敌"红字的白毛巾。

"王黑塔！王——黑——塔！"没人应。指导员站起来说："他拉肚子，没来。"

黄昏，老鸹呱吵。开过饭了，一挨天黑队伍就要出发。王黑塔把盆呀铲呀刀呀刷洗收拾一番，把大黑锅扣在背架上固定好，掂了掂："老崔，这锅还是你背。"崔麻子蹲在一旁吸喇叭烟。

"这儿有个砂眼，烧之前得糊一下，铲子不要碰这儿。"王黑塔指着锅底说。崔麻子呛得直咳，他抽的是榆树叶。

"王黑塔……"黄三胖帮他拎起背包。王黑塔接过，手搭在黄三胖肩上按了按，一扬手背包搭在肩上，钻进那群汗息浓重的队伍。

王黑塔回战斗班后，扫地、烧火、刷洗等活由黄三胖干。劈柴，崔麻子不让，说斧头不长眼。挑水，只能挑小半担。黄三胖就在这个时候听炊事班几个老兵说起王黑塔以前的事。团保卫股原来是叫王黑塔去劳改队的，营里、连队帮他说好话，才把他下到炊事班。

团里有一支特殊的队伍——劳改队，有兵也有官，都是些犯了错误，或被怀疑为奸细的人。有的是违反群众纪律，有的是丢失或损坏武器，有的是"开小差"被抓了回来……时间从几个月到一年半载不等。当然问题严重、证据确凿的直接就被架了出去，用木棒敲了脑壳，这样节省子弹。劳改人员跟随队伍走，战前筑工事，战后抬伤员，冬天烧木炭，行军当骡马，反正苦活脏活首先想到他们。战时，保卫干部权力大着呢。他们背着盒子炮出现在哪儿，哪儿就让人发憷。所以有道说，天不怕，地不怕，就怕保卫干部找谈话。

王黑塔下炊事班前是一排三班长。他和连队干部说过，不当班长，就当机枪手。连长、指导员都答应了，可是支委会一碰头，还是让他当班长。

王黑塔话不多，不会开导人，但他枪法好，能一枪打熄百米外罩在柳条筐里的烛光。他会使多种武器，打仗不慌，敌人冲到哪儿该开火了，到哪儿该转移阵地了，沉着冷静，兵们跟着他心里踏实。他也帮兵打洗脚水，用马尾帮他们挑脚板上的泡，睡放马桶的角落。他几乎不花钱，用偶尔分得的伙食尾子买纸烟大家抽，买花生给大家吃；有兵落下，他帮拎武器、背包；有兵病了，他找崔麻子做鸡蛋面，然后是一句话：“趁热吃。”李长胜说：“别看王黑塔三棍子打不出一个闷屁，但大家服他。”

打仗是脑袋别在裤腰带上过，这一刻不晓得下一刻的事。打赢了还好，有人帮起个堆，运气再好点，上面立块木牌牌，做个记号。打输了，撒腿跑都来不及，只能听天由命了。

王黑塔班上有个姓陈的老兵，河北人，当兵前在日本人开的煤矿里下窑，在不到一米高的窑道里拖着个筐子像狗一样爬，村里一起下窑的陆续死得就剩他一个了。八路打来，日本人跑了，他当了兵。几场仗打下来，陈老兵发牢骚："当兵是死了没人埋，下煤窑是埋了还没死。"这话让李长胜听到了，冲他吼："狗日的，你死了，如果我活着，一定埋你。"

"好！指导员，你说话可要算数。"

不久，陈老兵战死，和一个罗圈腿小鬼子扭在一起。他一只手抠住小鬼子的喉管，小鬼子缩着脖子，眼睛鼓得像螃蟹眼。小鬼子的手抓在他脸上，两颗眼珠连着血丝垂落在外，小鬼子的两个指头戳进他眼窝里……周围零乱的小草浇了一层血浆。

陈老兵是李长胜亲自埋的，扳断小鬼子的手，才把它从陈老兵的脸上移开，把眼珠子塞回眼眶。李长胜抱起陈老兵，轻轻放进一个腐得快散架的碗柜里。掩埋组的人跑过来帮忙，"滚开，我自己来。"李长胜哭喊着骂道，"狗日的，高兴了吧，还睡碗柜呢。"

打仗，最考验人的是生死关。党员、骨干挤在一间草屋里，烟雾缭绕，商讨怎样巩固部队。有人说党员、骨干睡门口，每晚把全班的裤子集中起来当枕头；有人说在门、窗上拉绳子，绳子上挂铃铛，一头拴在骨干的手腕上；有人说一个看住一个，察言观色，快到谁老家了，就安排人跟着，拉屎都跟着……

王黑塔微闭着眼睛坐在门口，像口扣在地上的铸钟。

"王黑塔，你说说。"李长胜说。

"哦，好咧。"王黑塔扭头看着大家，"说啥？"

走呀走，每天走得嗓子冒烟，鼻孔扑灰。指挥所那帮人拧着眉头在一张皱巴巴的地图上一比画，兵们就甩开膀子迈开腿走，很多时候不晓得往哪儿走，有多远，有时候转了几天又回到老地方。

队伍快到河南地界了。李长胜让王黑塔看住刘猛子一点。他老家登记的是陕西潼关，但他说话很像河南人。

刘猛子打仗勇敢，大刀片子舞得像风车，曾接连砍削五个鬼子，刀刃卷口，血溅得迷住眼。最惊险的一次就是他哧溜冲到鬼子机枪工事下，趁鬼子射击间隙，一把拽出机枪，顺势塞进一个手榴弹。他握枪管的手吱吱冒青烟，几天都端不得碗。刘猛子最先是几个"南蛮子"叫的，说他们那儿管不要命的叫猛子。

李长胜和刘猛子一起蹲茅坑时聊过，想把他列为党员发展对象。

刘猛子不肯，说他没觉悟。

李长胜说："杀鬼子豁出命就是觉悟。"

"那王黑塔觉悟比我高，先发展他吧"。

"他是啥觉悟，你是啥觉悟？乱弹琴！"

从那后，每次开思想骨干会议就把刘猛子叫上。他也搞不清自己是不是党员。

刘猛子不但勇敢还一下子变得更勤劳。扫地，打水，铺床，手脚麻利，看看大家实在没什么要帮忙的，去帮别人捉虱子。

刘猛子"开小差"后，大家才恍然大悟他这是要名堂，打算要走了，心里觉得对不住大家。他是典型的"战后怕"。打仗时杀红了眼，

什么都不顾，什么都不怕，过后想起那血肉模糊挺得像河滩石头一样的尸体，就怕了。

刘猛子是和王黑塔一起站哨时跑的。那天，刘猛子本来是和一个新兵站岗，指导员朝王黑塔努了努嘴说，新兵今天练刺杀，让他和刘猛子去。才上哨，刘猛子就折了段树枝说："晚上着凉了，闹肚子。"他把"三八大盖"递给王黑塔，小跑到不远处的灌木丛后。王黑塔隐约能看到他蹲着的背影。一会儿，他去了一趟；一会儿，他又去了一趟，一趟比一趟远，一趟比一趟时间久。刘猛子苦着脸说："用木棍刮屁股太遭罪了，尤其是拉肚子。最舒坦的是让狗舔，狗的舌头湿润柔软，舔得比困女人还舒服……"

"你就不怕它把你垂着的东西当猪大肠咬掉？"王黑塔说。

"还真有这事，我们村里一户人家喂了一条……"王黑塔转身朝一边走，刘猛子追着说。

后来，李长胜问起他们在一起的情形。王黑塔把刘猛子解手的事说了。

刘猛子最后一次去解手时，把枪连同子弹袋一起交给王黑塔。他还拉开枪栓，里面有一颗黄澄澄的子弹已经上膛。

王黑塔一直等到日头偏西，接连站了三班岗。当他把刘猛子的枪和子弹交给连队时，李长胜很生气，说他报告迟了，让一个新兵去，也不会发生这种事。

王黑塔班上的兵接二连三地"开小差"。连队"开小差"的几乎全集中在他班上,其中一个还带枪走的。

团保卫股盯上了他。连队、营里很恼火,把他的班长撸了,下到炊事班。

王黑塔回到一排三班,当机枪手。

夏天的夜晚,月色流淌。

崔麻子四仰八叉躺在麦秸堆上,呼噜打得像吹口哨,忽高忽低。黄三胖挨崔麻子躺着,在腿上挠了几下,翻身,一条脚搭在崔麻子身上。"崔麻子,老崔……"王黑塔兴冲冲地跑进来。

"什么事?"崔麻子咕哝一声。

"帮我做份病号饭。"王黑塔晃了晃崔麻子。

"这么晚,谁病了?"崔麻子慢腾腾地爬起,揉着眼。

"顺拐回来了!"

"哦。"崔麻子醒了。炊事班全醒了。

晚点名时,顺拐"开小差"的消息就悄悄传开了。李长胜阴着脸,像谁欠了他八百担。顺拐是根据地入伍的,来的时候骑小毛驴,戴大红花,乡亲们敲着响器送,他未过门的媳妇还红着脸塞给他一个崭新的碗套和两双袜子。他队列训练老同手同脚,兵们叫他顺拐。他一到队伍上就想家,蒙在被子里哭,听到炮声就尿裤子——其实炸点离他还远呢。看到烈士的遗体抬下来,他就发呆。

炉火映着黄三胖已变得圆胖的脸。崔麻子揭开锅盖,搅动勺子,哧的一声，热气腾腾。王黑塔搓着蒲扇般的大手说："卧个鸡蛋吧？"

"那是留给病号的，我婆娘来都没吃。"崔麻子嘴上说，还是从角落里摸索出一个鸡蛋。

崔麻子边敲鸡蛋边问："他是怎么回来的？"

"走到半路上念大家的好，反悔了，就回来了。"

月色里，王黑塔颤悠悠地端着一大洋瓷碗鸡蛋面走出炊事班。崔麻子望着他的背影说："他想把大家都拢住呀。"

通信员小李子牺牲了。在和小鬼子一次遭遇中，他穿着破了几个洞的黄呢大衣，鬼子的子弹长着眼追。他终究没有跑赢，倒了下去。

那几天小李子正感冒，鼻尖下不时亮晶晶的。黄三胖给他熬过两次姜汤，还想再给他熬一次。就在这时，连长把小马枪递给黄三胖，让他去当通信员。

八路宿营在山坳里。附近白天有带烟雾的信号弹升起，晚上手电筒光乱晃，有时还有枪声，派兵追过去，什么都没有。

路过几个村庄，有穿开裆裤的小孩在唱："中央军在前线拼命，八路军在后方要粮，决死队到处打土豪，自卫队糊里糊涂捉汉奸……"一听就知道，是别有用心的人在制造"舆论"。

整风运动一开始，十连司务长崔麻子被揪了出来。说他用人民勒紧裤腰带支援抗日军民的粮食换羊吃，换酒喝。而且是和大汉奸张大龅牙一起。

张大龅牙是鬼子固镇据点的伪军小队长，一笑露出满嘴龅牙。他在鬼子面前恨不得长出条尾巴来摇，在中国人面前脸朝向天，经常当着鬼子面踹老乡的屁股。提起张大龅牙大家都恨得牙痒。

崔麻子几天不见了，黄三胖以为他又去敌占区筹粮了。

吃过晚饭，李长胜让黄三胖带上一张纸条，把崔麻子的个人物品送到团部去，还特地叮嘱他别多嘴。

崔麻子的东西，黄三胖大致清楚，一床补丁摞补丁、里面棉花像渔网一样的被子，一个漏汤的洋瓷碗，一双能剔牙的竹筷，一个碗套，一条破裤子——炊事班每个兵都穿过。炊事班几个兵早把崔麻子的东西收拾好了。黄三胖一翻，还是落了一样，一个绣有鸳鸯戏水的荷包，暗红色，针脚已磨得起毛，里面塞了几张二指宽的纸片和一些干的榆树叶、丝瓜叶、苦瓜叶。

团部设在一座宽敞的宅院里，在一间厢房门口，两个高大的哨兵像门神。黄三胖递上纸条，一个皱眉看了看，传给对面那个。来的路上，黄三胖看过，上面的字他认不全。这些日子他正在学认字，李长胜说，当通信员必须要有文化。

"我说过了，就是为了大家填饱肚子……"里面传出一个嘶哑的声音，好像是崔麻子的。

"报告！"

"进来。"

屋子里很暗，靠屋檐的地方有块巴掌大的窗户斜探进一束光，光里放一张供桌和一条板凳，有股刺鼻的陈腐粮食的味道，估计这里以前是粮仓。

保卫股李股长和一个戴眼镜的干部坐在桌前。赫赫有名的李股长来过连队好几次，黄三胖认得，只是那个"眼镜"没见过。李股长面前放一个搪瓷碗，"眼镜"握一支黑色钢笔，好像随时准备在面前的纸上写字。

李股长和"眼镜"看了他一眼，又扭过头去。对面黑黢黢的，一阵窸窣响动，黄三胖终于看清了，是崔麻子。

他脸上没有想象中抽打的血痕，衣服也好好的，只是颧骨高耸，嘴边的八字胡耷拉着快变成两竖了，虚弱的样子像一阵风能刮倒。

"东西给你送来了。"李股长指了一下黄三胖。

崔麻子慢慢走过去，蹲身，把东西一样一样放在脚边。

"没落下吗？"

"没有。"

"你回去吧。"李股长对黄三胖说。

"黄三胖！"崔麻子喊道。

黄三胖转身。

"没事，你回去吧。"崔麻子朝他扬了一下手，马上像骨折一样垂了下去。

从头至尾黄三胖一言不发。

连队攻打固镇前，李股长又来过十连，问还有崔麻子的东西吗？李长胜说，没有了。他陪李股长在炊事班找了一圈后，在一间屋子里谈了很久。黄三胖倒开水都不让进。李长胜对保卫股抓崔麻子很有意见的，说崔麻子能干，去筹粮没有空着手回来过。

攻打固镇，十连担任主攻。

天擦黑，十连的哨兵抓到两位法师和一个挑夫，往固镇方向赶。一问，得知固镇伪县长的老爹死了，要做法事。

固镇驻有鬼子兵一个中队和伪军一个保安团。鬼子和二鬼子伪军勾结在一起狼狈为奸。狼和狈知道吗？狈的前腿很短，但很鬼，要趴在狼身上才能走，没有狼，它就不能动，狼有了它就能干更多的坏事。听说固镇谁家结婚，伪军先得把新娘送到鬼子中队长屋里去，让鬼子尝鲜。鬼子在方圆数十里"扫荡"，几年下来，光抢来的金戒指、金耳环、金手镯就有一簸箕。这是李长胜在战斗动员时说的，他也是听来的，反正会上兵们听得牙齿和拳头咯吱响。

八路打过两次固镇，都没打下。主要是敌人的防御工事太邪乎了，用黄泥掺麦秸秆干打垒筑的碉堡，麦秸秆在黄泥中韧得跟渔网一样，堡壁厚得像城墙，八路的迫击炮砸在上面像锤在棉花堆上，放上十几炮，如剥馒头一样只是剥一层皮。再加上，固镇东边和南边是几米深的护城河，河岸陡峭得猴子都站不住，水里插满锋利的竹签……这些都是伪军干的。

二打固镇时，伪县长正给他爹做七十大寿。好家伙，枪炮声间歇居然能听到敲锣打鼓唱大戏。伪军在碉堡里喝酒，叫喊，说八路打枪放炮是给那老鬼祝寿。

现在老鬼翘辫子了。十连开"诸葛亮会议"，决定在这件事上做文章。

两个法师吃过素面后，李长胜找到他们说了大家的想法。法师听了双手合十，频频躬身，连声阿弥陀佛，说什么出家人不问红尘，不惹兵事。

鸡叫头遍了。法师在闭目打坐，李长胜腿上的绑腿松松垮垮，在草棚里转圈，豆油灯摇曳，土墙上影影绰绰。

灯芯溅了个火花。王黑塔踱了进来，只见他披一件暗红色、看起来烟熏火燎但还算整洁干净的袈裟。他双手合十，眼睑低垂，口中念念有词，最引人注目的他是光溜溜的硕大的脑门上，那两排整齐细白的戒疤。

李长胜一愣。王黑塔深施一礼："施主有请，容我和两位师傅说几句。"

李长胜轻轻掩上参差不齐的门板时，还回头看了王黑塔一眼。

鸡叫二遍。那两个法师变得对王黑塔恭敬有加。

王黑塔对门口的哨兵说："去告诉连长、指导员，我们天亮赶路。"

天边翻起一抹鱼肚白，四野寂静，露水沾衣，一片清冷。在通往固镇的官道上，三个法师和两个挑夫正匆匆赶路。

后来，李长胜问王黑塔，怎么说服他们的？王黑塔说，讲《楞严经》而已。

王黑塔被说成是云游挂单的，一应法事以他为主。这是他们的规矩。

祭幛高悬，挽联如廊，烟雾缭绕，一对碗口粗的白烛摆在宽大的供桌上，白烛后的八仙桌上点一盏长明灯，铜铸的大锅里加满了香油，一根白色的灯芯草支着一个黄豆大的火苗。据说这盏灯是为亡灵照亮通往阴间的路，在法事结束前，不能熄灭。

木鱼声、法鼓声、磬声轮番响起。王黑塔神态庄重，脚步生莲，口念真经，有规有范。他时而嘴唇翕动，和着急促细碎的伴奏，一大串梵语翻滚而出；时而节奏缓慢，高声诵唱，唱到句尾处，那两个师父齐声帮腔，声音抑扬顿挫，悦耳动听。

两个挑夫，一个拿到脚力钱就走了，一个留在灵堂打杂。

法事已进行到第三天。三更天，王黑塔很累了，偶尔停下来，灵堂上静得冒鬼，守灵的头点得像鸡啄米。突然，烛台翻倒，点燃挽联、祭幛、帷幔，香油泼洒，火势熊熊，窜上屋顶……众人梦中惊叫，奔走，呼喊："起火了！"

火光映红夜空。

固镇西门最先响起枪声，紧接着到处枪声大作，搞不清八路到底从哪边打来，城里乱成一锅粥。伪县长宽大的宅子燃得噼啪作响。固镇城仿佛一下子蒙了，躲在黑暗里惊魂未定。枪声时疏时密，间或一两声剧烈爆炸，震得屋顶的瓦片往下掉……

天亮，战斗结束。空气中飘荡着烟火味、硝烟味，四周寂静，零星响起刺刀碰撞声、训斥声、脚踩在瓦砾和碎石上的声音。大火已经扑灭，残砖断瓦中有烧了一半的门板和歪斜的柱子冒着缕缕青烟。一队队伪军被押下来，他们一个个垂头丧气，如被打后夹着尾巴的狗。战俘的穿戴五花八门，光脚，反穿鞋，仅穿一个大裤衩，至于没戴帽子、衣服扣子错开的就更多了。老百姓躲在窗户下、门后，眼睛贴着门缝往外瞧。也有一些站在街边的，或面无表情，或凑近旁边的人咬几句耳朵。

一个中队的鬼子跑了一些，大部被歼灭。战利品有粮食、被服、药品、枪支、弹药，金戒指五个，大小成色不一。李长胜高声问了几次："还有没有？你们都知道一切缴获要归功，别打主意'捡洋落''分浮财'。"

没人吭声。指导员目光像锥子，盯上谁，谁就耷下眼睑。打仗归连长。战前动员、打扫战场、战后总结和清理登记战利品等归指导员。晚饭，大白馒头，稠得能插住筷子的大麦粥，油煎豆腐，一咬油沫子四溅。

拿下固镇，缴获不少吃的喝的。大家抢着、说着、笑着、骂着，有人满嘴食物开始哈哈大笑，后来变成呜呜地哭，又少谁了，谁负伤了。有人在骂崔麻子死到哪儿去了，打仗也没让大家吃一顿饱饭。好些弟兄挨枪子，还做饿死鬼。这时，大家才注意到崔麻子"筹粮"去了，还没回来。

月光皎洁。突然紧急集合,连队被拉到村外空旷的晒场。指导员站在队列前说:"大家趁早把身上的'浮财'拿出来,不然要脱衣服搜身。"看样子指导员对鬼子藏有一簸箕金首饰的传闻很相信。已有好几个兵脱光了衣服,露出背上、手臂上的皮肤,在月光下如粗糙的白瓷。士兵们不仅脱得一丝不挂的,还要叉腿张臂跳一跳,防止藏着掖着。

黄三胖和几个卫生员捡起地上汗息刺鼻的衣服仔细检查,包括口袋、衣角、补丁一一摸过。

轮到王黑塔了,他好像在做法事,头正,颈直,双目微闭,两手自然下垂,一动不动。他穿上军装,看不出和平常有什么不同,只是帽沿下的鬓角光溜溜的。李长胜让他脱衣服,接受检查。他好像没听见。

两人僵持在那儿。周围能听到月光泻地的声音。教导员赶来了。"乱弹琴!"教导员一挥手,"马上把连队带回去,烫烫脚,早点休息。"

"王黑塔留下。"这时,大家才注意到教导员身后站有两个人。

王黑塔自信能说得清。半夜,他盯着那两个法师点了点头,他俩心神领会,马上跑了。

他一把火点燃灵堂,抄起藏在大鼓里的家伙往枪声密集的地方赶,同来的"挑夫"已在西门得手了……火光冲天,人喊马嘶,他没见到什么金戒指,也没去找过,搜他的身也没有。王黑塔被带进地主宅院中一座低矮、昏暗的厢房里，门哐当一关。屋檐下巴掌大的窗户光影移动，从亮到暗，又从暗到亮，不知过了多长时间，只有人送饭，没人问话，更没有人提金戒指的事。

角落里老鼠窸窣奔走，王黑塔闭目数子弹袋。他闻到一股熟悉的汗息，油烟掺杂榆树叶子的味道。崔麻子出事了。他心里一咯噔。

巴掌大的窗户又一次变亮。李股长走进来，坐定说："崔麻子都把你招了，你就老实老实说吧。"

"他说什么了？让我们当面说清楚。"

"你自己说，看你老不老实！"

李股长和"眼镜"坐在供桌前，李股长面前放一个搪瓷碗，"眼镜"手握一支黑色钢笔。

一阵沉默。李股长说："先说说你怎么出家的，干过哪些破坏抗战，破坏统一战线的事？"

"听清没有！"李股长一拍桌子，搪瓷碗一跳。

王黑塔盘腿坐在麦秸秆上像打坐入定，缓缓说开。

他出家的地方叫白马寺，在白马山上，离这儿有三百多里。白马山属于太行山脉的余峰，高耸入云，有道说："白马山，离天三尺三，人过要低头，马过要下鞍。"

他当小沙弥时，寺院杂草丛生，枯枝败叶，一片荒凉，香客稀少。大师父领着他以及另外两个师傅一道抬水种菜，靠出租山下十几亩薄地勉强度日。大师父七十多了，身体还很硬朗。每日晚课后，油灯下，大师父便会谈起寺院香火旺盛时的情景，烟火缭绕，梵音远播，信男盈门，善女如织，热闹得很呀。

大师父最大的愿望就是整修寺院，重现当年景象。大师傅向佛祖许愿，若此，定披红挂彩，重塑金身。转身一看到他们仨，就一声长叹。他们三个，敲钟的耳背，扫地的脚瘸，他虽然没什么毛病，但长得一点也不随喜，像泥巴捏出来的金刚，大头，阔脸，厚嘴唇，手脚像犁耙，不把香客吓跑才怪呢。

他父母早亡，只晓得自己姓王。大师父是他远房叔公，他进寺时这么叫，叔公让他改，说那样是六根未清，红尘未了。大师父给他取法号释空。日常打柴、挑水、种菜、做饭、念经，闲时大师父教他们比画几下拳脚。

艳阳高照，一向很少出山门的大师父拄一根盘龙禅杖，披一件满是灰尘、朽得一碰就碎的袈裟，脑袋发暗（发茬冒出），很不讲究地出去了。

回来时，空着双手，光亮亮的脑门上按有约半指长的草木灰。大师父从容收拾僧衣、芒鞋，向他们交待，他要外出月余，如果有人拿盘龙禅杖来讨账，什么都不要说，打开罗汉殿正门，无论施主说什么，只要双手合十，口念"阿弥陀佛"。

阴雨蒙蒙，木鱼声在空寂的山寺回响。

突然，有人喊山门。一个头戴毡帽，穿黑色对襟衣，腰系一根粗大布绳的中年汉子扛一根盘龙禅杖，说是来要剃头钱。汉子自称姓李，是九里铺十字街头剃头的，人称"李头刀"。

九里铺剃头的有四个，其他三个挑着剃头挑子走街串巷，有人叫唤就在路边支锅生火，只有十字街头李头刀安营扎寨，等客上门。他不但手艺好，而且堂屋里备有茶水，放有木头躺椅，可以捶背、捏脚、掏耳朵，男客被他服侍得舒舒服服，妥妥帖帖。他还专门为一些大户人家的女客开设了洗发、烫发（把火钳烧热，这需要把握得恰到好处）服务。以前，女客们都是叫剃头挑子上门打理，现在改去十字街头剃头铺。他的铺子宽敞明亮，尽管收费比别人贵，生意还是出奇地好，几把椅子上经常坐满客人，在谈笑风生。

李头刀说，几天前有个师父来铺子剃头，剃好后一摸口袋，说没带钱，留下这根禅杖，让我来凭此杖取一百钱。

他们一见禅杖，双手合十，连连却步，口念"阿弥陀佛"，将李头刀领到罗汉殿前。罗汉殿正门上的锁铁锈斑斑，怎么也打不开，几个师父折腾得满身汗。最后还是王黑塔往锁眼里滴了几滴香油才打开。

罗汉殿里光线昏暗，蛛网遍布，尘埃寸许，没走几步，喉咙鼻孔就刺得发痒。

李头刀一眼就看到在他那儿剃头的师父。他袈裟破烂，身体微向前倾，右手空握，光溜溜脑门上的草木灰格外显眼，脚边一串落满灰尘的铜钱，串钱的麻线腐烂得丝缕相连。

李头刀目瞪口呆，回过神来说："那天，老师父坐在椅子上，脖子不住地扭，头不停地动，一次动得狠，头被割破了，只得用草木灰止血。"

从那起,白马寺的香火日益旺盛。

"眼镜"听得入迷。"谁叫你说这些?"李股长腾地站起,"说说你是怎么阻止人们抗日的。"就在上个月,保卫股在一座寺庙里听几个法师对前来的善男信女说:"日本国也信奉佛教,与我们是兄弟,只要不参加八路,不打日本人,日本人来了,就会全家平安。不要相信共产党八路的话,还是信佛吧。"

"日本打我们,是前世修的,上辈子我们欠日本人的,现在报应来了。佛祖是公平的。"

一了解,原来寺庙被几个汉奸把持控制。

"说出你是怎么当国民党兵的?"李股长从另一个方面提问。

"不说这个,行吗?"王黑塔脸色涨红。

"有什么见不得人的?"李股长嘴角一翘。

王黑塔提出把他的大刀拿来。

黄三胖把王黑塔的东西送去,走进那间做过仓库的屋子,他眼泪在眼眶里打转。王黑塔冲他咧嘴一笑。顷刻间,如同阳光探进幽井,黄三胖心里亮堂了。

王黑塔扶着大刀,缓缓起身,脸色平静地说起。戊寅年(1938)春,香椿树迟迟没冒芽,这是凶灾之年的征兆。鬼子来了,四散逃难的人们说鬼子邪毒呀,比蝗虫还狠。黑压压乌云一样的蝗虫飞过,田野、山岭光秃秃的，地上摊一层细沙一样的黑粪。庄稼人骂一顿，哭一场，还要撒种，还可以逃荒。鬼子路过的地方没有人声，成了冥界地狱，他们不吃树叶、青草，专烧房子，杀人，杀猪马牛羊鸡鸭鹅狗猫鱼，一切活物都是他们的靶子，都是他们刺刀上的玩物，有人亲眼看到过，鬼子用刺刀把一个孕妇的肚子挑开，挑起蠕动的婴儿……

中央军架不住鬼子的邪，打一阵，放一阵排子枪，退下去。又重新占据地方，打一阵，放一阵排子枪，如此反复。

站在白马山顶隐约能听到远处闷雷一样的炮声。鬼子快要到了，顶多一天的路程。白马寺周边的乡亲，远的有百把里，像赶集一样抱着娃，扶着老人，背着干粮，赶着牛羊朝寺院涌来。如果说通往寺院的山道像一条河，那么山上的寺院就是一个偌大的池子。

寺庙里的钟楼、鼓楼、天王殿、大雄宝殿、法堂、伽蓝殿、祖师殿、僧房、香积厨（厨房）、斋房（饭堂）、客房、荣堂（接待室）、长廊、檐下……到处挤满了人。乡亲们席地坐着，裹着被单棉絮卧着，倚靠门窗站着，还有奶娃的，啃干粮的，喂牲口的……整个寺院成了人心惶惶的避难所。

大殿上金黄熏黑的佛祖端坐，像往常一样平静安详地注视着慌乱、疲惫的人群。

人们相信佛门圣地，有菩萨保佑，一切都会平安无事。尤其是那些年纪大的女施主，农历初一、十五，观音菩萨每年三个生日（二月十九、六月十九、九月十九），还有各个菩萨这样那样的纪念日，她们都会起大早赶来烧香朝拜。

此时，她们神情庄重，默念佛经，相信菩萨会看到自己的虔诚，相信千眼千手、大慈大悲的观音大士会施以援手，救苦救难。

王黑塔提一个锃亮的铜壶，往伸过来的瓦罐、瓷碗、木勺里倒水。白马寺经过几年的修葺、扩建，有了现在的兴旺。大雄宝殿外的香炉旁支起了一口大锅，几个胖头师父，包括俗家弟子，寺院里的人手已增加到三十多人，大家在忙着生火煮粥。寺里存了一些粮，本来预备着青黄不接或菩萨的道场日用来施粥的，现在派上了用场。

王黑塔转了一圈，去见大师父。大师父在馆里闭目诵经，一言不发。就在王黑塔转身离去时，大师父说道，苦海孽波，黑塔留步。他跟着大师父缓缓步入后禅房，大师父端出一个黑色长条布包。他接过，手猛往下一沉，没想到那么重。打开，里面竟然是一把没开刃的大刀。他愣在那儿，大师父不看他，似乎在自言自语：杀生亦成仁，立地可成佛，日后自有用处。

山上夜凉透骨，喧闹的人群安静下来。屋外火堆余烬旁，几个烟锅忽明忽暗，人们在小声商量下一步去哪儿，不远处有人磨牙、打呼噜，有小孩不时啼哭一两声，马上一阵轻轻拍打，夹杂着含糊的哄弄声……一天的路程，中央军撑了三天。有人开始劈材准备搭棚子，有人嫌邻铺多占地方，拌了几句嘴。

这时，鬼子来了。

早晨，日头刚刚抹红大雄宝殿的屋脊。掩映在参天古木中的山寺

炊烟袅袅，牛羊叫唤，人影穿梭。忽然，远处传来轰轰隆隆的"雷声"，鬼子的十几架飞机由一群"老鸹"转眼变成团团乌云。

幸存的人们回忆说，鬼子的飞机飞得比白马山还高，像老鹰一样绕着白马寺盘旋，怪叫着俯冲下来，翅膀一闪屙出一串"屎"。

惊恐的人们还在愣神，轰的几声巨响，地动山摇，山谷回响，震耳欲聋。顿时血肉、土石、树枝横飞，浓烟滚滚，火光冲天。平静的白马寺炸马蜂窝一样，人群四散奔走，牲口挣开绳索乱跑乱冲……呼儿唤女声，哭爹喊娘声，凄惨号哭声，淹没在火光浓烟中……

鬼子的飞机轮番俯冲扫射、投炸弹，一拨一拨的，前面一拨转了个圈后，又飞了回来，飞得很低，甚至能看到驾驶仓里的鬼子狞笑的脸。

巨大的气流掀起烟尘火光，树梢晃动，人好像狂风中的一片枯叶。

飞机追着人群扫射，一排机枪子弹嗒嗒嗒地扫过去，土石飞溅，像拉动一把巨大冒着火花的钢锯，柔弱的肢体一碰上顿时断成两截，血肉模糊……浓烟火光吞没了白马寺，吞灭了高大的树梢，鬼子的飞机还在俯冲……

日头快要落山了，这时抹红的不再是大雄宝殿屋脊上那一排小兽，而是一片瓦砾。合抱之粗的梁、柱烧了大半，还有一小截没燃尽，余烟腾腾，火光若有若无，残垣断壁下靠着一角烧成焦炭的门窗，上面精美的雕刻依稀可见。

放眼望去，弹坑累累，尸体横七竖八，缺胳膊少腿的，身首异处的，尸碎如泥的，肠子摊了一地的，蜷缩成团像条黑狗的……有的双手抠在土里试图往前爬；有的老人倒在牛旁边，怀里还护住牛头；有年轻的母亲紧紧搂住孩子，有孩子紧紧拉住母亲的衣襟；有精壮汉子一手搂一个孩子，压在一个天足（没有裹过脚）女人的身上，可能是一家人死一窝了……

渐渐的，有翻动声，有脚踩在瓦砾上的声音，有拖着一条腿走动声，有整个身子在地上爬的声音，还有叫唤声、恸哭声……

后来，据传是小鬼子弄错了，以为山上埋伏有中央军大规模的阻击部队。

暮色四合。王黑塔没有受伤。寺里没有受伤的师傅有十来个。大师父仍盘腿而坐，双手端合，看起来好好的，但没了气息。王黑塔绕大师父一圈，才发现大师父后背湿黑，一块三角形铁片深深嵌进他后脑勺。

王黑塔找来一口腌咸菜的大瓮，在大师父周围垒一圈木炭、石灰，扣上大瓮，最后垒土成堆。

他听大师父说过，佛祖的"金身"就是这样制作的。在遗体周围填塞堆满木炭、石灰，然后扣在一个大瓮里，七七四十九天后，揭开瓮。高僧圆寂前本来就"辟谷"不吃饭，水分很少。这时，遗体已变成又干又皱的肉条，刷上金粉就是"金身"。

王黑塔想过等大师父圆寂后，也要把他的遗体制作成"金身"供奉。现在缺这缺那，实在想不出好办法。

师父们和附近村民扎了十几副担架，抬了几天几夜，才把尸体抬完，包括上百具牲口的尸体。到后来，有的尸体已涨肿得像吹足了气，头像大冬瓜，对襟衣腋下的盘扣都爆开了，一动就淌水。

人兽的尸体一起被抬到白马寺南坡下的山谷里，垒劈柴一样，一层层往上码，一层尸体撒上一层石灰……几乎把山谷填平。

崔麻子的婆娘找来了，说要见到她男人才走。

黄三胖一天三顿送汤和几个灰白的窝窝头去她单独住的茅草棚。

好几次，开饭前，黄三胖去取碗，发现窝窝头还剩下大半，有时一个都没啃完。那天黄三胖去送饭，她疯了一样一把夺过汤，泼了，端起窝窝头往外冲。兵们在槐树下吃饭，一个班围着一个粗瓷盆，扭头望见她走过来，风扬起她黑色毡帽下枯黄的头发，长过膝盖的灰布对襟衣下小腹微微隆起。她盯住兵们手里的窝窝头，黑乎乎的，没有丁点白色。

哐当，她手里的瓷碗掉在地上，几个灰白的窝窝头在脚下滚开，粘了一层细黄的泥灰。

她头一低，捂住肚子，一阵干呕，扭头往回跑。

兵们谁也没吭声，咀嚼声小了很多。

谁见到她，把头一低，匆匆跑过，害怕碰上她的目光，更害怕她打听崔麻子去哪儿了。

以前崔麻子婆娘来连队就像喜鹊登枝头，叫得欢。谁都是她家大兄弟。她性情爽快，针线活好，谁的衣服破了都来者不拒，就是裤子屁股上破了，没有换的脱不下来，她也会一把拉过，让其趴在门板上，就着屁股飞针走线。补好了，她在上面拍一巴掌："好咧！"

她头几次来，晚上有兵躲在茅草棚外"听房"。屋里的油灯早熄了，一会儿传出让人心旌激荡的哼唧声，屋外窗户下几个黑影一个挨一个，紧贴着墙，忽然门吱呀一开，一盆水泼向几个黑影。

早晨，开饭时崔麻子惊讶地问，衣服怎么湿的？雨都落过好多天了，还没焐干？紧接着，他鼻翼一皱，咦，怎么有股脚丫子味道？有油头兵说，还好，不是屁股沟子味道。

崔麻子婆娘问过好多个兵，都说崔麻子去敌占区筹粮了，快回来了。新司务长兼炊事班长是一个老炊事兵，认得很多种野菜，就是买不回粮食，仅有一次差点把命都搭上。他带兵把野菜采回来，开春后连队规定每人每天交五十斤野菜。他用开水把野菜过一遍，去掉苦味，变着花样做，蒸、煮、炒，把不同的野菜搀和一起做成野菜包子、野菜饺子、野菜团子、野菜窝窝头等。缺油少盐，怎么做都是一股青草味。

兵们填几大碗野菜，勒紧裤带往前冲，倒下后，鬼子看到八路肚子里淌出来的是绿汁汁的野菜。八格牙路的，铁打的！

崔麻子婆娘说要问王黑塔一句话。她知道崔麻子和王黑塔好得跟亲兄弟一样。连队上报营里，营里向团部说了。王黑塔被带了过来，两个兵远远跟着。直到这时，王黑塔才证实自己的预感，崔麻子被毙了，就在固镇战斗打响前，罪名是贪污公款大吃大喝，讲究个人享受。团里给过崔麻子机会，让他带人去找张大龅牙，做内应。崔麻子不去，说张大龅牙就是一条狗，他和他没有交情，只有交易。说白了，就是吃吃喝喝，给他一点甜头，让他行个方便。

王黑塔被抓，是因为崔麻子临刑前留下的话。留的什么话，只有保卫股的人知道。

崔麻子婆娘站在一棵槐树下，一手叉腰，一手轻抚微微隆起的小腹，不时朝这边张望。王黑塔脚上像拖着副磨盘，缓缓走近。崔麻子婆娘好像一年四季这副打扮，圆口布鞋，长过膝盖的对襟衣，一顶黑色毡帽，脚上没有穿袜子，布鞋口露出的脚背像硬塞进去一个油亮的馒头。王黑塔的目光停在她浮肿得变形的脸上，说："你先回吧，崔麻子去很远的敌占区筹粮了，要很久才能回来，估计你把娃生下来，他也就回来了。"他递给她三块磨得发亮的光洋，有一块中间瘪下去一个小窝窝，像是挡过子弹。风打着转扬起烟尘移过来。她捂住心口，一阵干呕，抬头时，嘴角残留一线绿色。

崔麻子婆娘回去了。连队司务处打发她五块光洋，还给她装了一斗面粉。她背着面粉走的样子让很多兵咬着嘴唇扭过头去。

王黑塔回到昏暗的仓库，一股刺鼻的霉臭、尿臊味直冲脑门，几乎把人熏倒。在里面待了好多天怎么就没感觉呢。他盘腿坐好后，问："说到哪儿了？"眼镜看了看李股长。李股长头扭到一边。"我接着说吧。"王黑塔说。

王黑塔在白马寺的废墟上念了七天七夜《往生咒》后，揣一个缺口的粗瓷碗，背着那个看上去像一把竹柄油纸雨伞的长条黑色布袋，敲响木鱼，开始"云游"。火辣辣的日头啃着他光光的头，手一摸掉一层"粥皮"——粥干了后结一层白色的皮。日头落山后，脑袋又红又肿，痛得半夜睡不着。经常是头昏昏沉沉，一脚深一脚浅走大半天，才见一个村庄。到了晌午饭时辰，难得见几座茅屋顶冒烟。有的柴门虚掩，有的敞开着，一眼能望见里面冷灶无锅。有的门口坐个瘦得像把干柴的老人，或一个顶着把荒草的小孩。木鱼脆响，老人小孩木木地看王黑塔一眼，又缓缓转过头去。难得见青壮年，鸡、狗也难得见，猪牛羊马就更难见了。为了对付"五脏庙"，只得敲着木鱼往冒烟的茅草屋走。运气好时能化得碗红薯稀饭、几个玉米饼。

如果恰巧路过遭过兵灾的村庄，十户九空，不被打死，就被饿死，粮食全部被抢走了。早死的人尚可以用瓮、衣柜、木桶扣着，或盖张席子什么的；晚死的就在门后、灶台、床边随意靠着摊着……触目所见，"几处败垣围故井，瓦砾枯树伴寒鸦"，偶尔一两只吃过死尸的红眼野狗像幽灵一样闪过。

王黑塔遭遇鬼子是在一条大路边。一队鬼子从后面赶上来，从他身边路过时，尘土飞扬，踩得地头颤动，一把把带血腥的刺刀似乎在他鼻尖前晃，寒气逼人。

他走在路边，鬼子走在路中央，朝着同一个方向。开始谁也没理谁。忽然，一个穿长靴的鬼子怒气冲冲走过来，噌地抽出指挥刀，在他脖子上做了个劈砍动作。

王黑塔垂着眼睑，不动声色，始终口念《大悲咒》。鬼子听了一会儿，哼了一声，指挥刀塞进刀鞘，掉头走了。

"鬼子来了，鬼子来了！"伴着钟声、锣声、敲打木盆搪瓷盆声，人们扯着嗓子喊。大家赶着牲口、抱着母鸡，拉扯着小孩，哭喊着一窝蜂地跑，从村东折回村西，跑到村西又退了回来，出村的几个路口都冒出鬼子……

王黑塔赶到时，村边好几座草棚已燃起大火，麦秸秆灰、草木灰随风飞舞，空气稀薄得让人喘不过气来。人们纷纷躲进自己家里。这时，把头藏住腚露在外面，总比睁着眼睛看到魔鬼强。

在村口一座草屋前，王黑塔撞上几个正在作恶的鬼子。一家三口，像牛一样壮实的儿子已被打死在地上，拳头紧握，短褂外胳膊上隆起的肉疙瘩像刚死去的老鼠还在抽动，脑浆像打翻了的颜料瓶洒了一地，胸口的鲜血还在汩汩地流……一个头发比秋天芦苇还白的老太婆趴在尸体上，全然不顾周围的一切："儿呀，你死得惨，死得好惨，我要让你回来，回到娘肚子里……"老太婆双手捧起地上的脑浆和鲜血，大口大口地吞，又大把大把地抓起浸染鲜血的泥土，往嘴里塞……含糊不清地叫喊着……

几步开外，一个鬼子趴在一个女人身上……两个鬼子脚踩女人的手腕，哈哈狞笑着，一个鬼子在王黑塔脸上比画着刺刀，不准他把头转过去，也不准闭上眼睛……女人圆睁着双眼像条死鱼，脸上涂得漆黑，下面一片雪白……鬼子爬起，抖动双腿系裤子。端刺刀的鬼子狞笑着向王黑塔走去……王黑塔脸色死灰，泪流满面，浑身筛糠一样颤抖。突然，他嘴里含一小块肉（咬断了自己的舌尖），血啪嗒啪嗒地从鼻孔滴出。他喉结一骨碌，一脚踢飞身旁一个破瓦罐。趁鬼子愣神的工夫，他抡起黑布袋向鬼子头上劈去，紧接着那个正在系裤子的鬼子应声而倒。另两个鬼子毫无防备，顿时边没命地奔跑，边胡乱往身后放枪……王黑塔也撒腿就跑，子弹掠过耳边，呼呼作响……

夜，死寂。他再次摸回来时，村庄面貌全非，不见一座房屋，不见一个人影，不闻一丝声响，只有几堵黑黢黢的残墙立在那儿，脚下的地黏黏的，走几步就被尸体绊倒……转了一圈，活物只有寻食的老鼠、野狗和树上的猫头鹰……

是自己给乡亲们带来了灭顶之灾吗？大师父把手扳腰教他功夫时，只是说强身健体，去病去灾，从没说过可以杀生，而且是杀人，手起刀落，念动命毙，动作干净利索得连他自己都感到惊讶。

他破杀戒了吗？连地上的蚂蚁都不忍踩，扑灯的飞蛾都爱惜，叮咬的蚊子只是轻轻赶走，身上的虱子都放条生路，这样的他，竟然杀人了？手上、身上溅满了血。不，它们不是人！那它们是什么？它们是地狱里逃出来的厉鬼、妖孽，化生成人的样子，作恶人间。它们是人类自身发展过程中灵魂扭曲，欲望膨胀的一种孽障。这种孽障在很长一段时间内不会自动消亡，只有靠正义的抗争，靠驱赶一切邪恶的阳光才能相克。

王黑塔在一棵香樟树下默坐苦思了七天，终于明白：他不是在杀人，而是在修行，是在战胜一种孽障。

他本来想像佛祖一样，在菩提树下悟道。转了半天，只找到一棵香樟树。香樟也好，是制"高香"的原料。当他从香樟树下起身时，枯黄的树叶落了他一身。一个趔趄，跌倒，他昏了过去。七天来，他只趴在溪边喝过几次水。王黑塔醒来时，发现自己躺在中央军野战医院的门板病床上。难道是佛祖有意成全？几大碗稀饭，几顿白面馒头下肚后，他年轻的身体渐渐恢复。中央军不用抓"壮丁"，就得到一个好兵。

王黑塔当的是中央军里的"杂牌军"。"杂"得让人眼花缭乱，年龄从十四五岁到四五十岁不等，绝大多数不识字，驼背的、腿瘸的、耳聋的、嘴哑的、口吃的、烂眼的、秃顶的、长疮的，等等。他们只有一个共同点：就是右手食指完好。这样打枪时可以顺利扣动扳机。有的人家为防止男丁成年后被抓壮丁，年幼时就将其右手食指按在门槛上剁了。

他们入伍前干的行当也五花八门，烧炭的、撑船的、打铁的、抬轿的、卖狗皮膏药的，小商小贩，江湖游医，街头杂耍，等等。其中以老实巴交的"短衣帮"佃户、庄稼人居多。来当兵的途径也乱七八遭，被抓丁的、被人卖丁的、自愿卖丁的、躲仇家冤家的，还有作奸犯科躲避官府追捕的。武器参差不齐，有老套筒汉阳造、三八大盖、卡宾枪、歪把子等。就连服装都不统一，有黄色，土灰，有的穿全套军装，有的下穿短裤上着军装，有的穿短衣短裤戴顶缀有青天白日徽军帽，

有的穿布鞋，有的穿草鞋，有的穿大头鞋……军饷有一阵没一阵，给养时多时少，时有时无……

这么一支吊儿郎当、松松垮垮、穿着五颜六色的队伍走在路上，好像集市上吹哨临时集合起来的一样。兵们有时遇上被服整齐，枪械铮亮，装备精良，比公鸡还傲的中央军嫡系部队时，眼睛发呆，直吞口水。回头骂自己是"狗娘养的"，还不是"后娘养的"。

当官的大都抽烟、打牌、赌博、嫖娼、吃空饷、打骂体罚士兵。也有一些讲武堂、陆军军官学校出来的年轻长官，说起鬼子的暴行恨得眼睛冒火，可面对这群神情木讷、行动迟缓的士兵又气不打一处来。

他们说中国人就是愚昧，要当亡国奴了，还懵懵懂懂，分不清东南西北，是非好坏，让他们去打鬼子就是应该抓、捆、绑，押着去，逼着去打。有时候他们也神神秘秘地说起八路那边的事。

军事训练就是磨洋工，一上午时间，脸黑得跟驴蛋一样的长官在场，就懒散跑几圈，练两下；长官一转身，就坐在树荫下聊天，玩骰子，捉虱子，逗蟋蟀，说睡过几个女人，坐等收操吃饭的哨响。

王黑塔不和他们扎堆。他躲在一边，有时盘腿闭目养神，有时舒展肢体，练两圈。烈日下，汗水顺着帽檐往下滴，他帽子一掀，随手在脸上一抹，热气腾腾的发茬里两排细白圆亮的戒疤，很是扎眼。

他很快掌握一个步兵的制敌本领，射击、刺杀、投弹、爆破、土工作业，五大专业技术技巧。短兵相见，拼刺刀对很多兵来说，一寸长一寸强。而王黑塔习惯用大刀，他使起大刀来快、准、狠、稳，尤

其是他将刀开刃后，几乎刀刀见血吃肉。

王黑塔不玩牌，不喝酒，不抽烟，不吹牛，不打荤食（偷鸡摸狗逮青蛙，找女人），训练跟打仗一样玩命，最可笑的是捉了虱子放生……兵们先是前仰后合地笑，说他真是个傻宝师傅。在他头发还没长出来时，谁都蹭过去摸一把，说是摸总司令（蒋介石）。有一次，他渴得喉咙冒烟，趴在溪边喝水，几个兵就在上游撒尿，尿泡流到嘴边了，他还在喝。

好几次驴蛋脸长官突然土地爷一样冒出，就见王黑塔一个人在训练，终于有一次，他愤怒地吹哨把全体士兵集合起来，在毒日头下站立正。兵们一个个跟热烛条一样，东倒西歪，差点化了。他们骂骂咧咧，说王黑塔是粒老鼠屎，打坏了他们这锅汤。掌灯时分，有个叫郝黑蛋的兵对王黑塔说："连长在那边瓦屋里陪客人喝酒，叫你去耍耍大刀助兴。"

王黑塔把门擂得山响："报告！"里面的浪笑声戛然而止。门开了，王黑塔一眼瞥见一个女人衣衫不整地坐在床沿。面前灯一黑，连长一米八几的个子像头熊一样堵在门口，踢了他几脚，命令比猴还瘦的勤务兵抽他二十马鞭，让他长记性。连长打仗不怕死，喝酒不怕醉，睡女人不怕累，号称"三不怕"。又因为他每到一个村庄，首先就是想法子找个相好的。兵们合计送他一副对联：夜夜欢喜做新郎，村村都有丈母娘。那天，连长正和一个叫"花喜鹊"的女人在一起，被王黑塔冲撞了。

据可靠情报，一个加强了两个重火力排的加强营决定伏击鬼子一个"连队"。"四个打一个，鬼子就是浑身牙，我们也要把它敲碎。"连长动员时说。王黑塔趴在单兵掩体里，举枪，瞄准，扣动扳机，远处一个鬼子应声跌个狗啃屎——用枪杀鬼子就如佛说的拈花一笑。但当鬼子冲到跟前，端起刺刀杀就不一样了。

一挑，一挡，一刀捅进鬼子的胸膛，温热的血顺着刀刃丝丝喷出，鬼子的脸抽动，像拧麻花，嘴角冒出血泡……他眼泪夺眶而出，尖叫着左右厮杀……鬼子好像妖风吹剪纸似的立地成兵马，越杀越多。原来他们伏击的只是鬼子的搜索分队，鬼子不是一个"连队"，而是一个"联队"，也就是一个团。

"弟兄们，杀呀！"

"拼一个扯平，拼两个赚啦！"

平日里恹恹歪歪的"油头兵"不知哪儿迸发出一股邪劲，人影晃动，刀刺碰撞，枪炮轰鸣……兵们好像脚劲不足，在鬼子的刺刀下一个个倒地。

撤退的哨声再次响起。"撤！再不撤，老子没种啦！"连长浑身是血，提着一把卷口的大刀怒吼。仓惶跑出十几里，打一盆水，王黑塔一看自己满脸血污，顿时哇哇呕吐，苦胆水都吐出。他三天未进食，近乎大病一场。

鬼子忽"三路围剿"，忽"五路围剿"，为了避免硬碰硬，八路

和鬼子玩起捉迷藏，不停地转移，抓一把换个地方。

崔麻子婆娘总能嗅到八路军到哪儿了。隔上十天半月来一趟，打听她男人的消息。总要住上一两宿，队里好说歹说才能把她哄走。走的时候，还会打发她几块钱，一小口袋粮食。随着她肚子越挺越高，连队有时会安排黄三胖去送一程。

中央军虽然是"杂牌"的，吃喝总比八路军强。军饷层层盘剥，时有时无，总比没有要好；供给饥荒不定，以次充好，总比自己刨食要好。

谁派来的？承担什么任务？接头的是谁？暗号？李股长和"眼镜"诱导、暗示、设套。王黑塔嘴巴像吃了秤砣，就是不说为什么要当八路军。有次，他认真地说，有的中央军长官私下里议论，说八路有前途。他是看了一次八路军打篮球，才决心过来的。

荒唐，李股长不相信。王黑塔在连队的情况李股长大致了解，上次因为跑兵，坐三个月"牢"，后来网开一面下炊事班。

这次，他和"眼镜"又去了几趟，调查王黑塔是怎么当八路军的，有没有介绍人等。王黑塔刚当八路军时的连长、指导员都牺牲了，现在的连长那时是副连长，指导员是从机关下来的。但还有一些兵记得王黑塔刚来时的情景。

初秋的傍晚，月亮像个银盘挂在山丫。兵们在山谷间一块平地上打篮球，白石灰依地形画的球场，多边形，中间还有几棵不知名的树，跑动时得绕开。篮球架是两棵松树上绑两个铁丝圈，黄土地坑坑洼洼，球落在地上像醉汉，跳起来方向变换不定。篮球倒是货真价实的"新生活牌"，当时上海体育用品厂生产的硬牌子。

场上打球的兵窄衣短裤，你追我赶，满头大汗。如果你恰巧站在场外，兵们从身边跑过时，你就能感觉到一股汗腥刺鼻的热风。场外围了很多人，一堆一堆的，大呼小叫，有为这边叫好的，有为那边喝彩的，谁也不碍着谁。这时，很多兵注意到了有个穿黄色中央军服装的兵孤零零地站在一处，宽大的手掌拍得山响，别人都停止了，他还在不合时宜地拍。国共合作期间，双方军装只是颜色、臂章不同。有八路侧眼，他浑然不觉。中央军到八路军驻地看球赛，破天荒。

八路军知道山那边镇子上驻有一支"友军"，站在山上，顺风的时候隐约能听到对方的哨声、操练声。双方长官之间有联系，偶尔走动通报敌情。赶集、巡逻时双方碰到过，相互看几眼，彼此不说话。在中央军眼里，他们虽然不是嫡系，但和八路比起来他们是正统出身，高出一等。八路军呢，腰杆挺直，自认为不像中央军乌合之众，不受老百姓待见。

球赛结束，人群散去。那个中央军来到一座茅草屋前，对门外的哨兵说他叫王黑塔，想当八路。那排草屋是三营十连番号的房子。中央军要当八路军，一个生活在米箩里的要跳进糠箩里？十连一边将情况向上级汇报；一边把王黑塔安顿下来，每天三顿饭送去，大家吃啥他吃啥。头几天里谁也没理他，也不知道他在屋子里干什么，兵们走路都绕着那儿走。他呢，哪儿都不去，只在傍晚或方便时出去走走。

一天黄昏，人影穿梭，脚步声、口令声、集合声、口哨声，山谷里的空气仿佛点上导火索的炮弹。王黑塔出门时看到这紧张情景，跑到连部问，一个小战士正费力捆着"花卷"一样的背包，他说："鬼子要来了。中央军没打招呼就走了。"

值班员报告，队伍集合完毕。王黑塔跑过去站在队尾，报数时，他吼了声。怎么多出一个？众目睽睽下，王黑塔出列，大声说："我会打枪，会使大刀，要求参加战斗。"说罢拍了拍背后的刀。

"小李子！"刚才在连部打背包的小八路应声出列，李长胜从他背上摘下小马枪递给王黑塔。王黑塔迟疑了下接过，李长胜又把自己的头上帽子和王黑塔对换了一下。李长胜的帽子戴在王黑塔头上，挤得鼓鼓的。小李子瞪了他一眼。王黑塔穿着中央军的衣服戴的是八路的帽子，样子很可笑。

战斗中，王黑塔用小马枪给鬼子"点名"，手一扬，一个鬼子撂倒。片刻间，他7颗子弹撂倒7个鬼子。李长胜朝王黑塔竖起大拇指，捡起一个子弹袋，扔过去。突然，机枪手中弹牺牲，喷射的鲜血溅在滚烫的枪管上，哧哧作响。八路军的机枪哑了，趴在土堆后的鬼子爬起，嗷叫着，扑了过来。

王黑塔一个滚进，一把拉开瘫在枪上的机枪手，端起机枪，跑到下一个射击阵地。嗒，嗒嗒，嗒嗒嗒，机枪又吼了起来，正往前冲的鬼子被扫倒一大片……王黑塔的机枪不但打得准，而且能根据正面的

第二章 屠刀与救赎

101

敌情恰到好处地打出单发，连发。这种功夫需要火候，一般机枪手一扣扳机，一梭子弹就飞了出去。机枪阵地火力猛，目标大，鬼子除了集中步兵火力打鬼子外，还用迫击炮轰。王黑塔不断变换阵地，在一个工事里打上一气，马上转移到下一个……到处都在吼，摸不清八路阵地上到底有几挺机枪。在八路军顽强的打击下，那一仗，鬼子没讨到半点便宜，扔下一摊尸体灰溜溜地跑了。王黑塔终于当上了八路军，他的"投名状"就是勇猛杀鬼子。而且他当的是机枪手，顶重要的战斗岗位。

李股长和"眼镜"在十连的调查陷进了死胡同。

十连连长说："王黑塔打仗不怕死，和大家处得也可以，我挑不出他的毛病。"

指导员李长胜说："王黑塔的缺点就是不会巩固部队，他当班长时，连队'开小差'的兵全都出在他班上。另外就是不合群，行动有些怪异……"

王黑塔自从被保卫股带进黑屋子里，就一直吃野菜糊糊。晚饭，哨兵端来四个大馒头，一大碗稀饭。王黑塔一扫而光。"眼镜"进来，看了一眼舔过一样粗瓷碗说："味口很好吧，还有什么话要说？"

王黑塔说："没有了，随时动身吧。"

雨过星疏，万籁俱寂。王黑塔和五个被摘去青天白日帽徽、八路臂章的一起五花大绑，被拉到山坳后僻静的松树林里。一颗流星划过李股长冷冷地说："现在还来得及。"

有三个人已经不由自主地瘫在地上，呜呜地哭。枪声从后面响起，松针上的露水噗噗落下，王黑塔脖子往后扭了扭，这时他才发现裤腿湿了大半截。五个人中有两个腿一蹬，再也没有爬起来；有两个瘫在地上，淡淡的硝烟味伴着一股尿臊味在清新的空气中弥散开。李股长在两具尸体上踢了一脚："死在鬼子枪下是英雄，死在自己人枪下是猪狗。"那两个被枪毙的，一个是带枪连续两次"开小差"，一个是战场上自残的。王黑塔和另外两个陪绑。

王黑塔终于说出当八路军的原因。

在中央军里，克扣军饷，对他来说无关紧要。他不用养家糊口，没有打牌、抽烟、喝酒、找女人这些"销金窟"一样的喜好，钱在口袋里没个正经用处，对于一个随时可能丧命的人，钱就是一份烦恼。挨打受骂，他逆来顺受。死都不怕，还怕别人踹屁股，捆耳光吗？每天晚上睡在马桶边，天亮起来倒掉，刷洗干净，苦活脏活干习惯了，也就自然了。

他啥都能忍受，唯独忍受不了的就是对逃兵的处置。

在中央军里王黑塔和郝黑蛋最要好。尽管郝黑蛋害过他，他一看他躲闪的眼神就知道，他只是个被逼跑腿的小喽啰。

郝黑蛋比王黑塔早半年当中央军。王黑塔从鬼子刀下救出他的那个晚上，他俩挨一起躺着。郝黑蛋盯着满天星斗说，他是陕西富县人，家里有耕牛，有十几亩地，在当地算得上殷实。他父亲早逝，母亲耕地、撒种、锄草样样能干。他婆娘养娃做满月酒那天，家里来了几桌客，厨房里忙得热腾，恰巧酱油用完了，他娘递给他一个瓦罐，让他上街去打，叮嘱快去快回。他拎着酱油往回走时，迎面撞上一队中央军。几个中央军一把扭住他，不由分说，拖起就走，瓦罐跌在地上，破了，酱油洇湿他大半个鞋面。一个长官和颜悦色地说，只是让他带带路。走出十几里地，改让他当挑夫。越往前走，离家越远，他认不得回家的路了，但知道大致方向。后来，就发枪发衣服给他，改让他当中央军。一小截麻绳在郝黑蛋手里绕来绕去，他自言自语："那天怎么就没响动呢？平常过中央军要打锣，要派粮草呀。"

郝黑蛋一有空就掏出那截麻绳在手上缠来缠去。麻绳细细的，磨得发亮。全连人都晓得，那是他家拴酱油罐的绳子。一次，他们几个口音差不多的老乡凑钱吃酒糟，因为打不起酒喝。半夜里，郝黑蛋吐了，喊着想回家。

"找死，想'放风筝'是吗？"一个恶狠狠的声音像只臭鞋子一样扔过来。周围马上安静了。

天沉得仿佛伸手就能摸着。一个长官站在临时搭起来的台子上，叉着腰说："谁杀死三个鬼子，就可以开路条，领盘缠回家。"

好一场恶战！全连百十号人，稀稀拉拉回来十几个。王黑塔正在给郝黑蛋念《往生咒》，他脚步趔趄，眼神发直地回来了，背回三条枪。

背回三条枪的不只郝黑蛋，有个山东兵甚至背回三个鬼子的头，他说他是梁山好汉的后代。一打听，当初许诺的长官已战死，装进一口上好的棺材里，埋了。接任的长官说不算数。郝黑蛋悄悄对王黑塔说，其实他只杀了一个鬼子，就被炮弹震昏了，半夜里冻醒，发现躺在一片湿地里，身上各零件居然都在，还好好的，就摸了三条枪回来了。

五天一大仗，三天一小仗。被追着打，堵着打，屡败屡战。周围的面孔换得像流水一样，战死的，病死的，负伤住院的，"开小差"的，等等，是"流"走的；中央军的征兵机构司管区不时送来一串串用绳子拴在一起的兵，和连里自己偶尔也抓一把补充的，是"流"进来的。

一场大仗后，"流"出去的就多些。经常是昨晚还蹲在一起喝糊糊，早上就不见了。谁也不去打听。连长倒抽着凉气，像犯了牙病，逮到谁都踹屁股。郝黑蛋一下午都丢了魂一样，拿眼角瞟人。天蒙蒙亮，郝黑蛋浑身泥，捆得像个粽子，被一伙五大三粗的巡逻队推搡着。其中一个说，他们在村外张了一夜网，天亮时他撞上了。

连长咬牙骂道："王八蛋，连衣服都不换，能跑远？"

郝黑蛋吃了几天牢饭后，团里开大会，说要杀几只"猴"给"鸡"看。黑压压的中央军坐在开阔地上，最前面一排枪举起，响过，郝黑蛋缓缓睁开眼，左边和右边的两个腿一软，身子慢慢往下滑，一摊血抹在木桩上。郝黑蛋脸色惨白。自认为死过多回了，这次还是没憋住尿。一个长官说，念他是初犯，这次放一马，下次就没有这么便宜了。

王黑塔说，中央军"陪枪毙"和八路军不一样。中央军要开大会，也朝陪的人开枪，只是枪口抬高一点。

郝黑蛋梦见他儿子抽风死了，婆娘改嫁了，老娘哭瞎了眼。他请王黑塔给解一下。他屏住气盯着王黑塔举起左手，拇指在其他四个指头上点一气，说，他婆娘和儿子很好，只是老娘偶染小恙。郝黑蛋一言不发，晃着身子走开了。发饷了，久旱逢雨。郝黑蛋破例没有和大家出去乐呵乐呵。以前，郝黑蛋也小玩玩，喝几盅。隔壁猜拳声、欢笑声不时爆响。郝黑蛋坐在角落里，不住地绕那截麻绳。王黑塔看了他一眼，欠身吹熄豆油灯。

没打仗。几天没见郝黑蛋了，王黑塔长吁一口气。

日头还有一竿高。郝黑蛋又被捆了回来，穿一套破烂老百姓衣服，像个讨饭的。连队几个老油头说，他看到他们，转身就跑。哟，这不是郝黑蛋吗？他不跑他们还没在意呢。原来郝黑蛋"开小差"迷路了，几天里就绕着圈走。

在一排枪口和刀刺下，郝黑蛋边哭边挖。坑挖一人多深了，郝黑蛋被连长一脚踹了下去，周围锄头、耙子、铁锹纷纷往里填土。郝黑蛋哭得跟牛嚎一样，土块石头落在他头上、脸上，他没有躲闪。

土掩及腰。

郝黑蛋的班长站出来求情，声泪俱下地说："他家有老娘，被抓丁时娃刚满月，这些日子怕是想家想疯了。他杀鬼子不怕死不惜命。我担保，他以后就是死在战场上，也不会跑……"

土掩及胸。

全连所有班长、排长一个挨一个过来求情，以手拭泪。连长脸扭到一边，铁青。

土掩及颈。

郝黑蛋像溺水一样双手不停挠扒脖子周围的泥土。脸色发紫。

王黑塔扑腾跪下，以额撞地："求连长饶了他这一回，让他回家。"

连长一脚把王黑塔踢翻："你现在是党国军人，不是大师父！"

泪水、汗水、口水、鼻涕，郝黑蛋面前的黄土湿成一摊。他吐出嘴里的土粒，抽抽嗒嗒说，他梦见……儿子死了，他娘哭瞎了眼……拄着拐棍讨饭，唤他……如果有谁以后见到他娘，就说……她儿子是打鬼子死的……

连长流着泪，仍硬着嗓子说："我们谁没有父母，谁没有弟兄姊妹，鬼子杀到我们家了，杀了我们的亲人，奸污了我们的女人，抢走了我们的牛羊，烧毁了我们的房屋，我们再不拼命就没活路啦！你不打，他不打，你当逃兵，他也当逃兵，就由着鬼子杀，我们的头又不是韭菜……不能割了长，不能任人宰割……"

郝黑蛋成了一个兵油子。抽烟，赌博，口水沫子四溅地说女人。酒是他半条命，你让他喝够，把头割下来给你当夜壶都行。今天不知明天的死活，怎么痛快怎么过。打仗前能弄到一壶酒最好，放几枪，抿上几口，就着鬼子的号叫、弥漫的硝烟味、血腥味下酒，打得兴起，冲到鬼子窝里，一阵乱砍……王黑塔说，中央军里不怕死的老兵油子就是这样炼成的。

郝黑蛋成了连队为数不多的几个"放心兵"。连队和营部偶尔隔得远，叫他去送个信或取件什么东西，不用担心他不回来。

晚间哨，郝黑蛋可以站单哨，排哪一时辰都可以。只是有时候一站就是一整夜，日头出来了，他抱着枪还在草窝里呼呼大睡，忘记了交哨。

郝黑蛋长记性了，他的命是大家保下来的。

明天就要打仗了，夜里才发饷。兵油子们骂过后，赌了一宿。郝黑蛋手气好，赢了满兜钱。不知道是多少。输的拍了拍手，没有平日的不快，甚至同情乐呵呵的郝黑蛋。恶仗在即，赢钱的可能输命。蹚过子弹的人都忌讳。

郝黑蛋命大，一颗子弹掀掉帽子，贴头皮飞过，一绺头发被剔掉，露出白生生的头皮，比王黑塔的戒疤还扎眼。和他一起打牌的几个都没有回来。郝黑蛋躲过这一劫，成了富翁。队伍在穷乡僻壤走了几天，郝黑蛋捂着满口袋"法币"就像按着一只兔子，总想花出去。

越往前走，口音渐渐熟悉。有兵说快到陕西地界了。郝黑蛋的草窝窸窸窣窣响到很晚。队伍不歇脚地往前走。郝黑蛋脸红得像熟虾米，直淌汗。别人问他怎么啦？他说输赢太大，又喝了两盅，上脸。

郝黑蛋和几个班长玩了半宿牌。吃过早饭，出发时不见他。怎么找，都不见。找遍了角角落落，把柴草窝捅了一遍，井里、树上也找过，出村的几个路口有兵把守，还有流动哨，莫非这小子长翅膀了？

前面的连队已走出老远，不能再拖了。连长冷冷瞟了郝黑蛋的班长一眼，说："我瞧这王八蛋几天了，还是让他跑了。"连长一挥手，"出发。"

队伍兜着圈子转了一天，日落时收工一样又回到昨天的宿营地。这时，兵们撞上了只有戏文里才出现的一幕：郝黑蛋穿着上次"开小差"的破烂衣服，背着一个蓝印花布包袱，眼眉舒展，正出村往外走……

全连在一条小溪边集合，瘦猴一样的勤务兵爬上一根楠竹，钓鱼似的把竹梢垂下来，劈去竹枝，纤细的竹梢削得跟牙签一样尖。郝黑蛋被按在地上，扒下裤子，露出麻杆似的两条腿和瘦得像锥子一样的白屁股，这可能是他身上唯一显得白的地方。他扭动身子，像条闹腾的鱼，梗着脖子，绝望的眼神不时像块石头砸向人群……

"躲哪儿了？"连长蹲下，用皮鞭挑起他的下巴。

"脱光衣服，躲茅坑里了。"

"怎么没让人看到？"

"我头上顶了团草。"

"谁帮你出的臭注意？真是奇臭无比。"

郝黑蛋只是号叫，死活不开口。

新兵表情漠然，不知道要演什么把戏。老兵坐立不安，面色如土。尤其是和郝黑蛋打牌的几个班长浑身发抖，开始呕吐。

"上刑！"

几双大手把郝黑蛋拖到削尖的竹梢旁，随着一声刺破耳膜般的尖叫，竹梢尖挑进他的肛门……

"放！"

弯得像张弓一样的楠竹猛一松手，竹梢挑起他的大肠、小肠像一副泡在血水里的粗大麻绳，呼呼啦啦飞向半空，血肉飞溅，屎臭刺鼻……

竹竿摇晃，牵扯得郝黑蛋在地上打着滚，凄厉叫唤……粉红色的大肠、小肠滴着血、液体，被高高挑起……

郝黑蛋躬着腰，头上脸上身上满是血污，像条剥皮了的狗，又像只山羊……他十指抠进土里，叫着，哭着，喊着，一点点向前爬，声音渐渐弱了下去……

观看的官兵浑身糠筛，捶胸顿足，扯抓头发，一个个东倒西歪，干呕声一片……

这就是惨绝人寰的"放风筝"。中央军"杂牌"部队处置"开小差"最残忍的手段之一。

"打鬼子靠自觉，自愿。"王黑塔流着泪说，"我很不愿意提起这件事。"

王黑塔这时才得知崔麻子临刑前带的话，叫他打败鬼子后，不要当兵，也不要当师父了，杀了那么多人，也成不了佛，如果还活着，去找他婆娘，帮他把娃养大。

王黑塔又下到炊事班。仍旧烧火，劈柴，挑水，行军时背一口大锅，只是不再神神叨叨地打坐念经，每到宿营烫过脚后，倒头便睡，捉了虱子不再放生，像崔麻子一样扔进嘴里吃掉。

鬼子像蚂蝗又缠了上来。

十连担任掩护，抵挡一阵，按计划撤退，转移到一座开元寺。开元寺各地都有，是唐代"安史之乱"后，开元年间为纪念、祭奠在战乱中阵亡的官兵而修建的，寺院为亡灵做法事就是从这个时候开始。王黑塔像回家一样绕寺院转了一圈，不用一锅烟工夫。这么小也配叫开元寺？在王黑塔眼里，开元寺一般很宏大很有气势。王黑塔去井边挑水时遇到上次一起在固镇做法事的两个师父，他快步跟上，欣喜地叫住他们。没叫他们的法号，或许告诉过，他忘记了。两个师父的目光从他的脸移向脚，最后落在水桶上。刚才他走得急，水微微荡出，沿着外壁往下流。两师父双手合十，连称失敬，躬身让道。

王黑塔昂首而去，随着水桶一换肩，水晃得更厉害。

他们对他敬而远之。也许见他只是个伙夫，也许是他上次煞星一样的举动，认为他破了佛门戒律……

崔麻子婆娘又寻来了。她轻抚像抱个冬瓜一样的小腹，自言自语："咱们这次不走了，等一家人团圆后再走。"

王黑塔想尽办法给她做吃的,捉蛇、蛙、鸟、田鼠、蝗虫、螺蛳,用苍蝇钓鱼……王黑塔找食物很是了得,在毫不起眼的荒草坡上或水氹里,弓腰、躬身、奔跑,满头大汗一阵,就能弄一串,或一篓。他剥蛇、蛤蟆时手脚麻利,从蛇尾或在蛤蟆的一条腿上剔开一道小口,手指捏住一撕,整张皮就剥下来了。蝗虫掐掉翅膀,去掉内脏,用少许油炸得焦黄,味道很香。鱼、蛇、田鼠等炖汤,加几棵野葱味道更是鲜美。有时实在折腾不出啥,就在她碗里多滴几滴油。

王黑塔甚至设套吊死一条野狗。兵慌马乱,民不聊生的,也不知道它平时吃啥。一条十几斤重的野狗炖汤,崔麻子婆娘连汤带肉一顿吃完,用袖子抹了一把嘴说,有点饱了。

"崔麻子婆娘要生了!"

半夜里,王黑塔被黄三胖救火一样叫醒。他一骨碌爬起,边扣衣服边跑。崔麻子婆娘跟黄三胖说过几次,她生娃,如果那死鬼还没回来,就赶紧叫王黑塔,他待她娘俩好,能当半个爹啦。黄三胖把这话带给王黑塔时,王黑塔刚弄干净一串田鼠,搓着一手褐色的田鼠毛说:"那是,那是。"

寺院客房里灯火通明,纸糊的窗户映出人影,像皮影在晃动,一盏汽灯燃得嗤嗤响。一阵咬住被角或手绢、压抑的嘶喊声,将宁静的夜空划破。屋外,黑乎乎几堆人。

"接生婆来了吗?"王黑塔一眼瞅见李长胜。

"来了几个生养过娃的妇女,已经报告营里了,团卫生队马上来

人。"李长胜说完转过身去。几个师父正围着他小声争执着什么。

王黑塔听清了,几个师父在说,不能在这里生娃,这儿是佛门净地,得抬到外面去。估计是寺院管事的,有一个上次和王黑塔一起在固镇做过法事。黑暗中,王黑塔刮了他们一眼。

李长胜这时很为难,不能违反群众纪律、不能破坏宗教规矩是上级反复强调的,他拉过王黑塔说:"可以考虑几位师傅的意见,上级反复说不能得罪乡亲和宗教人士,得尊重他们的风俗传统。你忘了,去年纵队政委婆娘也是住在寺里,生孩子前挪到外面草棚里……"

"寺里为什么就不能生?你们忘了根本!"王黑塔朝几个师父挥起拳头。

几个师父冷冷看了他一眼,一个师父正是和王黑塔相识的,在人堆里低语几句后仰着脖子说:"这儿没你的事,你是地狱里放出来的罗刹。"

王黑塔举起拳头冲了过去,几个师父抱头鼠窜……

"别打啦,教导员来了。"黄三胖站在院子门口喊。

教导员对几个惊魂未定的师父说:"劳驾,有请方丈。"教导员和那个拄着拐杖行动迟缓的方丈似乎很合得来,偶尔在客房外的樟树下杀两盘,方丈每次输他半颗子。营部通信员沾沾自喜:"哼,老师父也就半壶水。"教导员说:"人家认为你是带枪带兵的,让着你。"

方丈没来,只是传话:历经劫难添丁进口,幸事喜事。

急促的马蹄声由远而近,团卫生队两名短发齐耳的女军医风尘仆仆地赶到。

一个嘤嘤的,像是小猫的叫声从客房里传出。

一个女军医走出,摘下口罩,用一块发黄的纱布擦着手,说:"是个男孩,目前母子平安,但都很虚弱,需要调养。"

崔麻子的儿子头尖尖的,像颗子弹。见过的兵都说,没错,是崔麻子的种。

照顾月子用不着王黑塔烦心,他被关了一星期禁闭。指导员说,他差点像鲁智深大闹了一回五台山。

崔麻子婆娘产后没满月,队伍又要转移。

连队出钱雇了辆马车,送他们母子回去。车上盖一床破棉絮,崔麻子婆娘躺在上面,头发乱得像把枯草,臂弯里小孩红嫩的脸只有二指宽。

吱呀一响,马车起伏。她眼角两团豆大的泪滚出,打湿耳际的发鬓。

"鬼子投降了!"

黄三胖挥舞着上衣一路呼喊,狂奔。

王黑塔正挑着一担水,杉木扁担一纵一纵地走在黄土小路上。突然咯吱一声,扁担从肩挑处爆开,说时迟那时快,他双手疾速一伸,稳稳当当抓住了两只桶。只有少许水荡出,溅起泥点落在布鞋上,探在外面的两个脚拇趾头扭了扭。

王黑塔向连队提出要回家。连队有好些兵有这样的想法,只有王

黑塔说了出来。

连队答复说，不行。还有国民党反动派想摘胜利果实，不让人过安心日子。王黑塔说，不是说好了吗？打败小鬼子回家乡。

保卫股的"眼镜"在十连蹲点。一天晚上，他到炊事班寻吃的，王黑塔给了他两个熟红薯。老熟人了，王黑塔跟他说，想回家，不当兵了。"眼镜"说，你不是师父吗？回什么家？王黑塔脸一红。

王黑塔蹲在大铁锅旁喝野菜粥。"眼镜"戴顶帽檐耷拉着像猪耳朵一样的帽子，端一个斑驳大搪瓷碗走过去，挨他蹲着，埋头一阵稀里哗啦，说："崔麻子婆娘死了，娃也死了。"

王黑塔手里的搪瓷碗一抖，绿汁汁的野菜粥荡了出来。"崔麻子婆娘和日本人有牵连，不是日本人，就是日本人养大的，我们的行动老是暴露就是因为她。崔麻子也是她害的，她至死都不相信崔麻子已经死了，认为我们在骗她。如果小孩不夭折，她也许能保一条命……"

"眼镜"说完，端着碗走了。王黑塔咬住碗沿，脸久久地埋在碗里。

中央军和八路军的《双十协定》已经签订，攻打固镇的战斗还是按预定计划打响。理由是零点的钟声敲响协定才生效。

李长胜战前动员说，这是最后一仗，以后想打枪都难。这次盘踞固镇的是中央军某部，王黑塔待过的部队。外围战斗打响，黄三胖坐在战壕里，李长胜把缀满补丁的蓝布挎包往他脖子上一挂，拍了拍他的肩说："我回来了就还给我，没回来交给下一任。"挎包里是全连的花名册、请战书、入党申请之类的东西。

黄三胖嗓子一堵，想喊，李长胜举着手枪已跃出战壕。他真把这当作最后一仗了。

天亮了，枪声稀疏。黄三胖等来的是代理指导员，"眼镜"。阵地失而复得，得而复失，中央军和八路军，昔日的盟友你来我往像拉锯一样，锯末就是横飞的血肉。

十连又一次发起冲击，"眼镜"把挎包取下像李长胜那样，把它挂在黄三胖脖子上，冲出去。还没跑出投掷手榴弹的距离，突然脚底一滑，一个趔趄倒下，再也没有爬起来。紧跟"眼镜"后面的几个兵被泼水一样的子弹压在一道低洼地，抬不起头。

十连的文书、通信员、卫生员、炊事员、轻伤员都集中了起来，稀稀拉拉不到一个排。连长脖子上吊一条胳膊，额上缠一圈洇红的绷带，一只手贴腰把"三八大盖"枪机拉得哗哗响，嘶哑着喊道："弟兄们拼了，停战协议生效前，一定要拿下这个阵地！"

固镇的防御工事是日伪军留下的。上次八路军打下撤出后，中央军进驻，火力、工事在原有的基础上进行了完善巩固。连长带上黄三胖和两个轻伤员向东侧护城河沟摸去。护城河水深及胸，里面布满锋利的竹签，一具具士兵的尸体浮在水面，挂在竹签上，有敌方的，也有我方的。河水一片混浊、血红，不时有子弹打在水里噗噗作响，水泡直冒。由于有河沟阻挡，中央军布置在这里的兵力火力相对弱些。

他们摸到河边，连长紧贴河岸，正准备滑下去，突然，黄三胖猛

地猫腰站起，去摘岸边一具遗体身上的枪，一把幽蓝精致的小马枪。黄三胖一碰，遗体哗啦滑入河里。声音大得像打雷。

"趴下！"连长一跃而起，把黄三胖扑在身下。对面的子弹风一样刮过，黄三胖睁着眼睛，只觉得连长的身子像泡在水里一样，湿漉漉的，越来越沉。"连长，连长……"黄三胖哭喊道。

"停战啰，停战啰。"

"我们胜利啰！"

枪炮声停止，双方都在欢呼胜利。黄三胖泪眼蒙眬，这时才注意到一弯月牙挂在天边，缕缕硝烟飘过。

打扫战场时，黄三胖赶去掩埋组，挨个儿掀开白布单看了，没有见到王黑塔，也没有见到李长胜。队伍在休整，新指导员还没来。那天，黄三胖正翻看"眼镜"留下的挎包，"眼镜"包里有一支黑乎乎缠满胶布的钢笔，一个厚厚的油纸包，里面还裹有一层粗白布，包着一沓写满字的毛边纸。"眼镜"的字写得真好，比李长胜写得好，是他见过最好看的字，一个个飘起来，会笑。再看李长胜的包里面是：一个手电筒，半截铅笔，几份入党申请书，还有一沓请战书，有钢笔写的，毛笔写的，铅笔写的；字迹有的工工整整，有的歪歪斜斜；有的写重伤不哭，轻伤不下火线；有的是几个要琢磨好一会儿才明白的图案，比如一只鹅，后面一个人端着一把枪往前跑，最后面是个红手印……

这时，有人大喊："黄三胖，你们指导员让你去纵队医院一趟。"

在纵队野战医院，黄三胖见到左脚缠满绷带的李长胜，黄三胖兴奋得又哭又笑，这下十连又有主心骨了。黄三胖跟李长胜说起，固镇战斗一打响就没见到王黑塔，到掩埋组找遍了，也没见到他的遗体，只留下那把缺了好几道口子的大刀。李长胜默默听着，很久很久才空落落地说："那是把好刀，一定要保管好！"

风歇息的时候四周很静。黄三胖就用那半截铅笔在一沓马粪纸上，照着"眼镜"的字练，写了一张又一张。拿笔比拿枪难多了。他写的字和他以前放的牯牛一样，一个个很大很壮实。在练字过程中，他渐渐读懂了毛边纸上的内容，是关于崔麻子、王黑塔，还有崔麻子婆娘的。

第三章

爱情遭遇战

铁马冰河入梦来

  我是第一次来北京，也是我们老刘家几代人中第一个上北京的。那时候还没有汪峰那首《北京北京》：当我走在这里的每一条街道／我的心似乎从来都不能平静／除了发动机的轰鸣和电气之音／我似乎听到了它烙骨般的心跳……在阳光下干燥粗粝的风中，在滚滚车流和汹涌人群里，甚至在儿字音咬得很准的京腔里，我感受天地的苍茫，感觉自己的渺小。

  我在湘西那个小山村里出生长大，没有上过幼儿园，也没有唱过那首儿歌："我爱北京天安门，天安门上太阳升。"只记得小学语文课本上有一篇看图识字：我爱北京天安门。很多东西一旦进入中小学教材，就会烙刻成那个年代的集体记忆。很多人向往北京，希望能在皇城根下上学、工作、生活，更多的人只是在那儿"漂"着讨生活，或在导游的吆喝下北京几日游。我有位战友，新婚时他问妻子，嫁给我，你最大的希望是什么？他妻子说，想一家人到北京去看看天安门，拍个团圆照。当时，我们为这个孩子气的简单透明的愿望笑弯了腰。北京就在那儿，一张身份证，就可以说走就走。可就是这么个简单愿望，他们结婚十几年了，都没有实现，也不可能再实现了，当他们的

女儿考上北京的大学时，战友已经牺牲，是他妻子只身送女儿去北京上学。

在没有约到采访对象，或对方临时有事取消预约的日子里，我迫不及待地乘地铁来到天安门。站在那空旷的广场上，看到那些电影电视上常见的建筑物，我没有热泪盈眶，也没有俯身贴近大地的冲动，但分明清晰地听到了一阵强劲有力"咚咚咚"的心跳，是我自己的心跳，还是大地的心跳？这就是曾经多少人为之牺牲、今天又有多少人为之捍卫的"心脏"。蓝天白云下，南腔北调，城市乡村，三五成群，间或有戴红袖章的、穿武警服的战士。我在广场上寂寞地徘徊、留影，想大声告诉很多人，我现在就在北京；也想轻轻跟很多人说，我替你们来北京了。我甚至花了十块钱爬上城楼挥了挥手，人群漠然，风声寂寥。后来，我多次去北京，稍一安顿就"抢占阵地"一样急忙往天安门广场赶，去听那令人痴迷的心跳。至于升国旗，我从没去看过，不是不能早起，而是想留一份更美好的念想。

周末是很多老前辈一家人团聚的日子，不便打扰。我向王先生借了一部相机，报了个"北京一日游"，在故宫、地坛、颐和园、圆明园、八达岭长城等地蜻蜓点水，索然无味地转了转。我是个"土包子"，照了一天，傍晚到冲印店里才发现胶卷没有装好，也就没留下一张照片。

我特地去了复兴路的军事博物馆，在那面暗红色"光荣的临汾旅"旗帜面前，我久久伫立，似乎又听到了和天安门广场上一样的声音，不过这次是脚步声和呐喊声。

那天傍晚，阳光抹红病房大半个窗户，玻璃窗开着巴掌大的缝，有槐花香调皮地探进来。李长胜老首长一直握着那张照片，上面是根细长发黑的皮带。老人脸色温暖柔和，若有所思，一阵缓缓述说，把我们带到多年前那个槐花盛开的季节。

三月的晋中大地生机蓬勃，太阳快下山的时候，一支土灰色的队伍像一条安静的小河，向牛牯岭方向缓缓流淌。一位精干的女兵站在路边小土坎上英姿飒爽地打着快板。

战士们精神饱满，衣着整洁，枪械鲜亮，绑腿结实，步伐整齐，乍一看一个个装束差不多，可眼明心细的人一看就知道哪个是老兵，哪个是新兵。老兵穿在身上的衣服大都七八成新，有的甚至是簇新的，而新兵的衣服则比较旧，洗得发白的衣服上补丁摞补丁。那些身经百战的老兵认为每一次战斗都有可能是自己人生的归宿，每一颗子弹都有可能是生命的句号，要穿得干净体面些，好上路；而新兵则把打仗当作一种苦力活，穿旧衣服对付一下就行了，新衣服留在有大事或出门做客时穿。

从举止神态上，也可以看出哪些是老兵哪些是新兵。大路一边是前进的队伍，另一边是支前的民工，老兵们一路上有说有笑，不时和挑着箩筐，抬着担架，推着棺材的民工拉上几句话，开几句玩笑，有的甚至指着旁边的一副棺材说："这一副厚实，就给咱留着！"那神情像是去赴一场人生的盛宴，又像是去赶集，不仅仅是坦然。而新兵

则各怀心事，默默无言，神情庄重肃穆，如同去参加一个庄严的典礼。

女兵的目光和夕阳糅合在一起，抚摸着这条浪花翻滚的"河流"，竹板打得脆响，她唱着：

今天路程七十里，叫同志，你来听，

小伙咱们比一比，号角响起炮声隆。

背的东西不算重，叫同志，你莫停，

走起路来快如风，到战场上要立功。

老兵们知道那快板词都是即兴编的，见到什么编什么，见到什么唱什么，张嘴就来，开口就唱，有时押韵，有时不一定押韵。如宣传兵看到一个大个子兵背着两支枪，步子迈得很大，他们就会说唱道："大个子背着两杆枪，走得快打得赢，脚板底下装有风火轮。"从一旁走过的大个子听到了，脸一红，装作没听见。这时有人喊大个子的名字，听，文工团的同志在唱你呢，大个子脸更红，脚下的步子更轻快。

一拨人流过去，又一拨人淌过来，那女兵唱着："这位同志背包打得好，敌人的炮弹打不到；那位同志绑腿打得好，敌人的子弹追不到。"这两个可是老兵油子，他们狡黠地问："如果打到了怎么办呢？""打到了，你们找敌人算账去！""哈，哈，哈……"队伍里的笑声如传口令般霎时从头传到尾。

女兵的快板像一支呛口的蛤蟆烟，像一壶浓酽的老鹰茶，提神，解乏。

李长胜骑着马从后面赶上来，远远地看到女兵站在小土坎上，穿一身略显肥大的男式军装，齐耳短发，腰带紧扎，夕阳如胭脂在她清秀的脸上抹了几抹红晕，一阵暖风吹来，嫩芽初长的树叶轻轻摇曳，风吹鼓起她的衣服，显山显水……李长胜痴痴地看着，那女兵也远远看到他，露出槐花一样芬芳的笑脸，甚至打快板的手还随着节奏轻轻扬起。李长胜走出老远了，还回头看看，不仅仅是她好看耐看，而是好像在哪儿见过，她的身影嗓音是那么熟悉。

大战在即，李长胜的情报眼线也没歇着。他很快就掌握清楚，那女兵就是长征路上那个在戏班里待过偶尔哭鼻子的号手——刘小花。那时她还是没长开的黄毛丫头，李长胜和李跟娣等红军战士就把她当小孩看，有时还逗逗她，让她唱个老家的小曲。几年没见，她就像发面团一样长得这么俊溜了，据说现在是纵队文工团的女兵队长，不久前从总部下来的。如今文工团除了团长张文秀，就是她说了算。

牛牯岭那一仗打得很苦，尤其是七团主攻的东南方向，敌人事先将树木、房屋、草垛等一切障碍物扫平，将树木设置成鹿砦，将房屋修筑成工事，使七团完全置于火力扫射之下。七团的指战员像一拨拨殉道者，呼喊着口号，前赴后继地往前冲，敌人吐着火舌的机枪如锋利的镰刀横扫过五月的麦田，一捆捆"麦子"被横七竖八地撂倒在地，鲜血汩汩，喘息着、抽动着、呻吟着……

战斗已呈胶着状态，谁再添一把火，谁就能赢得最后的胜利。七团团长王山担冲着那台缠满胶布的手摇电话吼，要求团里派预备队来支援。团指挥所犹豫了一下，答应了。

从不开口求援的王山担这一次居然开口了，可见他确实遇上难啃的"硬骨头"了。

片刻，九团政委李长胜带领一队人马出现在硝烟中。李长胜到九团任政委前是七团副政委，和王山担熟得可以共穿一个裤裆。老战友在这种局势见面，没有任何客套。王山担简短地介绍了一下情况后，李长胜朝身后的队伍挥了一下手，士兵们便顺着他的手指方向鱼贯疾步向前投入战斗。王山担就站在路口，每过一个兵，他轻声地数一声。57个兵。

"就这些啦？"王山担有些失望。

"就这些了。"李长胜神情凝重地说。

九团的兵就是九团的兵，那57个兵就像57只饿极了的老虎从一旁斜插过去，出其不意地出现在敌人侧翼，战局迅速得以扭转。

枪声变得稀疏，硝烟还未散去，王山担瞪着一双血红的眼睛从一个"麦捆"移向另一个"麦捆"。这些他们的爹娘用麦子喂养了十几年、几十年的兄弟，转眼之间变成了"麦捆"。他冲上去抡起蒲扇般的手掌，朝刚刚押下来的敌整编师师长挥去啪啪两个响亮耳光，紧接着抬腿踢去，李长胜一闪，挡在敌师长前面，那一脚结结实实踢在李长胜的小腿上，他咧了咧嘴。愤怒得像狮子一样的王山担很快被人拉开了，他一屁股坐在地上，像个绝收的老农一样抱着头呜呜哭了起来："老李，你说咱七团打得这么惨，啥时才能翻身呀！"敌整编师师长脸上转眼泛起几道暗红的指印，默默地看了看痛哭流涕的王山担，又望了望满地的"麦捆"。李长胜朝他挥了挥手,做了个后撤的动作,几名士兵推搡着他退了下去。后来,在整风运动中,有人批评王山担打骂俘虏,说的就是这一件事。

王山担号得正凶,一副担架从他身边路过:"团长,俺们完成了任务,这三块光洋烦你捎给俺婆娘,让她以后找个好婆家……"三营营长把带有体温的三块光洋吃力地塞在王山担手里,昏过去了。三块光洋中一块有子弹擦过的痕迹。三营长的左大腿被炸断了,断处仅一点皮连着,露出白森森的骨头,鲜血如滴答的屋檐水,担架下几棵惊恐的小草很快被染红了。

"三营长,你给我挺住,不然我毙了你!"王山担带着哭腔,撵着担架朝团野战医院跑去。

三营长当兵前就有婆娘。他和他婆娘在一起的每个细节都被他加以渲染,成为兵们解闷儿的笑料。听起来他们是很幸福的一对,可他伤愈归队的老乡却说,他婆娘现在跟一个私塾先生好上了。那老乡打抱不平,还摸黑趁晚上把私塾先生蒙头盖脸地揍了一顿。王山担耳闻后,亲自叫来那个归队的同志,叮嘱他不要乱讲,千万不能让三营长知道。

王山担握着枪,冲进开设在一座破庙里的团野战医院,东奔西跑地叫嚷着,谁也没理他,各忙各的。三营长一抬进来,一个瘦巴巴的医生马上迎了过来,三两把解开卫生员在战场上简单地包扎:"需立即输血!"正在指挥忙碌的刘小花闻言直起腰来,边挽衣袖,边说:

"输我的，不用检查，我是O型血。"

刘小花的手臂看起来瘦弱，白皙。薄膜一样的皮肤下，能看到如根须一样青色的血管。如此瘦弱的手臂能抽出多少血？王山担努力想挤出一丝笑容，朝她笑一笑。刘小花始终耷拉着眼睑，仿佛他不存在一样。

王小担静静地看着刘小花的血一滴一滴地流进三营长的血管，三营长的脸色渐渐红润，呼吸匀称。王山担刚才还冒着火的目光变得像婴儿的眼睛般温柔清澈，扭头走了。

每次战斗前夕，文工团的男女同志都要下野战医院，协助医生抢救伤员，做战地救护工作。刘小花带着十来个女兵在牛牯岭战斗前下到二十三旅九团野战医院。

文工团的同志在各野战医院充当护士的角色，负责给伤员端茶倒水，喂饭喂汤，端屎倒尿什么的。情况紧急时，还掩埋抢救无效死亡伤员的遗体，不过这种事极少，主要是女文工团员们力气小，坑挖得不深，烈士的遗体埋下去后，要是被野狗刨出来，或被雨水冲出来就麻烦了。另外，还有一项重要的约定成俗的任务就是充当临时血库，在急需用血时，他们慷慨地伸出一支支或粗壮、或瘦弱、或微黄、或白皙、或黝黑的手臂。输完血后，运气好时，能分到一个战利品罐头作为奖励。但这个罐头，很快就被大伙儿嘻嘻哈哈分吃了，谁也没当回事。

战斗如一场暴风骤雨，风雨后大地仿佛产后的母亲，一片宁静。部队散布在一个个傍山依水的小村庄休整。

纵队文工团照例给兵们演出《白毛女》《血泪仇》《兄妹开荒》等剧目。这些戏，老兵们已看过好多遍了，有的兵一遍也没看过，比如那些刚入伍的翻身农民和那些刚解放过来的兵。当然还有的兵永远也看不到了，比如那些静卧山岗坡坎溪沟的兵。那些情节很简单，用今天的眼光看起来让人不屑一顾的戏，兵们无论看多少遍，都像看第一遍一样新鲜。有的兵演员唱出上一句台词，下一句台词马上能脱口而出，演员们偶尔发挥，稍稍变动了台词、动作，他们在台下乐得像有人挠他们的胳肢窝一样。兵们有两大爱好，看戏和吃红烧肉。这两大爱好常被指挥员加以发挥利用，当作战斗口号提出，如战斗到了节骨眼上，指挥员振臂一呼：同志们，冲呀，打完了回去看大戏吃红烧肉呀。颇有喜剧性效果。

好些剧目里有刘小花的角色，每当她一出场，坐在前排的王山担就站起来鼓掌，紧跟着，他身后那些兵的掌声也排山倒海似的。王山担"叫公鸡"似的作派让好些人看得不舒服。李长胜就是其中之一。

早晨，太阳涨红着脸爬上山腰。李长胜哼着小调，走在乡间小路上，随手掐一根草茎放在嘴轻轻嚼着，丝丝苦涩涸开，上级提出的战斗口号每一个阶段都在变：打败小鬼子回家乡，打过长江回家乡……真不知何年何月才能回家乡。家乡那三十亩地一头牛，老婆孩子热炕头的日子让人向往得直咂嘴。

第三章 爱情遭遇战

一锅烟工夫，李长胜来到纵队文工团住的一座地主大院，不待人通报，他把文工团团长张文秀的门擂得山响。张文秀到了纵队任文工团团长之前是七团的副团长，只因会拉两把二胡，便发挥特长调到文工团当团长了。张文秀在纵队里有"老丈人"之称，纵队里那些符合结婚条件的"二五八团"经常到他这儿遛达，漫不经心地寻找目标。一旦发现目标，便死皮赖脸、嬉皮笑脸地让他提供条件，以组织的名义制造机会，待到瓜熟蒂落时，花好月圆夜，张文秀便充当娘家人，像嫁女儿一样把人交给对方。

李长胜和张文秀是一起入伍的，他们来自一个村，都是江西兴国人。他们那十里八乡一起参加红军的百十人，如今就剩下他俩了。一仗接一仗地打过来，他们难得凑在一起拉拉家乡话，或默默坐一起烧两卷烟。

李长胜端起张文秀的茶缸牛饮了一通，开门见山地说想向老战友刘小花学习学习文艺，以后用来搞个战前鼓动啥的。张文秀听了，哈哈大笑："为啥偏偏和她学，以前不学，现在想起来学了？比她唱得好的多着呢，我给你另外介绍一个，结婚了的。"张文秀把"结婚"两个字咬得很重。

李长胜挠挠后脑勺，嘿嘿一笑："就她吧，就她吧。"

张文秀当胸擂了李长胜一拳："你小子，一抬屁股我就知道你要拉什么屎。"

"老张，你是饱汉不知饿汉饥，我这把年纪也该找个暖被窝的啦。"

"什么饱汉饿汉的,我的地也早着呢。"

"早归早,但有个想念,有盼头。"

"行,我这儿没问题,你狗咬刺猬,自己琢磨着下嘴吧。"

张文秀入伍前就结婚了。当兵走的那天,他媳妇送他一个碗套、两双袜子、两双布鞋,送出十几里地,最后在一棵老槐树下,他俩手拉了又拉,临分别前,她在他手臂上狠狠地掐了一把,痛得他直咧嘴。然后,她站在高岗上望着他和他们的队伍消失成小黑点。她在老家替他送走了爹娘,拉扯大了弟妹,革命胜利后,她打听到他在四川剿匪,于是千里迢迢地赶到四川,见面第一个晚上,他让她刷牙洗澡,她不干,抽泣了一个晚上,说他在外面的花花世界里变心了,嫌弃她了……

院子里,刘小花吆喝女兵排练节目,她背朝着进门的方向,李长胜一看那高挑的个儿和略显丰满的臀部就知道那是刘小花。李长胜快步走在前面,张文秀明知缘由,故意介绍说:"这是咱二十三旅九团政委李长胜同志,江西兴国人,今年三十五岁,尚未婚配,读过五年私塾,作战勇敢,文武兼备……他以后要向你学习文艺,希望你不要学藏族人穿衣服,藏一手露一手。你要竹筒子倒豆子,全抖,手把手地教,心贴心地教。"

张文秀的介绍意味深长,女文工团员都知道,收团级以上干部为徒,这是他们暗渡陈仓的一招,说不定哪一天就师徒一家亲了。李长胜好像从来不认识刘小花似的,脸不红心不跳,十分标准地向刘小花敬了个军礼说:"学生不才,请先生多多指教,不当之处,严加管束……"

别看刘小花平常干练泼辣,说话像打机枪,撮合起别人来比《西厢记》里的红娘还伶俐,让几个年龄稍大点的女团员很快就"名花有主",现在轮到自己了,她顿时脸色绯红,阵脚有点乱。不愧是身经百战的老兵,她很快镇静地说:"李政委,我们是老熟人、老战友,你要学什么,随时来就是了,跟我学,或跟任何人学都可以。"刘小花以攻为守,反而让李长胜变得不自在起来,连忙说:"跟你学,就跟你学!"

李长胜从文工团里出来,满脸春色,脚步轻快,在一个拐弯处冷不丁遇上七团团长王山担。"老李,去哪儿了?这么高兴。"王山担招呼他。

"到文工团找张文秀拉呱了。"

谁都知道李长胜和张文秀是同一个村光腚玩大的伙伴,战友们都开玩笑说,张文秀当文工团团长,李长胜应该近水楼台先得月。可是很长时间他好像谁也看不上,当然谁也看不上他,这次他终于看到春色了。

"你上哪儿去?"李长胜问他。

"我去文工团找刘小花,感谢她救了我们三营长。"

王山担的话让李长胜回味了好一阵,望着王山担自信得像西楚霸王一样的背影。李长胜心里不是滋味。

李长胜带领部队奔袭八十多里端掉了一伙叫"铁魔头"的土匪。

匪首"铁魔头"作恶多端，到处烧杀抢掠，他有十个老婆还满足不了他的兽欲，还规定附近村庄里谁结婚，第一夜要把新娘送到他那儿去。面对这种奇耻大辱，乡亲们恨不得把他撕咬成碎片。

夜晚，部队在当地乡亲的引导下，摸进匪窝时，土匪们正在拉二胡唱戏喝酒作乐呢。一阵激烈的枪声、爆炸声，土匪们死的死，伤的伤，没死没伤腿长的顿时作鸟兽散。在匪首"铁魔头"的淫乱窝里清理战利品时，李长胜的脚拌到一个东西，他捡起来一看，是个精致的小玻璃瓶，打开来闻闻，还怪香的，这肯定是土匪的啥不正经的东西？李长胜扬手准备扔掉时，想了想，随手揣进衣服口袋。

战斗结束，部队休整，李长胜没有休整，他去了文工团。他现在去文工团有名正言顺、堂而皇之的理由了——不再是去会老乡，而是去找老战友、老师刘小花学艺。见到刘小花，没拉几句话，他把那个小玻璃瓶悄悄塞给了她。李长胜直到多年以后，才知道那叫雪花膏，是女孩子擦脸用的。

那年月，一瓶雪花膏不亚于今天一瓶高档法国香水，尤其对于爱美的女孩。刘小花轻轻地，小心翼翼地抚摸着小巧的雪花膏瓶，脸上荡起甜甜的笑意。那股芳香好闻的味道，她还是在戏班里时从"台柱子"身上闻到过。她把雪花膏藏在小包裹里，用的时候偷偷避开姐妹们的目光，用小指头轻轻抹一下，便暗香漫开。

此后不久，在一次行军途中，王山担骑着马，拎着一只色泽诱人的火腿来找刘小花。王山担骑着那匹枣红大马，飞奔至文工团的宿营地时，他那副胡子拉碴、猛张飞的样子很是吸引眼球。但更吸引眼球的是他手上那只火腿，大家看了直吞口水。刘小花在众目睽睽下，落落大方地接过火腿，转手就把它送到炊事班，晚上大家美美地解了一顿馋。吃人家的嘴短。纵队文工团那帮男男女女边嚼咀着火腿片，边当着刘小花的面夸王团长好，人实在。刘小花骂道："有好吃的还堵不住你们的嘴！"

李长胜又送刘小花几尺花布，是那种颜色素雅，有着兰草香味的家织布。刘小花比画过好几次，是缝件贴身小袄，还是缝件别的什么，她没拿定主意。花布最终送给了一位烈士。一个重伤员从阵地上抬下来，还没来得及抢救，头一歪便去了，恰巧这时战前准备的棺材、门板、白布全用完了，掩埋组的同志抬着烈士的遗体正准备出去，刘小花示意止住，她默默地从小包裹里取出那几尺花布，将烈士的遗体层层包裹，鲜血洇透布层，烈士的体温渐渐消散……这些，刘小花做得很小心，很细致，像是包裹一个熟睡中的婴儿，像是怕惊醒他的鼾梦。

王山担送刘小花一大袋爆米花。王山担送爆米花时，刘小花正张罗着排练节目，他也不遮掩一下，把爆米花往她怀里一塞："刘小花同志，看，我给你们带来好吃的东西了。"爆米花照例被大伙儿一人抢一把，一抢而空。大家吃完后，还拍拍手说以后王团长再送好吃的来，别忘了他们，还猜测说是不是李政委也送过好吃的，你吃独食了。刘小花气得直跺脚。

李长胜用树枝、竹片、毛笔，教刘小花在沙地上、毛边纸上写字。

133

偶尔也把着她的手写，刘小花觉得握笔的手汗津津的，浑身像站在火炉边。李长胜文化不高，但毛笔字写得漂亮。

王山担在草甸上、在树林里，教刘小花骑马、打枪，偶有收获，打只野兔、野鸡啥的。但王山担说，那不是刘小花用枪打的，是被她的大呼小叫吓死的。

…………

二十三旅九团许多人都知道七团团长和九团政委同时喜欢上了纵队文工团副团长兼女兵队长刘小花。

王山担的情感像大炮的宣言，李长胜情感如润物无声的细雨。李长胜和王山担像两条顶架的水牛，较上了劲。

对于他俩的明争暗斗，刘小花仿佛是个局外人，她始终灿烂地笑着，落落大方地和他们交往着。他俩谁都觉得她对自己有意思，是对方在中间瞎搅和。

李长胜打着向刘小花学艺的幌子，锲而不舍地往文工团跑。但幌子永远只是幌子，谁也没看到李长胜向刘小花学过唱歌、打快板，哪怕是掩人耳目，做做样子。

王山担呢，他似乎不需要任何借口，他每次去文工团都粗着嗓子对团部的兵们说：走，看你们嫂子去！

他们俩也有撞车的时候，李长胜来时，如果看到王山担的枣红马拴在外面，就悄悄折回或到别处溜达。但王山担就有些沉不住气，他一看李长胜的大黑马拴在那儿，就示威似的大声吆喝。张文秀是个和事佬，谁也不愿得罪，一边是一起长大情同手足的战友加老乡，一边是出生入死多年的战友加兄弟，更何况文工团缺个啥还指望他俩解囊相助呢。

那时文工团表演战斗场面都是实枪实弹，前台用步枪、机枪比画，后台就噼里啪啦地打实弹。为了方便打枪，舞台大都选择村落边人烟稀少处，幕布后面是一片荒野地。文工团"打仗"需要的枪支弹药靠战斗部队提供。张文秀每次找王山担要，王山担都一副财大气粗的样子，很爽快；向李长胜要就不那么痛快了，他不但抠门给得少，而且嘀嘀咕咕的，怪文工团瞎折腾太浪费弹药了，演一场戏的消耗他们可以打一场小规模的战斗了。

清晨，晨雾缭绕。纵队团的干部在山上的古庙里开会，山下首长们的警卫员三三两两地在溪边饮马、聊天。有点像今天各个单位的领导们在一起开会时，他们的驾驶员在外面百般无聊的情形。

李长胜的警卫员黄三胖牵着那匹膘肥体壮的大黑马。马贪婪地吸着溪水，他双手轻轻地抓挠着它油亮健硕的臀部，马将拂尘般的尾巴轻甩着。李长胜安排黄三胖到下连队战斗班排几次，李长胜就负伤几次，黄三胖跑回来再也不走了，他说："我是你的'护身符'，还是让我跟着你吧，直到以后不再打仗了。"黄三胖捡起一块石头，斜躬着身子往小水潭里抛去，打三四个"水漂"。上游不远处的草坪上，王山担的警卫员刘二虎在放牧枣红马，马低头吃着草，刘二虎斜倚着一棵树，手指缠绕着马鞭，翻来覆去的。他们俩谁也没搭理谁，要在往常，他们早就像失散多年的兄弟一样拉上呱了，交流着各自的所见所闻。可现在他们的关系变得很微妙。他俩都认为刘小花应该成为自己的嫂子，自己的首长是最优秀的。

开始两人都沉默着，后来终于挑明了。

那次李长胜打发黄三胖给刘小花送一本苏联小说去，王山担让刘二虎给刘小花送一坨喷香的牛肉去，两人遇上了。两人憋在肚子里的话终于倒了出来，开始是嘴上，后来演变成肢体语言。最终黄三胖提议两人比赛投石子，谁投得远投得准，谁的东西就送过去。

"失败的一方还要给胜利的一方叩三个响头！"刘二虎补充道。

黄三胖放过牛也放过羊，练就了一手投石子的好本领。他投石子不但投得远，而且投得准，说打头羊就打头羊，说打尾羊就打尾羊。他在阵地上投弹也是如此，准且狠，关键时刻顶上去，有"小钢炮"之称，一颗手榴弹投五六十米远，形成空炸，杀伤力很强。刘二虎投了两次，眼看不但团长交给的任务无法完成，而且还要遭受奇耻大辱。他便犟着要改比试枪法。

"打枪就打枪，马和骡子比跑不比叫。"说话间，黄三胖从腰间神气地拔出二十响驳壳枪。

黄三胖玩手枪的时间没有刘二虎长。刘二虎一调到王山担身边，王山担就扔给他一支锃亮的驳壳枪，他不知从哪儿弄来块红布系在枪柄上，枪别在腰上，骑在马上飞奔时，红布一飘一飘的，很是扎眼。

一闲下来，他便拔出枪做瞄准状，显摆一番，美滋滋的。枪能壮胆，枪能长精神气呀。同样是警卫员的黄三胖羡慕得眼神发直，他只有一把小马枪，还是王黑塔给的。和李长胜单独在一起时，他提过，想要一把"二十响"，理由是马枪有时候碍事。李长胜听了哈哈大笑说："我们的队伍里没有发枪的传统，只有从敌人手里夺枪的传统。"

"砰砰砰"几声枪响。"谁在打枪！""什么情况！"几个保卫干部带着十几名警卫战士风一样跑过来，黄三胖和刘二虎被围在一起，面面相觑，不知所措。当大家了解到他们打枪的原因后，哈哈大笑。一个络腮胡脸像霜冻一样，厉声训斥他们："乱弹琴！你们领导平常怎么教育的？以后再乱开枪，不但把枪缴了，还要关禁闭！"

经这一折腾，李长胜和王山担"情敌"关系算是公开化了。整个纵队都知道，一时大家谁也不好帮谁，谁也帮不了谁，只有他俩的警卫员像两只顶红了眼的小公羊，又像两只耸着脖子毛的大公鸡，一只比一只跳得高，一只比一只啄得凶，扭打在一起，再加上话语上的讥讽、刺激，更是火上浇油。黄三胖讥笑王团长没文化，上级布置作战任务，只能在口袋里悄悄摆火柴棍，放石子做记号，开会时拿个笔记本做样子，在上面画些猫呀狗呀。刘二虎反唇相讥：李政委有文化，读了三句半古书，说话动不动就扯洋蛋，之乎者也的，谁也听不懂。

李长胜和王山担如果只是郎中、私塾先生、青年学生、小商小贩的，看上同一个女人，他们可以比金钱，比力气，比才情，比势力，甚至可以撸起袖子打斗一番。但他俩是解放军的团主官，他们身后是七团和九团，身强力壮、杀气腾腾的好几千号人马呀。

七团是历经爬雪山过草地的红军团队，光从这个团走出去的将军就有一百多位，有"百将团"之称。九团是抗日战争时期以七团的一个营为骨干力量组建起来的部队，虽然不全部是红军，但也是红军的火种，红军的血统，所以二十三旅九团对外号称有两个主力红军团。对此，七团很不以为然，认为只有他们才是真正的主力红军团，九团只不过是他们的一根肋骨罢了。这话传到九团官兵耳朵里，自然很不服气。两个团比着打胜仗、恶仗、硬仗，两个团的军政主官在团里、纵队常常为争主攻任务而脸红脖子粗。上级领导在分派任务时板着面孔，一副谁也不偏袒的样子，但看到手下两个谁也不服输、令敌闻风丧胆的团队还是满心欢喜。七团、九团驱驰征战，精彩纷呈，各具辉煌，看不出谁强谁弱。两个团互不服输，敢于叫板，一直深入到团队的精神骨子里，深入到每一个士兵的心灵深处。多年以来如此，同一个火车皮拉来的新兵，从分别跨进七团九团的大门那一刻起就开始比，不由自主地比。比作风，比训练，比生产，比士气，这种状况一直延续到早打、大打、打核战争时期，到科技大练兵、电子信息化、科技强军时期。21世纪初的某一天，两个团在一场对抗演习结束后，上级一纸命令，两个团又合二为一，两个团的领导有的转业，有的调走，有的留任，大家相拥挥别，一笑泯"恩仇"。当然这是后话，我没有向李长胜老前辈说起。

现在七团团长王山担和九团政委李长胜看上了同一个女人，这似乎成了七团和九团官兵们心中一场另类"战争"，自己的团首长能娶到这个女人就是"胜利"。就连七团政委王少堂和九团团长李雷也不知不觉地搅和进来。

七团政委王少堂，入伍前是位副区长，地方干部。那次他送根据地的新兵入伍时，部队领导怕新兵想家，队伍难以巩固，于是把他也留了下来，他一入伍就当营教导员。那时部队常年打仗，伤亡大，兵们是脑壳拴在裤腰带上过日子，时有开小差的。王少堂巩固部队很有一套。行军打仗到哪儿了，靠谁家近了，谁就成了重点巩固帮扶对象，平时多找他谈心，吃饭先给他添上，洗脚水给他端上，让他感觉得到革命大家庭的温暖。外出走动让人看着，上厕所让人跟着，当然这一切必须做得悄无声息，否则他就觉得你不信任他，反而弄巧成拙。晚上睡觉，干部、骨干睡门口，马桶提进屋里，有时在门口悄悄拉一根绳子，一有响动马上就爬起来。北方兵心实，思量着要开小差前，觉得对不住大家，于是他闷声不吭的，啥事都抢着干；而南方兵呢，要开小差前尽量掩饰自己，有说有笑的，话反而比平时多，这时就得对他留心点⋯⋯

王少堂是一个很了不起的政工干部，他巩固部队走的是群众路线，充分利用群众的力量，所以在王山担攻克刘小花这座"堡垒"的"战争"中，他出谋划策，仍然走的是群众路线。王山担送刘小花的火腿、爆米花、红枣、花生等，要让文工团的老老少少、男男女女都有份，都能沾个满嘴喷香，这都是王少堂出的主意。王少堂说："我们要大张旗鼓，大肆宣扬让大家知道，我们团长人好实在，他打心眼里喜欢刘小花同志。"

对这件事异乎寻常关心的另一个人，就是九团团长李雷。李雷是侦察兵出身，当过侦察排长、侦察队长，他搜集情报很有一套，能从敌人的眼皮子底下逮到活口。他当团长后仍禁不住技痒，带领侦察队几个人进行了一次敌后化装侦察，把敌人的兵力、火力部署摸了个熟透。仗打赢了，开庆功会的同时，就是对他"火药"味呛人的批评会。从不轻易发火的纵队政治部主任拍着桌子说："乱弹琴，你以为你还是个排长、连长，你现在是经过多少人的鲜血和精力培养出来的团一级指挥员了，你这是对组织极不负责任！"

知已知彼，百战不殆。关于刘小花的许多"情报"都是李雷提供给李长胜的，如刘小花喜欢什么花呀，生日哪一天呀，喜欢吃什么呀，鞋子多少码呀，等等。尽管李长胜认识刘小花好几年了，这些鸡毛蒜皮、风花雪月的"情报"他确实不知道。虽然攻占的对象不同，但它们与行军打仗的情报，有异曲同工之妙，对一个含苞欲放的姑娘来说，那是直指软肋的利剑，如李长胜在她生日那天采一大束野花送去，在她的鞋子露出脚趾头时，送去一双合脚的鞋……李雷不知从哪儿得到"绝密"，刘小花的裤带是一根布绳，有几次行军途中内急时差点没解开，发生"水漫金山"事故。李长胜默默把身上那根牛皮腰带解下来，用黄表纸细致地包好，让黄三胖悄悄送过去，并一再叮嘱不能打开纸包，谁都不能知道。牛皮腰带是李长胜在长征开始前一次打土豪"分浮财"得到的，那次他的布条裤带刚好断了，一手提着裤子，一手端着枪冲进地主家大少爷寝房，如获至宝地发现这根皮带，据说大少爷是放过"洋"的。在长征途中，李长胜饿得肚子贴背脊骨几乎走不动了，好几次差点煮来吃了。刘小花隐约听说那根腰带是从李长胜腰上解下来的，现在系在她身上。因为一根皮带，他们之间好像有了微妙的化学反应。女人就是这样一种动物，你对她很大的好，送她一座玫瑰园，她不一定记得住；你对她一点点好，一个很小的细节，送她一支玫瑰，说不定她能记一辈子。

那一夜，王山担带领部队接连摸了四个村子，都扑空，眼看天快亮了，他急得脑门直冒汗，莫非敌人又缩回去了？白天侦察队明明看到他们在这一带安营扎寨，准备过夜的。狡猾的敌人确实缩回去了，他们在挨了数次打后，学乖了，白天虚张声势地把队伍往前开，晚上又悄悄撤回去，缩成团。

战斗在天亮时打响。敌人是有防备的，有坚固的工事，而且是以逸待劳，王山担的部队完全暴露在敌重火力之下。就在王山担的部队被敌人包了"饺子"，他准备鱼死网破"放羊式"突围时，外围响起更为激烈的枪声，李长胜和李雷率领九团赶来了。在七团和九团里外应合地攻击下，敌人的"饺子皮"很快就从最薄弱处被啃破，大部分敌人被消灭，落荒而逃的残敌交给兄弟部队收拾去了。

战斗结束，王山担和李长胜乌着被硝烟熏黑的脸，相遇了。

"老李，你是不是希望我死！"王山担首先发话。

"是呀，你怎么不被长眼睛的子弹打死呢！"

"你希望我死，为啥还救我呢？"

"我们救的不是你，是你的部队。"

"我命大福大，不会死的……"

"哈哈……"王山担和李长胜相视大笑。

有人说恋人之间灵犀相通，其实情敌之间更是如此。李长胜和王山担想对方甚至比想刘小花还要多一些，当然这种想不是甜蜜的思念，而是每时每刻揣摩对方的心理，将对方想象成靶子，一次次打倒，打得鼻青脸肿、头破血流。这种"思念"的后果就是对对方的心思十分了解。王山担和李长胜在"情场"上是殊死拼杀的敌人，在战场上又是配合默契的兄弟。经常是一个攻坚，一个打援；一个设伏，一个诱敌；一个纵深突击，一个迂回包抄……彼此间只要一个眼神，一个动作，就知道对方在想啥，下一步将有什么动作。也许这一次李长胜他们九团及时赶到，就是他俩冥冥之中心灵感应的结果。

看着两个男人竞相向自己献殷勤，为自己雄狮般地争斗，这也许是作为一个女人最大的虚荣。刘小花尽情地享受着这种虚荣，将日子一天天往后拖，一点一点地挨。尤其是在她收下李长胜的皮带后，她见他们中哪个都不像以前那么大方、自然了，这让她举棋不定，非常纠结。

在那个暖暖的冬阳下，刘小花帮李丽花捉头上的虱子时，悄悄问

她，你看王山担好，还是李长胜好？

"当然是王团长好啰，你看他骑马的样子多威风，跟这样的男人在一起心里踏实。"李丽花当兵前是城里的洋学生，在学校里读书时，有一个家里开当铺很斯文的男同学和她相好，悄悄拉过她的手。有一天晚上，他送她回家时，遇上几个散兵游勇，他扔下她，撒腿跑了……事后，他解释说，他害怕被抓丁，而你没事，他们不会要女的。

刘小花和陶小红挤在一床单薄破旧的棉絮里睡觉时，同样的问题也问过她。陶小红说，还是李政委好，你看他心多细，和他过日子准知冷知热的。说这话时，陶小红粗糙的手指轻轻滑过她光滑的脊梁，刘小花有一种异样的感觉。

因为那根皮带，刘小花时常感到腰间一阵温热，在夜深人静的时候还能闻到李长胜的体味……她感到自己心的天平渐渐向李长胜倾斜，尤其是那次李长胜悄悄给她送来女人的卫生用品，她更觉得心有所属了。

那天急行军，队伍刚跌跌撞撞热汗淋漓地翻过一座山，紧接着又要蹚过一条冰冷刺骨的河。前面战斗连队的男兵们嗷嗷叫唤着，纷纷踏碎薄冰踩着浪花向对岸冲去，若在平时他们会说着笑着旁若无人地把裤子一脱，搭在肩上，光着屁股一步一步踩稳走向对岸，可当时情况紧急，一切按部就班有条不紊已来不及了。兵们冲过河去，湿漉漉的裤腿经风一吹，马上结成盔甲一样的冰层，每走一步磨得咔嚓咔嚓地响，必须一刻不停地走，否则双腿就会冻僵在里面。

刘小花气喘吁吁地跑到河边，望着河面上踩碎得像玻璃碴一样的冰层，正犹豫间，李长胜骑着马出现在她身后。李长胜策马上前，让她上马，她谢绝了，他不由分说，一弯腰钢钳一样的双手猛地把她抱上马……

李长胜那天一宿营，就找到当地一个裁缝，花了一块大洋的高价，缝了几个精致的卫生巾，还买了一些柔软的草纸，给刘小花送了去。

在房东家昏暗的豆油灯下，刘小花接过那一包东西时，脸红得不敢看他。他一转身离去，她就趴在床上咬住嘴唇抽泣。刘小花父母早逝，唯一的哥哥也在兵荒马乱中离散了。她被一个草台戏班收留，很长一段时间被老板当丫环使，经常挨打受骂，饱一顿饥一顿。后来参加红军队伍，来过几次"情况"，不是扯棉衣里的棉花，就是掏被子里的棉花对付过去了。无论是长征时期，还是解放战争时期，女兵们用棉衣、被子里的棉花做卫生用品都不是什么秘密，所有女兵都这样。一套棉衣扯到春天变成了夹衣，到了夏天撕成单衣；一床棉被掏成了夹层。行军走路，轻倒是轻了，但到了夜晚，盖在身上冷得直打哆嗦。有那么几年，刘小花身上的"麻烦"竟然消失了，完全变得像个小子一样，她不但不难过，反而暗自高兴。

刘小花将李长胜送的那包东西贴在胸口，一抹幸福的红晕在脸上漫开。

早在李长胜之前，王山担送过她一个银镯子。那个银镯子是王山担的母亲临终前留给他姐姐的，他姐姐揣着这个镯子，拐着根木棍，领着他四处讨饭。那一年，在一个北风呼啸的冬夜，在一座四处漏风的破庙里，躺在枯草堆上已病得奄奄一息的姐姐从怀里摸出这个镯子，叮嘱王山担，带上它就如同亲人在身边，会平安无事的，亲人的眼睛就是天上的星星，会眨巴着，看着他，保佑他……说完，年幼的姐姐也撒手走了。王山担带着这个镯子，给地主放了几年猪，不管工钱只管饭，像棵石板下的小草顽强地活了下来。一天，一支队伍路过他们那儿，他扔下猪，跟着队伍走了。

王山担无数次想过这只镯子的归宿，它应该交给王家未来的媳妇，也算是母亲和姐姐给她的见面礼。它是王家的祖传之物，要一代一代传下去。当他把用红布包着的镯子送给刘小花时，很想告诉她背后那个酸楚的故事，但他厚厚的嘴唇蠕动了几下，终究什么也没说。

刘小花拿定主意后，把镯子还给了王山担。他再来找她时，她总忙，总有很多人在旁边，拉不上话。

从来没有打过败仗的王山担，这一仗失败了，一败涂地，败得不明不白。

王山担狂躁得像一只失去领地的狮子。有一天，像一只狂躁的狮子的王山担出事了。

那是一场小得不能再小的遭遇战，王山担派一个排，甚至一个班都可以解决问题。可王山担就是在这条"小河沟"里差点人仰马翻。

当时王山担正带领队伍穿行在一片丘陵地带，突然旁边一座小山头上传来零星的枪声，一听那稀稀拉拉的枪声就可以判断这是一小股地主武装。真是老鼠捋猫须，咱们战略转移，敌人还以为咱们在这片地站不住脚了呢，临走还想像狗一样拖咬一口。

"侦察连，给我上！"王山担勒住马头，一声断喝，带领团侦察连朝枪响的山头冲去，那一小股敌人很快被干净利落地解决了，可王山担却被一颗子弹击中腹部，应声倒下马。

王山担当时骑着那匹大枣红马，披着一件从小鬼子手里缴来的黄呢披风，胸前挂着望远镜，腰里别着手枪，敌人一看，就认定他是个大官。

王山担被十万火急地抬往纵队野战医院。一路上接力赛般累趴好几个身强力壮的棒小伙，团卫生队的军医一路上跟着跑，隔一会儿打一针吗啡，哭喊着："团长，坚持住，马上就到了！"

纵队首长闻讯，指示：务必想尽一切办法，不惜一切代价抢救主力团团长王山担！

王山担受重伤，生命垂危！

李长胜听到这个消息时，正在路边一个破败的看瓜棚里召开临时团党委会议。会议已接近尾声，该说的事已说了，该明确的任务已明确了，大家随意地拉扯了几句，突然听到这个消息，大家一时没了声音，纷纷拿眼神去瞟蹲在一角抽闷烟的李长胜，仿佛他能拿大主意，能救活王山担似的。李长胜没有看任何人，脸上也看不出任何表情，良久良久。

若干年后，李长胜告诉刘小花说，他是经过思想挣扎的。刚听到这个消息时，大脑一片空白，像曝光的胶片一样，什么念头也没有。接着他眼前浮现出刘小花甜甜的笑靥，他心底掠过一丝窃喜，但紧接着眼前浮现出王山担那张棱角分明，胡子拉碴，富有个性的脸，还有那没有任何心眼的豪爽的笑声，刚才那丝窃喜刹那间被巨大的伤感、悲痛淹没、卷走，像洪流卷走一片枯叶、一根枯草一样，情同手足，生死与共，患难同当等形容兄弟感情的词句固执地跳跃在他脑海里。

　　李长胜突然想起家乡一种古老的风俗，就是哪个小伙子在山上干活时扭伤了手，跌坏了腿呀啥的，就由家里人出面请村上最漂亮的女孩，或小伙子爱慕已久的女孩来帮忙揉一揉，轻轻地抚摸抚摸。理由是黄花闺女的手上有灵气，经她们一抚摸，伤痛很快就会好。年幼时李长胜也相信黄花闺女手上有灵气，直到这时他才明白，那也许只是一种心理作用，和漂亮的自己心爱的女孩在一起，而且有"肌肤相亲"，那样会注意力转移，痛苦会减轻些，还有更增添战胜痛苦的勇气。

　　李长胜快马赶到旅指挥所，向正在像拉磨的小毛驴一样转着圈的旅长报告说："让纵队文工团的刘小花同志去照顾老王吧，有她在，老王准能闯过这一关！"

　　李长胜说这话时，旅长直皱眉："扯蛋！王山担受重伤，眼看挺不住了，你还有心思开这种玩笑，他能不能救活，和谁照顾有什么关系。"

　　站在一旁的旅政委隐约知道其中的隐情，打圆场说："我们向纵队首长请示，试试看，试试看。"

刘小花被迅速调往纵队野战医院。

刘小花糊里糊涂、忐忑不安地赶到纵队野战医院时，野战医院那间用作病房的破土坯房里传出刘二虎如丧考妣的号哭，和断断续续的诉说："医生……你们一定要救活我们团长……一定要救活他，他还要带领我们打胜仗……我求你们了，我们团长……这段时间心情不好，憋着一肚子气……就是文工团那个……"

刘小花推门而入，刘二虎溜到嘴边的话又咽了回去。他腿发软，几乎想跪下去，上前一把抓住刘小花的手："嫂子，不，不，刘小花同志，你来了，我们团长就有救了。你一定要想办法救救我们团长，我们团长最听你的话，刚才他昏迷的时候还不停地叫你的名字呢……"

刘小花径直来到王山担身边，王山担平躺在一块油漆斑驳的门板上，双目紧闭，脸白如纸，衣襟下摆处有一个清晰的弹孔，小孔周围烧得焦黄，鲜血洇红了衣背……

"王团长！"

"王山担！"

"山担！"

刘小花俯下身去，连呼三声，泪水夺眶而出。

刘小花恨自己的心太狠了、太硬了，他整天提着个脑袋在弹飞如蝗的前线跑来跑去，还让他……他多么需要一个女人像烟荷包一样在他身边，有了女人的爱，有了女人的温存，心中就有了牵挂，他就不会这么莽撞、这么冲动了。泪眼婆娑中，刘小花想起昔日他对她的每

一点好，孩子似的笑容，坦率的言行，此刻都汹涌成潮水，将她托起……

"山担，你醒醒，我是小花，我来看你来了。"

"山担，你醒醒……"

刘小花紧紧握住王山担橛子一样粗黑的双手，仿佛一松手他就会被激流卷走，她的泪水滴在他手上、脸上，她赶紧用手轻轻拭去。刘小花的家乡有一种传说，如果谁的眼泪滴在亲人的身上，那么以后他将永远梦不到远走的亲人。平日哪怕不在意的感情，生离死别时都觉得它弥足珍贵。此刻，刘小花已将王山担视为亲人。

就在刘小花伸手去擦拭滴在王山担脸上泪滴的那一刻，王山担的脸抽动了一下，他微微睁开眼，眼里闪过一丝光亮，他挣扎了一下，试图坐起："小花……你怎么……来了……"

"我听说你受伤了，就赶来了。"刘小花含泪带笑。

王山担醒过来了！忙碌着准备手术器械的医护人员们一阵振奋。

王山担的手术由纵队卫生部长刘长工亲自主刀，手术足足做了六个多小时。在手术过程中，刘小花始终握住王山担的手，轻轻呼唤他的名字，喃喃絮语地拉着话，唱着一些古老的歌谣，以免他昏过去。因为凭当时的医疗条件，伤员一旦昏过去，抢救就极其困难。

若干年后，从某军区后勤部副部长任上离休的刘长工回忆说："抢救王山担，刘小花立了大功，她起到了麻痹和止痛作用，如果没有她，那台手术也许……王山担的肠子被打断成十几截，粪便溅得满腹腔都是，得一点一点地清洗，一截一截地缝合，恶臭熏天，动完手术，我

149

的双腿站麻了,刘小花捂着嘴一跑到外面就吐了……"

纵队卫生部长刘长工,小学文化,放牛娃出身,在战争这个巨大的手术台上练就了他疱丁解牛似的医疗技术。有人曾问他是怎样从一个放牛娃成长为一名内外科手术专家的,他嘴角痛苦地抽搐了一下说:"没有别的经验,手术做多了,就熟练了,那时许多受重伤的战士和俘虏,与其让他们等死,还不如硬着头皮给他们动手术,动完手术也许还有一线生存的希望,退一步来讲就是死在手术台上了,也为我们的医疗技术积累了经验,为抢救下一位伤员打下了基础……"在做这台手术之前,这个纵队还没有做成功过腹部手术。在当时的战斗中腹部受伤就是致命伤,腹部受伤的战士被抬下来后,擦洗干净,换上好一点的衣服,就放进棺材里,任其哼哼唧唧的直至腹部化脓腐烂,死去。那种状况对生者和伤者都是一种炙烤和煎熬。

手术顺利做完了。刘长工临离开病房时,叮嘱刘小花说,手术成功与否,关键看肠子接通了没有,那么接通与否,要看他有没有放屁,放屁就表示接通了,有救了。刘长工让刘小花一听到伤员放屁就马上向他汇报。

那一整个上午,刘小花都在屏声息气地耐心等待,尖竖着耳朵听,突然她听到他臀部下传出一声清晰的"噗"响,刘小花飞奔而出,手舞足蹈:"成功了,成功了!部长呀,手术成功了!"

一个很普通甚至污浊的屁,此时成了生命动听的音符,令人喜极而泣。这个屁象征着纵队野战医院能做腹部手术了。在此后多次战斗中，许多指挥员把这也作为一个激励口号提出：同志们，勇敢地往前冲呀，就是腹部受了伤，咱们也能治呀！纵队政治部主任在评价这台手术的意义时说，相当于增加了一个团的战斗力。

刘长工说，动过腹部手术的伤员喝人奶最好，人奶营养好，易消化。

刘小花每天端着个磕得坑坑洼洼斑斑驳驳的搪瓷杯，到驻地村庄挨家挨户地讨人奶。村妇们窃窃私语，传言她男人生病了，需要人奶治病。男人可是家里的顶梁柱，女人家的天呀。她们看她的目光充满同情，挤奶时一副很爽快很大方的样子，有男人在旁边也不回避，好像那是自家产的不值钱的东西。开始，刘小花看着她们解开对襟衣，掏出或硕大或巧秀或白皙或微黑的乳房，往搪瓷杯里啪嗒啪嗒地挤奶时，脸红得抬不起头。几次后就坦然了，她迎着她们的胸部望去，想象着自己做母亲的样子……

当王山担喝了几搪瓷杯人奶后，有一点劲了，躺在床上能举得拐杖时，他像驱赶偷吃谷子的麻雀一样驱赶刘小花："你滚，你给我滚，滚得远远的，越远越好……"

刘小花站在他拐杖够不着的地方呜呜地哭，转身走了。

当刘小花再一次端着一搪瓷杯奶水出现在他床前时，王山担像个受了莫大委屈的孩子哭开了："小花呀，我怕连累你呀，我今后可能是个残疾……"

"不会的，你是个残疾，我就照顾你一辈子。"刘小花一勺一勺地喂着他。

王山担在刘小花的安抚劝慰声中，不一会儿便响起匀称的鼾声。

每一天，王山担躺在老乡家的门板上，目光追随着刘小花忙碌的身影，她浣洗衣服、纱布，她扫地、做饭，还有她那一捋头发的动作……

"哎，小花，唱个歌解解闷儿吧。"

刘小花脸一红，亮开嗓子唱了一段，唱的是她以前在戏班学会的几句戏文。

"来一个过瘾的！"

刘小花脸上又添一抹红晕，小声哼起：月亮出来亮堂堂，妹在房中思念郎，不爱郎的钱和米，只爱郎的好人才……歌声轻柔，阳光仿佛停滞在窗棂上。

在那些看着阳光缓缓移动的日子里，刘小花知道了那个银镯子的来历。每当她擦拭他伤痕累累的身体，眼泪就经不住簌簌往下掉。他身上的每一处伤痕都是一场硝烟弥漫子弹尖啸的战斗，每一个伤疤都是一阵激荡山河的冲锋号角，这些伤痕与伤疤是一枚枚荣誉的勋章。

在王山担能下地缓缓走动时，刘小花回到了文工团。回来时，她手上戴着只明晃晃的银镯子，很扎眼。

二十三旅又打了几个漂亮仗，纵队文工团奉命到二十三旅慰问演出。当刘小花出场时，王山担不再站起来鼓掌，只是眯着眼睛喝醉了酒般笑。但她上场没多久，九团那边最前排位置上有人起身离去。刘小花站在台上，一瞅那身影，心紧揪了一下，忘了台词，幸好搭档陶

小红及时圆场。

那个阳光温暖的深秋下午，纵队文工团在一片树叶金黄的林子里排练节目。突然，一阵急促的鼓点般的马蹄声由远而近，放眼望去，远处大道上两匹马正朝这边驰来，前马上一个人努力前倾着身子，后马空鞍，飞马踏过，烟尘点点。

及近前，原来是二十三旅七团团长王山担的警卫员刘二虎。刘二虎翻身下马，急得舌头都打不过转来，他说，团长有事，请刘小花同志马上去一趟。问他有啥事，把他急成这个样子。刘二虎一副很深沉很严肃的样子，不肯说。刘小花不住地往坏处想，脸都吓白了，匆匆忙忙去找文工团长张文秀。张文秀听说她要去七团，意味深长地笑了笑，叮嘱她一路上小心，注意安全，便没再说啥。刘小花啥也没收拾，跨上刘二虎带来的马，就往七团驻地赶。

天擦黑时，刘二虎和刘小花赶到七团团部。七团团部设在一个山坳里，一座看起来随时可能会散架垮掉的木头房子里，刘小花走进屋子，屋里满是烟雾，她让眼睛适应了一下，才发现纵队政治部主任和二十三旅七团团长、政委等都在那儿，大伙儿看到她马上打住了刚才还很热烈的谈话，一个个看着她，面带喜色。她正纳闷，王山担像指挥队伍冲锋一样，手一挥，大声说："小花，咱俩今天就把喜事办了吧！"

王山担穿着一套干净整洁的军装，下颌也剃得光溜溜的，一副胜券在握信心十足的样子。这时刘小花才明白，他们是早有预谋的，包括她一向尊重的团长张文秀。

刘小花被烟呛得咳嗽了一声,脸转向桌上那盏马灯,桌上还散乱着些红枣、花生之类的吃食。她没吭声。

沉默。好,算是答应了。

纵队政治部主任当证婚人,团长、政委等说了些"白头偕老""比翼双飞""并肩战斗"之类的祝福话,满屋子的战友们准备了好些折腾人的鬼点子,早已按捺不住了,正想好好闹闹,纵队政治部主任像撵鸭子一样,把大伙儿往外轰:"春宵一刻值千金呢,我们不要占用他们的宝贵时间,让他们小俩口多说说悄悄话吧。"

就在王山担要关门休息时,李长胜的警卫员黄三胖满头大汗地跑来,推开将要关上的门,站在门槛外,从怀里掏出个包袱,双手递给王山担说:"团长,我们政委刚得知您大喜的消息,让我送来这份贺礼,向您表示祝贺,请您收下。"

王山担一听到李长胜三个字,脸如针扎了一下,但他很快平静了下来,满脸堆笑:"谢谢,谢谢你们政委,请你告诉他,我以后请他吃狗肉喝老酒。"

李长胜送的贺礼是一床绸缎被面。这床绸缎被面是九团的一个排长打土豪"分浮财"时截留下来的。那天战斗结束后,李长胜上街查看老百姓的生产生活恢复情况,以及部队执行纪律情况,正好撞上一位排长腋下夹着一床被面往宿营地走,那个排长远远看到政委,忙把被面往路边一扔,仿佛那被面顷刻间变成了烫手山芋似的,他刚要开溜，被李长胜叫住了，狠狠地挨了一顿批评。被面李长胜收缴了，但他也没有交给团政治处民运小组，而是悄悄留了下来，准备自己大喜时用。自从他那次在冰冻的河边一把搂起刘小花，两人双双骑在马上后，就整天浮想联翩的。

临熄马灯前，王山担把整个屋子细细检查了一遍，连老鼠洞都堵了堵。第二天早上一起来，还是发现房梁上爬有人，床底下藏有人，窗户下躲有人……王山担一开门，他们朝他挤眉弄眼地笑，向他讨糖吃，讨烟抽。王山担铁青着脸，一转身发现门口有一副新贴的对联，上联是：常胜将军战场上纵横驰骋屡战屡胜；下联是：帼国英豪罗帐里奔走厮杀几上几下；横批是：洞房花烛夜。一看那苍劲如松的字就知道出自政委王少堂之手。原来昨晚听房的人把他们两口子的"战况"详细向政委做了汇报。王山担好汉又提当年勇地向刘小花说起，他曾经如何英勇，打了多少胜仗，战果何等辉煌，说话间几次想亲近她，都被她手舞足蹈地蹬开了，有两次还被踢到床下，狼狈不堪。扒在屋梁上的"听房者"忍不住笑，差点暴露了目标。

对联上的字王山担认得不全，但他连蒙带猜知道是啥意思，那是笑话他的。他伸手去撕，被一个兵拦住了，那兵很认真地说："团长，这对联谁也不能撕，政委让我守住的，谁撕了处分谁。"这时王山担才发现对联旁边还站着一个全副武装的哨兵。王山担没理他，手一扬把对联撕下，几把撕得粉碎。

早晨，刘小花一出门，打了个冷战，一夜大雪，满世界银装素裹。

她看到屋外听房的人身上落满了雪花，真让人心疼，这么冷的夜晚，他们是怎么熬过来的。

多年以后，刘小花回忆起她的"洞房花烛夜"时说："那天晚上，屋外的山风呼呼地刮了一夜，我想起自己做姑娘时那些做新娘的梦，大红花轿，大红嫁衣，大红披肩，喜庆的锣鼓，震耳欲聋的爆竹，香郁的美酒，红烛昏罗帐……没想到真做新娘了竟是这个样子，最主要的是他事先没有征得我的同意，我心里一点准备也没有，他太霸道了，太不了解女人了……那晚我哭了一夜，没让他靠近我……对了，那晚，他还拉了一段二胡曲给我听，我听不懂是什么曲子，也没问他，反正蛮好听的。在这之前，我没想到他这么个大老粗还会拉二胡，那是我这辈子听到过的最好的二胡曲。现在我的耳边好像老是响起当年那一曲二胡，仔细一听又什么都没有，不注意时又响起来了……"

纵队文工团在一次转移途中和一小股敌人遭遇，敌人欺负他们男男女女，老老少少的，又拖拉着几马车坛坛罐罐、道具、乐器，打了起来。张文秀和刘小花什么大风大浪没见过，十分沉着冷静。刘小花带领女同志一边就地隐蔽，不要轻举乱动，一边准备战斗；张文秀指挥几个富有战斗经验的男同志迅速占领有利地形，利用仅有的几支枪，奋起还击。

敌人本想捞一把，没想到碰上了"硬钉子"。密集的枪声持续了好一会儿，纵队指挥所听到文工团方向的枪声，立即命令离文工团最近的部队迅速向文工团靠拢。那一小股敌人欺负文工团还凑合，一看到大部队增援来了，立马往山林深处逃窜。

这一次，纵队文工团的损失惨重，是组建以来最为惨重的一次，牺牲了四位同志，两位男同志，两位女同志，外加一匹拉道具的骡子。

战争时期，文工团属非战斗部队，与敌人交火的机会很少，这一次他们直面身边的战友牺牲，整个文工团沉浸在一片悲痛之中。最伤心欲绝的是那些女同志，她们哭鼻子抹眼泪，不吃不喝，炊事班送来的饭菜热了又热，还是没有人动。最后，纵队政治部主任来到文工团给她们上了一课，他说，你们演戏，鼓舞部队的士气是革命，但革命不是演戏，是要流血死人的，人死了也不能像戏台上那样，可以活过来。你们作为革命战士要振作起来，要勇于踏着烈士的血迹前进，要化悲痛为力量……主任的话让她们心安气静了许多。

文工团牺牲同志的追悼会开得很隆重，纵队首长都参加了。白森森的，连夜赶制的四口棺材一字排开，军号激越，寒风呜咽，天幕低垂。在指战员庄重肃穆地注视下，荒野里隆起五个土堆，其中一个土堆是那匹骡子的。它也是一位忠诚的战友。

事情过去了一星期后，王山担才得知消息，当时他带领部队在外线担任骚扰敌人的任务，以掩护主力部队休整。他听到这个消息后，让刘二虎给刘小花送来一支精致的小手枪，外加一捧金灿灿的子弹。刘小花细细地、一遍一遍地数着那些子弹，正好三十二颗。她知道这些子弹在最关键的时候，有一颗是留给自己的。

王山担和刘小花婚后的日子散多聚少,偶尔在行军的路上相遇,伫立路旁,情长语短地叮嘱几句。刘小花他们文工团行走在对面的山上,常常是刘二虎最先发现:"团长,你看,嫂子她们在对面呢!"紧接着团部那些调皮兵便双手合拢,朝对面山上嗷嗷地喊。文工团听到喊声,就知道对面是七团,于是好些人哦哦地回应,其中夹杂着好些女声。王山担也夹在兵中间喊过。刘小花的声音即使夹杂在吵闹的人群中,他也能一下子分辨出来。但他从没听到过刘小花的叫喊声。

　　王山担珍惜每一个与刘小花团聚的机会。每次一打完仗,他就把筹备庆功会,战利品的分配,部队的休整教育,解放战士的转化等琐碎事,一股脑儿扔给政委王少堂。他自己揣上一点平时舍不得吃舍不得喝的香甜东西,一刺溜跑到文工团驻地。有好几次东西都放馊了,刘小花只好捧着发馊实在不能入口的东西,悄悄转身倒掉,然后做出吃得满嘴香甜的样子,王山担看了咧嘴憨笑。

　　王山担来文工团没有什么规律,大部分时间是文工团的帐子已经支好了,部队已经宿营了,他一个大老爷们儿一时实在找不到地方住。王山担又不想惊动大家,弄得兴师动众鸡飞狗跳的,让大家都知道他王山担来会婆娘了。他做贼似的,悄悄叫起刘小花,牵着她的手去钻草垛,睡牛棚,住山洞,在背人的地方,他一把抱起她,钢刷似的胡楂往她脸上扎,扎得她心痒痒的。刘小花将头埋在他的怀里,贪婪地闻着他身上的汗味、烟草味、硝烟味,像醉酒一样陶醉。她弄不清他动过手术的身体咋还那么有劲,抱出一小段路后,赶紧叫他放下,害怕累着他了。地当床，雾当被，稻草当作黄金被，天空就是昏罗帐，一阵暴风骤雨般的激情过后，两人相拥数着星星拉着话儿。他说，他很小时候织了个蝈蝈笼，姐姐问他，里面装什么，他歪头认真地想了一下说，装他的新娘。现在他真想把她变成一个小拇指似的姑娘装在口袋里，时刻带在身边……不觉已近夜半，寒露袭来，两人愈抱愈紧。

有一个晚上，他们连转了几个地方，都不理想，后来他们钻进一个山洞。山洞里还算干燥，里面还铺有一小摊枯茅草，像有人住过，但有一股难闻的臊味。难得有这样天然的"洞房"，管他呢，先住下再说。王山担拥着刘小花睡到半夜，突然被她捅醒，她让他细听，外面有一只狼在嚎叫。随着一阵紧一阵凄厉的叫声，吓得刘小花直往他怀里钻。一夜无眠，王山担被她撩得尤为兴奋，那一夜要了她好几次。第二天早上他们起来时，才发现他俩昨晚鸠占鹊巢，侵占了狼的住所，住到狼窝里去了。

王山担和刘小花婚后的生活不尽是酸楚的甜蜜，有时也有丝丝发涩的不快。有一次，刘小花在纵队野战医院照顾伤病员时，一位将愈的伤员为了表达对她的感激，悄悄把自己包扎伤口的干净纱布取下保存起来，用红药水染红，送给刘小花扎头发。她接过红纱布时很不解，疑惑地看着老兵，正想着词儿要说他几句，让他爱惜医疗用品，安心养伤。老兵红着脸，搓着一双大手说，他的伤快好了，要回到前线去了，十分感谢她这段时间的关心照顾。最后他似乎鼓起很大的勇气说，你很美，扎上这红纱带会更美。刘小花很感动，当着他的面将红纱带扎了起来。老兵笑了，笑得很开心。

红纱带飘在刘小花乌黑的秀发上，如一只美丽的蝴蝶泊在她的发梢，大家都说比戏里的喜儿扎上红绳头还好看。可王山担看了很不是滋味，他联想起李长胜和她的交往，想象着他俩单独在一块的每一个细节，尤其是刘小花曾经差一点没看上他，尽管他知道他们很坦荡很清白，但还是不由得胃犯酸一样阵阵难受。他冲着她发无名火，找着茬子和她闹别扭、拌嘴。当她拐弯抹角地弄清楚他是不喜欢看到她戴一个男伤员送的红纱带时，她很伤心，伤心他不理解医护人员和伤病员之间的感情。

在刘小花眼里，在所有文工团员眼里，野战医院里没有性别之分，没有医患之分，大家只是兄弟、兄妹。伤员从前线转送下来，医护人员竭尽全力抢救，有时急缺哪一种药品，只能眼睁睁地看着伤员忍受痛苦的煎熬，最后死去。医护人员恨不得自己身体的某一器官就是那种药品，如果是，他们可以毫不犹豫地割下来用以医治伤员。

在伤员转送途中，如遇敌机轰炸，每一位医护人员都将毫不迟疑地扑在伤员身上，他们只有一个念头，决不让伤员受第二次伤。在条件简陋，食物、药品奇缺的野战医院里，一个医护人员常常要照顾几十号，甚至上百号伤病员，这边要喝水，那边要端尿，这边喊饿，那边叫痛，医护人员忙得像陀螺一样飞转。实在太忙了，伤员太多了，疏忽遗漏之处难免。有的伤员久等不见人，伤痛难忍，便破口大骂，有时甚至抄起身边的拐杖朝医护人员打去。这时医护人员只是默默地把眼泪往肚里咽，相信伤员们只是一时的怒火，相信他们的真诚付出，伤病员终会理解。事实也是如此，当医护人员为他们打针换药，为他们端茶送水，为他们端屎端尿，为他们擦身换衣，乃至累昏过去了时；当医护人员解开自己衣襟，将伤员冻僵的双脚暖在怀里时；当伤员们大便不出来，医护人员用手指去抠时；当伤员们小便不出来，医护人员插上导尿管用嘴去吸时，猛一吸，腥臭的尿液直冲咽喉……要知道这些医护人员大都是女性，尤其是那些文工团员，大都是十八九岁的黄花闺女。每当此时，伤病员们都会拉住她们的手，眼泪鼻涕流在一块："大妹子，你一辈子是我的大妹子，是我的亲人！"

刘小花有过这样一次经历。那年冬天在她照顾的众多伤员中，有一个大个子北方兵，伤势很重，不住地呻吟，时而昏迷，时而清醒。清醒时他向刘小花央求，他想家，想吃面条。可是在那兵荒马乱、饥荒不饱的年代，而且是在南方偏僻的山村，再加上是寒冷的冬天，上哪儿去弄一碗面条呢？刘小花看着那张惨白的孩子气的脸，想着他那小得可怜而又近乎奢侈的要求，她顶着寒风出去了。终于在一户人家，用她脚上那双没穿多久的布鞋子换了一小把面条。当刘小花光着脚丫，端着一小碗热气腾腾的面条兴冲冲地出现在大个子兵面前时，大个子已经安祥地去了。那一刻，刘小花的眼泪啪嗒啪嗒地往面碗里掉……

王山担应该理解这种感情，就像她能理解他和战友们那种生死与共的感情一样，是纯洁透明的，是冰清玉洁的。刘小花固执地想。男人有时候就是犯贱，开始像锲而不舍的猎狗一样追求，一旦追求到手，便变得吹毛求疵，开始老账新账一起算了。

　　红纱布浸透着一位伤员对医护人员的深情，是战地医护人员荣誉的勋带。刘小花依然让红纱带飘在发梢上，行军演出，脚步轻盈，歌声轻哼，神采飞扬。一时文工团许多女同志纷纷仿效，找来纱布染红，扎在头发上。红纱带的"风景"被纵政治部主任看到了，他不知从哪儿得知红纱带的故事，很感动。爱美是女孩子的天性嘛，我们的伤员都想到了，纵队领导更应该想到嘛。于是他让人将原拟做红旗的一块红绸撕成条状，每个女文工团员发两条。

　　红头绳扎起来，红头绳飘起来。纵队文工团热闹得像向刘小花声援似的。就这样，王山担和刘小花之间的红纱带之争无疾而终。

　　前沿各阵地到了最吃紧的阶段，纵队首长下到主攻方向二十三旅指挥所，旅长下到主攻七团指挥所，各级指挥机构一级一级往前移。

　　旅长来到七团指挥所。七团指挥所里光线很暗，几个弹药箱上支着一块门板，门板上摊着电话机、地图、马灯、茶杯等物件。团长进来时，只见团政委王少堂和几个参谋的脑袋聚在地图上。

　　"王山担呢？"旅长问。

　　"团长到前沿阵地上去了！"政委王少堂起身敬礼。

　　"好，好，好，王山担最有先见之明，他不用赶，就把团指挥所的位置给我们留着了。"对于王山担这种枪一响就往前沿阵地跑的做法，旅长又喜又忧，喜的是指挥员深入第一线，及时把握敌情，能够

准确地下达作战命令；忧的是担心他的安全，万一他被乱飞的子弹、弹片撞上，那可就损失惨重了。

旅长的担心仿佛是一种预感，就在这次战斗中，王山担差一点"光荣"了。一颗子弹直奔他的胸口飞来，被他上衣口袋里那支装点"门面"的钢笔挡住了，他人安然无恙，钢笔被击碎得不能再用了。

这次有惊无险的经历，王山担没有向刘小花提起过。过了好长时间，刘二虎有次在向嫂子描绘团长的"英雄壮举"时说起，尽管这惊险已成为过去时，但刘小花还是被吓得脸色惨白。

从此，刘小花变得像只惊恐的羚羊一样敏感、脆弱。做针线活时，常禁不住停下来，怔怔地望着远山，远处忽然传来一声枪响、一声炮声，她手一哆嗦，扎伤了手指。

七团政委王少堂身体很弱，弱得像一条难以挨过寒冬的老牛。现在又终日咳嗽不止，日渐消瘦，行军也得靠担架抬了，最后不得不送往后方医院休养。王少堂去后方医院时，王山担不在，他正在前方察看地形。王少堂临走前，把一床厚羊毛毯留了下来，捎话说，这床羊毛毯是民运工作小组的同志关心他的身体，特地分给他的战利品，也是他这么多年来唯一一点值钱的东西，现在他要去后方医院了，那儿条件好，用不着，留给团长，团长的身体也不好。

王少堂转到后方医院不久，便去世了。噩耗传来，王山担抱着毛毯，久久无语，毛毯上王少堂的气息尚存，仿佛他只是出去散步，随时会回来的。王山担下意识地摸了摸腕上的手表，以前每次战斗，王山担上前沿阵地时，都要把手表交给王少堂保管，开玩笑说："如果我回不来了，这手表就归你了，我回来了，仍然还给我。"

现在这手表又交给谁呢？征战多年，身无长物，这块手表也是王山担最贵重的物品，严格说起来还是公物。那次王山担到纵队政治部主任那儿去玩，看到他桌上放有一块手表，他拿在手里把玩，做出爱不释手的样子，临走时他冲转进里屋取东西的主任喊了一声："主任，这手表我拿走了啊。"主任在里屋"噢"了一声，哈哈大笑："你们这群强盗到我这儿见什么拿什么！"

后来好几次，王山担和主任在一起时，故意挽起衣袖，露出闪闪发亮的手表。主任看了笑着摇了摇头。

战争岁月里，扛枪的人上火线时，将自己身上贵重一点的东西，托付给战友后，就仿佛了无牵挂。王少堂如此，王山担以前也是如此。但现在他有了另一份牵挂，那就是刘小花。还好，后来刘二虎把他那块手块换成了怀表，怀表又换成大闹钟。刘二虎认为越大越值钱，可是弄得王山担想带也不方便带了。

七团政委王少堂去世了。纵队首长在考虑七团政委的人选时，将全纵队团一级干部像拨算盘珠子一样拨弄来拨弄去，最后大家一致认为九团政委李长胜最合适。李长胜有军事干部的果敢，又有政工干部的耐心细致，顾全大局，点子多。还考虑到王山担的身体也不是很好，而李长胜是个一闷拳能砸死条牛的壮汉，他俩在一起应该是对再合适不过的搭档。

那个闷热的夏夜,纵队政治部主任和二十三旅政委到九团驻宿地找李长胜谈话时,李长胜正在和一个叫姜丰收的解放战士比赛打机枪。黄三胖向李长胜报告说,纵队政治部主任和旅里政委来了,有事找他。李长胜没抬头,说:"请他们等一等,我现在有事。"说这话时,主任和政委就站在十几米开外,微笑着饶有兴致地看着他们。

空旷的野地里一道土埂子上架着一挺马克沁机枪,前方两百米处若明若暗地亮着五支蜡烛,机枪周围围满了兵。在一片欢呼声中,姜丰收蒙着眼睛将一挺机枪利索地拆成一堆零件,转眼间又啪啪装好。撤去蒙眼睛的布,姜丰收连打了五个点射,前面四枪,前方的蜡烛应声而熄,打到第五枪时,蜡烛仍倔强地亮着。

轮到李长胜上场了。在大家疑惑和期盼的目光中,他不慌不忙踱上前,没有做卸装机枪那套动作,射击时也只是简单地瞄了一下,信心十足地咳嗽了几声后,便开始射击。李长胜做这套动作慢条斯理,枪与枪之间似乎时间长了点,但命中率蛮高的,前面四枪,蜡烛都熄灭了,正准备打第五枪,他突然想起了什么,站起身揉了揉眼说:"不打了,这次算打个平手,首长在等我有事呢,以后找机会再比。"

机枪点射,命中目标。李长胜扔下身后欢呼的兵群,向主任和政委走去。

"主任、政委,让你们久等了!"

"哈,哈,老李,看不出来呀,你还藏有这么一手。"

"唉,甭提了,随便玩玩。姜丰收这个兵也太傲了,不镇镇不行。"

说着，李长胜简单介绍了一下姜丰收的情况。姜丰收在国民党部队里当了四年大头兵，被俘虏过两次，这已是第三次了。前两次我们给他几根黄瓜，几个红薯，并给了路费，打发他走了。这一次让他走他也不走，他说事不过三，还说他当俘虏是运气不好，挪个地方说不定时来运转。姜丰收在国民党军队里待的时间太长了，浑身滴水淌油，兵痞习气厚得跟盔甲一样。连队干部关心他，给他端洗脚水，他生病为他做病号饭，他都说是收买人心，是为了以后打仗让他往前冲，让他挨枪子儿当炮灰。但他机枪打得好，很瞧不起我们这群"土八路"，扬言谁机枪打得过他，他就听谁的，这不，我今天就治治他。

姜丰收在这次比赛后，果然老实多了。后来终于脱胎换骨成为一名坚强的战士，还被提干当上了排长，成为有名的战斗英雄。在鲁西南王家庄战斗中，他率部第一个冲进突破口，中弹壮烈牺牲。消息传来，李长胜悲痛万分，缓缓道出当年那次机枪比赛的秘密，原来轮到李长胜上场时，他事先安排人带上箩筐，站在蜡烛旁的一个深坑里，以咳嗽为暗号，在他的枪响后，赶紧用箩筐罩住蜡烛，这样看起似乎枪枪命中。

纵队政治部主任将组织上决定让他到七团任政委的事向他说了。李长胜听了，愣了好一会儿后，说了一大堆为难的话。

"老李，你不想到七团去，是不是形影相吊，害怕触景伤情。"政委一句话说到了李长胜的痛处。

"不是的，不是的，政委，你想到哪儿去了。"李长胜涨红着脸，

矢口否认。

"那你怎么不愿意去，你有意见可以保留，但组织的决定必须执行。"纵队政治部主任临走时说。

李长胜任七团政委的命令已下达一星期了，他还磨蹭着，未到职。王山担一天几个电话催他："老李，来呀，我请你喝狗肉汤呀，我还欠你一顿狗肉呢。"

旅长见李长胜几天没啥动静，气得直拍桌子："这个书呆子，再不去，我扒了他的皮！"

李长胜最终还是去七团了。报到的当晚，王山担真的不知从哪儿摸来一条狗，设"家宴"款待他。透过热气腾腾的狗肉汤，李长胜瞟了一眼一直笑吟吟的刘小花。刘小花的肚子已微微隆起，看样子，王山担撒在她那肥沃土地上的种子，已经生根发芽了。李长胜一走神，烫得直咧嘴。

部队休整，纵队文工团到七团慰问演出。演出前，文工团员们利用短暂的时间收集英雄事迹和好人好事，临时编成节目，以便在台上演出。这种办法是最能鼓舞士气的，经常是战斗刚刚结束，英雄人物的故事就搬上舞台了。士兵们倍感惊奇，觉得自己被关注，被重视，有一种很大的荣誉感。每当唱到某个人的英勇事迹时，大伙儿都转过脸去瞅他，报以热烈的掌声，被歌唱者低着头，羞红着脸，一动也不动。

"七团指战员们打得好，打得敌人双脚跳。双脚跳，把娘叫，屁滚尿流逃跑了。逃跑了,咱就追,杀他一个'下马威'!"台上一个小个子文工团员越说越起劲,他忽然看到了前排坐着铁塔一样的王山担,突然话题一转,"七团今天打胜仗,全靠有个好团长。王团长,呱呱叫,指挥打仗有一套。英雄团长,英雄兵,英雄好汉数不清!"王山担一听,矛头指上自己来了,眼一瞪,说:"乱弹琴,怎么变成说我了!"小个子毫不让步:"王团长,莫瞪眼,敌人就怕你这点。你把眼一瞪,他们就吓掉魂;你把眼一鼓,他们就喊耶稣!"小个子的快板词说得指战员们喜笑颜开,高声叫好。

纵队文工团到七团慰问演出,对于刘小花来说是"公私"兼顾了,她正好和王山担团聚。每当刘小花来,刘二虎就兴高采烈地卷起铺盖转移。看到刘二虎把被子抱出团部,团部的兵就知道,嫂子下部队"慰问"团长了。兵们给团长那块图案单调的家织布窗帘取了个很好听的名字,叫作"花旗"。

傍晚时分,夕阳衔山。王山担的房间里传来一阵动听的二胡曲,离熄灯休息时间还差好一会儿,王山担的房前屋后就有翻动东西的响声,手电筒乱晃,那是王山担在清理现场,经历了新婚之夜的尴尬后,刘小花总觉得周围有人在偷听他们夫妻间的悄悄话。王山担听了她的理由,哈哈大笑说:"让他们听去取乐吧,咱们可是光明正大明媒正娶的夫妻。"在刘小花的一再坚持下,王山担还是来到屋后,故意制造出一些声响。

随着王山担房间一丝微弱的灯光熄灭,李长胜便带着黄三胖出去，奔跑着去查哨，把分散在几个村庄里的营连都跑遍了。越过一道道沟坎，从一座山头爬上另一座山头，李长胜直跑得汗流浃背，气喘吁吁，累瘫在地，然后东倒西歪地回到房间，冲一个凉水澡，倒在床上呼呼大睡。

李长胜跑步被有夜起习惯的刘二虎碰上过好几次。夜色中，刘二虎提着裤子见有黑影在动，惊慌之中忙问口令，对方回答十分畅快，再一听那熟悉的河北口音，才发现是政委："政委，跑步锻炼身啦！"李长胜嘿嘿笑了几声，夜色中看不清楚他的表情。刘二虎知道了，王山担也就知道了。

当着李长胜的面，王山担毫不掩饰自己的幸福感、满足感。他经常十分得意地抚摸着刘小花日益隆起的肚子，用耳朵贴上去听，嬉皮笑脸地说："我们王家这一脉香火有希望了，孩子，如果爹有啥闪失，你一定要到咱老祖宗的坟上去走一走，去认祖归宗，告诉他们，咱们王家还有人……"刘小花一边娇嗔丈夫是乌鸦嘴，一边拿眼神去瞟坐在一旁的李长胜。

李长胜看着他们夫妻俩打情骂俏的幸福样，红着脸笑了笑，走了。望着李长胜孤零零离去的背影，刘小花扔给丈夫一句："你得了便宜，也太猖狂了吧。"然后半天不吭声。

刘小花再次来时，李丽花羞答答地跟在后面。王山担咋呼着吩咐炊事班加两个菜，一盘红辣椒炒鸡蛋，一盘油炸花生米，刘二虎还准备了一瓶地瓜烧。炊事班很纳闷儿，这是嫂子每次下部队从来没有过的待遇，这一次怎么不一样啦。吃饭时，李丽花似乎被有意安排坐在李长胜身边，大家心照不宣地笑着，开着一些听似无意的玩笑。那顿饭，李长胜很少说话，平时号称海量的他，半瓶地瓜烧下肚后便大醉，趔趄着走了。

刘小花又领来陶小红。陶小红与李长胜彼此间认识，只是没有多交往。陶小红像只山雀一样叽叽喳喳的，在七团团部进进出出，她啥都好奇，看到什么都一惊一乍的，很喜欢向李长胜请教，他对她也不反感，有问必答的。

陶小红来过一次后，就经常不请自来，甚至比刘小花还勤。每次来，屁股还没坐热，她就提着水桶，让李长胜陪她到井边去洗衣服。那年月，在少有人走动的水井边，男的提水，女的浣洗，微风习习，动作轻徐，话语喃呢，这是一幅很温馨的爱情图。这比草地上漫步，树林里追逐，河滩边嬉水，更富有生活气息，更具有一种深长的意味。即使在金戈铁马的队伍上，也是如此。但对李长胜来说，让他陪陶小红洗衣服有点像地下共产党员被敌人逮住了一样痛苦，尤其怕被熟人碰到，对方开着一些不荤不素、不温不火的玩笑。陶小红每帮他洗一次衣服，他就增加一分负疚感，后来干脆把换下来的衣服藏了起来，陶小红找不着，问他，他说："有小黄给我洗呢。"

"黄三胖粗手笨脚的，连虱子都没淹死，就提出来了。"

"有虱子，穿得才舒坦呢。"

"好吧，那你就喂虱子吧。"说这话时，陶小红委屈得眼泪在眶里打转。

陶小红和李长胜没戏了。她惯性作用似的，仍不时往七团跑，不过不是找李长胜了。黄三胖带着她掏蝉蛹，摸河蟹，捉野兔，他们年纪相仿，玩得很开心。后来黄三胖和陶小红一起参加抗美援朝战争，回国前，已是营长的黄三胖和陶小红完了婚。20世纪50年代中期，他们夫妻双双转业到东北某农场，当时东北条件很艰苦，有"宁往南走一千，不往北移一砖"的说法，但他们无所畏惧，扎根在那艰苦的环境里，奋斗了一辈子。

战斗前，王山担站在黑压压的队伍前慷慨激昂，口水沫子四溅地动员说，这一仗是解放战争最后一仗，以后你们想过打仗的瘾，过打枪的瘾，只能像娃娃儿一样玩打仗的游戏，放鞭炮玩了。

这场战斗并不像王山担所描绘的那样是解放战争的最后一仗，他们后面又经历了大大小小许多战斗。也许王山担也只是照着上级的样子宣传。但这场战斗确实是在王山担轻松的动员中拉开序幕的，大伙儿打得很轻松，很畅意，那激烈的机枪声听起来真有点像过年的鞭炮。

阵地上还响着零星的枪声，王山担便如一个急于收网的渔夫一样按捺不住内心的喜悦，拎起手枪就往前沿阵地冲。刘二虎紧跟了上去。

阵地上散乱着一些残肢断臂，和一些横七竖八，姿态万千的尸体，有敌方的，也有我方的，但大部分是敌方的。被炮弹劈得七零八乱的树桩树枝残烟袅袅，震耳欲聋的杀喊声如潮水般向前涌去。

王山担刚踏上一道小土坡，突然大叫："快闪开，我踩上地雷了！"说话间，王山担一把推开身边的刘二虎，地雷"轰"的一声爆响，王山担被炸得血肉模糊。刘二虎安然无恙。

这场战斗成了王山担的最后一场战斗。

王山担被炸碎的遗体，是李长胜和刘二虎、黄三胖一点一点拾拢来，拼合起来的，然后裹上王少堂送他的那床毛毯，盖上李长胜送他的那床绸缎被面。那床绣花的绸缎被面依然红艳艳的，王山担一直舍不得用。

王山担的追悼会开得很隆重，纵队首长参加了。李长胜在台上做了发言，高呼：为团长报仇，将革命进行到底！

革命即将胜利，一位主力团团长牺牲了，全纵队官兵都知道，就瞒住一个人，刘小花。此时刘小花住在一个老乡家里，满脸幸福地待产，文工团众姐妹不时兴高采烈地捎来各种好消息，她几次轻抚高高隆起的肚子，想问问王山担的情况，欲言又止。

刘小花生了，生了个胖小子。小孩的名字叫王解放，这是刘小花和王山担在被窝里商量过多次的。

"咱们七团又添一杆枪，咱们的红旗有人扛啦！"李长胜提着红糖、鸡蛋、糯米等，说是代表七团全体官兵，代表在前线忙于指挥作战的团长来慰问"革命的功臣""伟大的母亲"刘小花同志。

李长胜说话嗓门很大，笑得很响。只是当抱着襁褓中的王解放转过脸去时，眼泪悄然滑落在孩子粉嫩的小脸上……

李长胜经常来，每次来不是提着吃的，鸡、鸭、肉、蛋呀；就是拎着穿的，小孩精致柔软的衣帽呀，可爱的虎头鞋呀。李长胜进屋将东西一放，说是王山担买的，便低头逗弄小孩。刘小花终于忍不住问："孩子他爹呢？咋那么忙，做父亲了，也不回来看看。"

"噢，他忙，他可忙啦……"李长胜没抬头，仍然十分慈爱地逗着小孩，但看得出他走神了。

刘小花又问过好几次，刘二虎、黄三胖、李丽花、陶小红等，他们也说王山担很忙。刘小花隐隐有一种不祥之感。

刘小花至今清楚地记得，那天下午风很大，阳光暗淡，她抱着包裹得严严实实的孩子，突然出现在七团宿营地，转了一圈，不见王山担。"王山担呢，王山担哪里去了？！"刘小花像只发疯的母狼一样眼神发直地盯着李长胜问。

"老王，他、他、他牺牲了……"李长胜低着头，声若蚊哼，不敢看刘小花。

刘小花仿佛被当头一棒，脸色惨白，一阵晕眩，扑倒在地……

许久许久，刘小花在一片焦急无策的目光中悠悠醒来。她没有眼泪，也没有哭声。只有当孩子饿得嗷嗷叫唤，像小猪一样往她怀里拱找奶吃时，她才放声哭了起来。女人痛不欲生的恸哭夹杂着婴儿的啼哭，长风吹散，闻者无不垂泪……

孩子刚才还在她胀鼓鼓的，奶水像小溪流一样的乳房上，欢快地吸吮，现在小脸都涨红了，但就是吸不出来。小孩哭得更凶了。

从那以后，刘小花经常抱着王解放到驻地村庄里去讨奶喝，有时候是文工团的女同志们抱去。部队走到哪儿，王解放就喝到哪儿，走一路喝一路，王解放不知喝过多少人的奶。每当看到朴实憨厚的村妇把乳头从自己孩子的嘴里抽出，塞进王解放嘴里，小家伙一阵小牛犊似的吸吮，然后心满意足地甜甜睡去，刘小花一次次感动不已。她轻拍着熟睡的孩子，哼唱：王解放，你快长大，莫忘本，人民是你的父母亲……

部队进川，一路上很艰苦，他们不是走进去的，而是跑进去的。前方不断传来十万火急的消息：敌人正在重庆搞大破坏，许多关在牢笼里的革命者被杀害了，同志们快跑呀，不要让我们的同志牺牲在天亮前，跑到重庆就是胜利！

饭，没有正儿八经的饭了。路边支着一口大铁锅，里面叽叽咕咕地煮着半生不熟的老玉米粒，每一个从铁锅边跑过去的士兵，取下自己头上汗津津的，布满污垢的帽子，炊事班长往帽子里飞快地打一勺玉米粒，士兵们边抓着滚烫的玉米粒往嘴塞，边向前跑去。

疲惫不甚，走着睡，睡着走。食不果腹，再加上吃了那种半生不熟的老玉米，许多人拉肚子，就是拉肚子也仍然坚持往前跑，跑着跑着，黄黄的屎尿顺着裤管流……

不断有人倒下，又不断有人爬起。路两边摊满了病员，但仍会集成一支精干强悍的队伍，如疾风般向重庆奔去。

刘小花拉扯着孩子是和收容部队一起走的，所以一路走走停停，走得很慢。在进川的路上，上级传达说新中国成立了。刘小花撇下孩子，又上台风风火火地演了一回。自从王山牺牲后，她还没有这么高兴过。

在四川，部队所到之处，热浪翻滚。四川的青年学生参军真火爆呀，许多学校一个班五十多个人，一呼啦，参军的就有五十来个，仅剩下几个人，弄得学校课都开不起来。青年学生们把参军当作一种爱国行动，当作一种潮流，同学相呼，朋友相约，参军去！有的兄妹俩一起，有的姐妹俩一起，有的哥俩一起，有的家里小的见大的当兵去了，而父母不让自己去，经过一番哭闹抗议无效后，留下一张便条，带上一张"全家福"走了。有的甚至和家里人连招呼都不打，直到部队开拔后，家里人收到信，收到政府颁发的"光荣军属"牌子才知道……

雨滴汇成涓涓溪流，溪流汇成潺潺小河，小河汇成磅礴大河，参军的人向各部队文工团、文工队涌去。文工团、文工队经过简单的象征性的考试后，便接收下来。各部队文工团、文工队顿时人满为患，没地方住，住牛棚，睡猪圈；没碗筷吃饭，用脸盆，用树枝；解放军军装不够发，就发国民党的军装，国民党军仓皇撤退时留下的大量被服仓库，正好利用起来。学生兵们见让他们穿国民党军服，老大不高兴，宁愿用新衣服换老兵身上补丁摞补丁的解放军军装……

在这场轰轰烈烈的参军热潮中，也有人误把它当成一种时髦，有些年轻貌美的姨太太，还有一些富家小姐也当兵了。开始时，在行军队伍里偶尔能见到她们头发烫得像鸡窝，穿着高跟皮鞋，腰上斜扎着皮带，走路一晃三摇的"倩影"，不过她们很快便销声匿迹了。部队上的生活对她们来说实在是太苦了。有时候艰难困苦也是一种过滤器、净化剂。

纵队已改编为军的文工团里一下子姹紫嫣红，莺歌燕舞。女学生兵们扬着一张张纯洁青春的脸，像向日葵的花盘向着太阳一样向着英雄，内心溢满着对英雄的崇拜，惹得一个个"英雄王老五"在战争岁月里来不及想，也不敢想的各种"非分之想"如春风下的野草，纷纷萌芽。

革命成功了，全国解放了，该找个婆娘暖被窝了。那些符合结婚条件的"英雄王老五"没事就到文工团转悠，瞅上哪一个，略施手腕，涉世未深的女学生兵哪里是那些身经百战、老谋深算的英雄的敌手？你想想他们连拥有飞机大炮的国民党军都打败了，何况一个柔弱女子？几个回合，稍一交手，老兵们凌厉的攻势尚未施展，对方便败下阵来，开城投降，乖乖当了"俘虏"。在女学生兵的眼里，解放军的英雄一个个都是飞檐走壁传奇式的人物，往她们身边一站都觉得光茫耀眼、头晕眼花的。待到自己糊里糊涂地上了"贼船"，零距离接触后，才连呼上当，原来自己心目中的英雄陋习种种，简直就是一个阔抖起来的农民。

那段时间这种"上当"接连不断地上演，婚礼频频，有人有时一天要赶好几场。

大伙儿在没有统一号令的情况下，各自为战，攻城略地，行动开了。李长胜依然按兵不动。

文工团长张文秀特地安排他给文工团的新同志们讲了一次传统故事。女学生们坐在前排，一个个虔诚得像宗教信徒似的，神情专注地听着，手在纸上飞快地记着。会后，女学生们红杏闹春般围上前请李长胜留言签名，李长胜哪里见过这种阵势，没写几个，就急得满头大汗，连呼："张文秀，你哪里去了？"

张文秀赶过来，解围后，拉过他悄悄问，看上哪一个了？李长胜一脸茫然，说，没上心，一个也没瞧上。

张文秀急了："你是不是站在花丛中，挑花了眼？"

李长胜微笑着摇了摇头。

"人家可都是有文化有修养的黄花闺女呀，你算啥，放牛娃出身，你的眼光也太高了吧？我看你还是回老家放牛学牛郎找仙女去吧。"

没过几天，李长胜提着几个卤菜，一瓶二锅头，陪着笑脸来找张文秀。张文秀瞥了一眼他手上的二锅头，就知道他有话要说，需借酒壮胆。果然，几杯下肚，李长胜绕了一大圈后绕到了正题上，说："老张，你知道我们老家有'转房'的风俗吗？就是哥哥死了，为了不让家产外流，小孩不外姓，不受歧视欺凌，嫂子转嫁小叔子……"

张文秀佯装不知："你呀，有头锅好酒，你不喝，偏要喝这二锅头，清水寡味，没个冲劲！"

"嘿，嘿，麻烦你到……小……花那儿去替我说说。"说起小花这两个字时，李长胜舌头有点打战，心底泛起一股暖意。

"好吧，试试看。"张文秀抿了一口酒，皱了皱眉头。

李长胜焦虑不安地等了几天，不见回音，终沉不住气，跑去问张文秀。

张文秀说："我把你的意思说了呀。"

"那她有什么表示？"李长胜喉结滑动了一下，急切地问。

"她呀……"张文秀不慌不忙地喝了一口茶。

"她呀，像深潭里的水，看不出啥动静，你还是自己去问她吧。"

枪炮声已飘远，军号声似乎变得徐缓婉转，战马放牧南山，刀枪正准备铸成犁铧……

许多领导被撵到军事院校去学习文化，许多部队已改编成军分区，正轰轰烈烈地开展老兵复员工作。各级领导机关都在强调老兵复员工作的重要意义，向老兵们描绘着"三十亩地一条牛，老婆孩子热炕头"的惬意。突然，鼙鼓传来，朝鲜那边开仗了，美国鬼子不让咱们过舒心日子。一切井然有序的工作戛然而止，老兵复员工作，改为动员老兵留队工作。那些几十岁的老兵好不容易哄着他们同意走，现在又让他们留，思想工作难做呀。

部队将要开赴朝鲜，又有仗打了。李长胜有点心事重重。他依旧腿脚勤快地往刘小花那儿跑，送吃的喝的穿的用的。在李长胜眼里，刘小花愈发静美，她那富有韵味的身材，仿佛夕阳下起伏的沙丘。

呀呀学语、蹒跚学步的王解放很喜欢李长胜。李叔叔一来，他就爬到他背上骑马，坐在他腿上玩翘翘板，满屋子里荡漾着欢笑。李叔叔的口袋里永远有他爱吃的东西；李叔叔买的拨浪鼓，做的小手枪是他最心爱的玩具。李叔叔每次走，他都泪眼汪汪的；李叔叔如果几天没来，王解放就手指着李叔叔离去的方向，缠着妈妈问。看着儿子小尾巴一样黏着李长胜，刘小花眼里闪过一缕说不清的情愫。

李长胜跑步的习惯改成了散步，凝眉沉思，缓缓而踱，像一位长者，也像一位智者。他散步不往别的方向去，就往刘小花住的方向走。开始是黄昏的时候走走，一路上与相识的不相识的和和气气地打招呼。渐渐的，早晨也不出操了，改成了散步，好些人好多次碰到他。清早，薄雾蒙蒙，他好像刚从刘小花那儿出来，行色匆匆地往回赶。于是他身后有了许多箭簇般说不清的目光。

终于有一天，刘小花气鼓鼓地冲进李长胜房间："李政委，谢谢您的好意，请您以后少往我那儿跑了……"

"他嫂子，怎么啦，让你受这么大的委屈？"

李长胜起身给她倒水，那开水瓶似乎很重，提起来很费劲。

"我那门前是非多……"刘小花眼圈红了。

"小花……"李长胜双手将茶杯缓缓递过去，颤抖着。

啪！茶杯掉在地上，碎了。李长胜和刘小花紧紧相拥。李长胜粗大的手又摸到了那根皮带，上面有几个眼扣他十分熟悉。

小孩子改口快，王解放很快就叫李长胜爸爸了。老前辈说到这儿，王先生朝我不易觉察地一笑。

李长胜是在他入朝前和刘小花结婚的。婚礼悄悄的,只有军政治部主任等几个人参加了,像搞地下活动似的。那些关于李长胜和刘小花的流言很快就冰雪消融了。

若干年后,李长胜常常为自己这个小计谋暗自得意,甚至超过那些大获全胜的胜仗。刘小花却耿耿于怀,这差点让她名誉扫地。

20世纪50年代中期,我们部队从朝鲜回来没多久,李长胜就到地方任职了。刘小花一口气给他生了六个孩子,加上王解放,一共七个小孩。"文革"期间,李长胜被打倒,再踏上一脚,一家人流落四方。有一女儿下放农村当知青,患肺炎医治不及,早逝。那时只有长子王解放被送到他一位老战友担任军长的部队去当兵,没受太大影响。如今,几十年过去了,儿女们在各行各业,各有所成,孙辈都有好几个大学毕业,各自忙碌着。

20世纪80年代初,我们师(旅)在筹建历史陈列馆时,向遍布全国的老首长、老前辈征集相关文物资料。当工作人员辗转找到李长胜时,刘小花已是胃癌和肝癌晚期,身体精神如风中烛光,摇晃闪忽。她当时也曾想把皮带走,带去另一个世界,仿佛紧紧抓住那根皮带她就不再害怕,不会迷路。但想到它不仅仅是将他俩拴在一起,还参加过长征,救过好几位同志,在战场上捆过缴获的枪支,替伤员扎过伤口⋯⋯满头白发,又瘦小得像猴一样的刘小花,在李长胜温暖深情的微笑中把皮带捐了出来,让它定格成历史的一个缠绵而坚定的细节。

第四章

我的战友王祖强

窗外垂丝海棠盛开，长廊上的紫藤抽出了新芽。有人穿着病号服在鹅卵石小路上散步，有人在空旷的水泥地上打太极拳，有人坐在轮椅上好像在侧听推轮椅的说着什么，停停走走……没有一个春天会爽约，即使是在病房里。

接连几天阳光和煦，李长胜老首长像孩子似的怎么也哄不住，一醒来就吵要回家，说住得差不多了，身体没啥毛病。王先生悄悄告诉我，老爷子是想回去看看家里的花花草草怎么样了，有没有被冻死旱死被虫咬或营养不良。那些花草是他妈妈分多次从江西老家连根带土背回来的，二十多年了，长得枝繁叶茂，每到季节就繁花盛开。老爷子这些年很少出远门，就回过老部队和老家几次，每次都是一两天就匆忙往回赶，一是身体一年不如一年，最主要是牵挂老伴留下的那些花草。一年四季，老爷子没事就侍弄它们，松土浇水施肥修枝，满脸笑意。王先生退休后除了陪伴侍候老爷子，就是帮着侍候那些花草，剩下的时间就看看书，集个邮啥的。

昨天中午人们穿短袖还挥汗如雨，傍晚时分突然起风，气温骤降，夜间又下起了雨。早上起来，穿件夹克还冷飕飕的。八点半，我如约

来到李长胜老首长家。老首长住一楼，门口朝南有个半大不小的院子，里面种满了腊梅、海棠、樱桃、杜鹃、栀子、月季、桂花树等，沿墙爬满了郁郁葱葱的蔷薇，角落边有几丛箭竹、月季，长势甚好。由于窗前花木茂盛，窄小的客厅愈显光线昏暗。客厅里就沙发、茶几、衣帽架几样简单家具，沙发下面尖细的长腿让人担心随时可能被压断，扶手也是木头的，油光可鉴，针织靠背已经磨毛，绽线泛白。整个客厅唯一奢侈的，就是在这个季节暖气依然开得足，周围弥漫着一股上了年纪的气息。老首长穿件乳白色厚毛衣歪坐在正对门那张沙发上，不住地喘气，就连转动眼球都似乎很费劲。从旁边的痰盂、面前的脚垫来看，估计那是他多年来的固定座位，王先生紧挨着他右手边坐下。前几天，我们谈得很愉快，老首长好像还有很多话要说。

那天刚挑了个头，李长胜老首长突然脸色骤变，轻轻地说："小刘同志，今天我们就说到这儿，以后约个时间再谈。"在采访老前辈过程中，旅里领导反复叮嘱我，要尊重老同志的作息规律，尊重他们的情感意愿，注意他们的身体状况，千万不能让他们过度劳累，或者情绪过于激动。要做好采访预案，不能戳他们的难处苦处痛处，引起他们不愉快的回忆。我转身刚要离开，突然听训哎哟一声的轻轻叫唤，只见老首长瘫倒在沙发上。王先生扶老人的肩，我上去想把老人扶正坐稳。老首长微微摆了摆手，似乎向我说再见，又像示意我别动。平常看起来油腻、做事拖泥带水的王先生，这时非常沉着冷静地说："别动，就保持刚才的姿势，不要随便动。"我上前接替王先生，双手轻轻托住老首长的肩和头部，尽量不让他的身子滑下沙发。王先生往老人家嘴里塞了几粒药丸，喂了一小杯水，紧接着给医院打电话。

救护车很快就到了，我明显地感觉到老人的呼吸变得急促、粗短。紧靠着我的那只枯瘦得像木棍一样的手臂在一点点地变凉，老首长的生命如羽毛一样飘忽，正一点点抽离远去。多日相处，感觉老人就像我那用鸟铳打过鬼子的祖父一样亲切慈祥。我当时泪流满面，不能自已。老人没有倒在敌人的枪口下，却倒在岁月风霜缓慢的消磨中。他就这样悄悄走了，我的采访还没结束呢，他有很多话还没来得及说，是不是急着要到另一个世界和昔日的战友们相聚，开怀畅谈？

李长胜老首长国内国外、天南地北的儿女纷纷往家赶。人呀，也许冥冥之中真有安排，他和王先生没有血缘关系，但最后养老送终的竟然是他。面对老首长的儿女，我很自责，感觉是自己的采访让老人心情激动，诱发事故。老首长的家人都很和蔼亲切，宽宏大量，反过来安慰我，说老人没有吃苦，没遭什么罪，看到你，老部队来人，他的娘家人，心里高兴，就平静安详地走了。你正好送送他，这是他的福分，也和你有缘。后来，我把李长胜老首长的一些故事整理出来，分别发给他的几位子女，他们很感动，说有些事他们也是第一次听说，小时候听不进，也听不懂；长大了没空听、不耐烦听；现在想听，只有风过耳了。

李长胜老首长那个简陋、甚至散发着老人气息的家顿时被挤得满满当当，热热闹闹，老首长那一点点尚存的气息正在被稀释、飘散。

他最小的女儿带着一家人从日本赶回来了。女婿是日本人，挨肩儿三个可爱的小孩，很干净很精致也很安静，他们仨在一起默不作声地玩，偶尔小声冒出几句和抗战电视剧不一样的日语。我和他们一家人从头到尾没有任何交流，只是追悼会后聚餐时礼貌地碰了下杯子。王先生悄悄说，老爷子生前就坚决反对小女儿嫁给日本人，如果知道他女婿的爷爷曾是侵华日军的一个"军曹"，那还不活活气死。

王先生像是很忙，又没忙出啥头绪，他那团团转的样子让人想起大观园中那个"无事忙"贾宝玉。可见王先生虽然是长子，但由于父母的宠爱，生活的平顺，让他变得不那么能干也不那么精明，看上去就像邻居老头一样敦厚可爱。他什么事都悄悄和我嘀咕几句，可我什么也帮不了，当然他们也不需要我帮着做什么。在八宝山殡仪馆向遗体告别的那天，花圈倒是摆得满满的，但来人不多。几位老人中，我就认识黄三胖老前辈，他们或拄拐杖或坐轮椅，低声散淡地招呼、聊天，好像李长胜老首长的离去给他们创造了一个难得的见面机会。我跑到一边，给旅里政委、主任打了几次电话，请示这件事该如何处理，电话要么打不通，要么打通了，没人接。后来，我才想起，那个时候旅里在开"大交班"会议，全旅营连以上主官都在会场，正聚精会神地听领导讲话，或听机关干部宣读督查通告。"将在外君命有所不受"，我自作主张花了十块钱，在殡仪馆租了一个花圈，在一张白纸条上恭敬写下：沉痛悼念李长胜同志。落款是：临汾旅全体官兵。事后，我向政委、主任汇报，他们什么都没说。后来，我也了解到王先生和他的弟弟妹妹们早就商量过了，遵照老爷子遗言，丧事从简，不收任何人包括单位的礼金。

　　中午吃饭时，一张大圆桌，就我和黄三胖是"外人"。严格来说，我们也不是外人，应该日本女婿一家才是"外人"，可他们又是老首长至亲的人。开始大家似乎有悲戚之色，散漫地说起和李长胜老首长有关的零星往事，有时也扯几句彼此近况。席间，王先生掀起几个小波澜，他端起酒杯提议，大家敬祝黄叔叔健康长寿。黄三胖老前辈端起酒杯咪了一口，说："但愿活着的时候能健康一点，长寿就不一定了，和牺牲的战友相比，已经赚了很多。"王先生又带领大家向我敬酒，说这十来天感谢我这位"娘家人"的陪伴，老爷子过得很开心愉快，从来没说过那么多话，感觉每一天都有盼头。王先生说，以后上北京一定给他打电话，过来家里坐坐，不要见外。这也许只是客套话。黄三胖老前辈放下酒杯，郑重其事地说："你那张照片上面不是有一双鞋子吗？你明天上我家，我还有些事跟你说说。"这个我可得当真，也必须当真。快散席的时候，大家似乎忘了因为什么聚在一起，一位胖得像俄罗斯大婶、李长胜老前辈的大女儿突然抽泣着说："以后回来家就没了，爸爸不在了……"轻松活泛的氛围又回到原点，变得有点沉重。老首长的大女儿知青下乡到内蒙古，就留在那儿了。王先生的脸色有点难看，缓缓起身说："欢迎弟弟妹妹常回家看看，有我在，北京永远是你们的家，这儿永远是你们的家！"

　　傍晚时分，天边有淡妆似的晚霞，地上干爽了些。这一天下来经历的事太多了,在地下旅馆打个盹儿醒来,恍惚有隔世之感。黄三胖老前辈来电话说,让我明天上午八点去他家,他要说说他的战友王祖强。

王祖强是我们部队家喻户晓、如雷贯耳的战斗英雄。他牺牲时晋冀鲁豫军区首长亲自致悼词,十分悲痛地说,损失太大了,就是拿国民党军一个师的兵力也换不来我一个王祖强呀!王祖强的事迹已经有故事集、连环画,有各种总结汇报材料,难道还有其他鲜为人知的事情?

黄三胖老前辈说,我"解放"王祖强时,他正撅着屁股在红薯地里刨红薯。我努力让自己像猛张飞断流一样大喝:"举起手来,缴枪不杀!"王祖强慢腾腾地举起手来,手里没有枪,只有一个沾满泥的红薯,地上也没有。看他满手满嘴泥的样子,我想起老家夏夜里拱红薯的野猪,想笑。王祖强满不在乎地说:"老子饿了几天了。"

我们和国民党军"顶牛",干了三天。据说,对面是国民党军精锐,当年和"小鬼子"血拼过。最后他们还是"放羊"了,漫山遍野,我们扑过去,一抓一大串,拴蚂蚱一样。

王祖强补充到我们班。当时有个不成文的规矩,哪个班里"解放"的分到哪个班,比分配战利品省事。至少我们连是这样。

我是在晋中战役发起前下连队的,到七团也就是后来的五三七团,一营二连当班长。其他领导的警卫员下连队马上就是排长,至少是个

第四章 我的战友王祖强

187

副排长。只有我们政委李老头让我下连当班长,还说什么班长是军中之母,万丈高楼平地起,一切从班长踏实干起。和我一起当兵的早就是排长、连长,营级干部都有了,而我还是个班长。我并不是想当官,当官没什么好,和当兵的吃穿住用度都一样,还要带头干活带头冲锋,活着受罪,死要先死。我那时候只是觉得当干部威风有面子,官越大说话口气越大,哪怕只是轻轻说一句,都让人感觉像炸雷一样响。

王祖强补充到我们班,我才真正理解什么是"一粒老鼠屎坏了一锅汤"。我几次听到他发牢骚,说他被俘是运气不好。说共产党、解放军像三国时的曹操,不是正统,国民党军才是正统,是刘皇叔的部队。他吹嘘过去发饷后怎么打牌赢钱,怎样摸狗,如何做"叫花子鸡",睡过几个女人。班里有几个"不争气的"时常围着他听得眼发直。这时,我喉咙就发痒,呸呸呸的,还不住咳嗽。他们看了看我,讪讪走开。

我跟指导员发牢骚:算倒了八辈子霉,摊上这么个"解放战士"。其实,我也只是嘀咕几句。我是从领导身边下来的,宰相府的家丁也是七品官啦。我跟随政委多年,没吃过猪肉还没看过猪跑?对付这么个"俘虏兵"还不容易,我不可能给领导丢脸。

指导员让我多关心关心他,不信他是块石头,焐不热。他病了,我去炊事班做鸡蛋面端到他床前。他吃了一抹嘴,翻身又睡,蜷在稻草堆里像头猪。他鞋子烂了,我下很大的决心才从背包里摸出一双布鞋递过去。他一弯腰套在黑乎乎的脚上,然后一扬手,手里的破鞋飞出老远,落在灌木丛里。从头至尾没说声谢谢,甚至看都没看我一眼。

我转过身去，心里那个难受呀，像用刀挑一样。鞋子是茶花做的，我离开他们村前，她连夜赶做了两双。一双我只是在开会、不费鞋时穿穿，剩下一双背了很久，走了很远，怎么也舍不得上脚。晚上，想她的时候就搂着睡，鞋底鞋面被她摸过很多遍，鞋帮内侧还绣了一朵红艳艳的茶花，她的小名大名都叫茶花。

我们部队在山西曲沃柳树庄休整了一些日子，"团部"驻一座祠堂里，政委他们一天到晚点旱烟开会。祠堂紧靠几间土坯房，上面盖的茅草是我们到来后翻新的，房屋里住着茶花她们娘俩。茶花十六七岁，一条长辫子，一笑两个小酒窝，让人一看就醉。政委他们忙着开会，我就忙着帮茶花家挑水翻地砍柴。帮助群众是政委反复提倡的，不怕他们嚼舌头。但帮茶花家干活，或我们俩一起去干活，我总觉得浑身有使不完的劲。我们住柳树庄半个多月，她一直穿着那件右肩上一道补丁的碎花衣服，很好看。那时候打小鬼子正吃紧，村里男丁大都参加八路或游击队了，留在村里有胳膊有腿能满地欢跑的就几个村干部，其他大多是老弱病残。茶花娘每次看到我都喜滋滋的，那神情就像我娘，有一次甚至问我能不能留下来。我急忙说那怎能成，小鬼子还没赶走呢。老人低头不语好一会儿。我说等仗一打完就回来，来看您和茶花妹子。老人笑了。我和茶花就像……对，对，就像电影《柳堡的故事》里面的班长和二妹子。我们谁都没有挑明，但眼神透露了秘密，我们心里有对方。茶花熬夜除了给我做了鞋子，还缝了几双袜子、一个碗套，绣了一个荷包。那些东西后来都记不得落在哪儿了，

第四章 我的战友王祖强

只有送给王祖强的那双鞋子一直搁在心里。这事我至今从没对任何人说过，李政委更不知道。

我送王祖强鞋的那个晚上，他告诉我几次被俘的经历。头一次被俘，他害怕得发抖，担心被按住割耳朵挖眼珠。谁知几个解放军和和气气的，问愿不愿意跟着他们一起干。他说他想回家。他们打发他几根生玉米棒子，就让他走了，前后就一会儿，一锅烟的工夫。他开始还疑心他们不会在后面打冷枪吧？回头又回头，撒腿跑出老远，提到嗓子眼的心才落下来。他走呀走，太阳落下星星升起，不知走了多远，不知吃了多少苦，他真的想回家，尽管……半道上又被国民党军抓了去，不是他原来当兵的部队。他穿着国民党军衣服，他们还以为他"开小差"的呢。第二次被解放军捉住，他不那么怕了。一个老兵缴了他的枪，还顺走了他的小包袱。其实里面也没啥，就几件老百姓衣服和十几块法币，攒下的饷钱。不是法国的货币，是国民政府发行的法定货币。这次，他在解放军队伍里待了几天，很快晓得了他们的俘虏政策，不准打骂，不准搜腰包。他脑壳一热，把小包袱的事报告连长，那个老兵把小包袱还他时刮了他一眼。他怕挨黑枪，在征求他意见时，犟着要回家。这一次，他回到原来的国民党部队，就是上次把他当逃兵抓的那个部队。他一回去，就向大家绘声绘色地说在解放军那边的见闻。长官把他叫过去，狠狠骂一顿，罚站大半夜，说他当俘虏还光宗耀祖呢。再讲，动摇军心，就把他当游说的探子毙了！

我俘虏他是第三次。他说事不过三，这是命。诸葛亮七擒孟获那是说书啦。

正当我庆幸"舍得了孩子（鞋子）套住了狼时"，又听到王祖强背地里说，这是小恩小惠，为的是感化他、收买他，以后上战场让他冲在前面，挡子弹。

打大王庄，围点打援，我们班在大车路边一座小土包上筑工事，差点没守住。"敌人上来了！打呀！"右侧的敌人端着枪已冲到王祖强跟前了，他就是打不中。我疯了一样扑过去甩一阵手榴弹，才稳住。当时真想掐死他，如果他手里没枪的话。追击时，小子倒跑得蛮快的，子弹呼呼作响，他像条追赶猎物的狗。黄昏下阵地时，他带回十来个俘虏，有说有笑的："你们看我也是解放战士，这不很好吗？"

月光地里，我望着几个孤零零没了主人的背包想哭想砸想歇斯底里叫喊。王祖强摇晃着端一木盆热水打我身边过，我瞄了一眼周围，一把扑倒他，掐住他的脖子，厉声问为什么不瞄准打，死了那么多弟兄。木盆滚落一旁，他在热水搅合的泥地里腿乱蹬，脸发青，喘着粗气说枪法孬，打不中。我一拳打在他鼻梁上，血汩汩灌进他耳朵。他说，他当过国民党，现在当解放军，两边都吃过粮，谁都不想打死，他在那边也是枪口抬高一点。让他打小鬼子可以，打自己人，不干！说着，他哭了。

"你现在是解放军，他们可不知道你以前是同伙，各为其主，知道吗？你不打死他们，他们会打死你！"我哭喊道。

我们的子弹本来就少，我们的手榴弹质量像地瓜，有时一炸两瓣，

第四章　我的战友王祖强

191

腾起的烟雾倒很吓唬人,但只能把人熏得像矿工。即便如此,他还在放空枪,打空炮。

王祖强是茅坑里的石头,又臭又硬。班里偶尔有"开小差"的,有解放战士,也有从根据地入伍的。晚上我要睡门口,警醒点,有时候还悄悄拉根绳子,一头拴在手上,这样有人出去"解手",绊到绳子我就知道。我真希望王祖强"开小差",他就在我眼前跑掉,只要不拖枪走,我睁只眼闭只眼,不会阻拦,更不会去追。

王祖强没有"开小差"的意思。他偶尔眉飞色舞地讲他打小鬼子的故事,我和他干架的事好像从没发生过。

连队开"诉苦"大会。指导员让我动员王祖强上去说说。他将卷的老旱烟一喇叭烟吹完,憋出一口浓痰:"我才不去丢人现眼呢!"

打麦场上,大家边捉虱子边听诉苦,开始像开会听戏,最后虱子忘记了捉,台上台下哭成一片。平日里几个看起来嘻嘻哈哈的"兵油子"才起头就哭得说不下去,指导员赶紧跳上桌子大喊:"打倒国民党反动派!""打倒土豪劣绅!"

"诉苦"了三天,好像每个人都有一肚子苦水,净是黄连里泡大的。我也上去了,边哭边说。也怪,以前帮地主家放羊放牛,起早贪黑,和他们家的猪狗一样,吃点剩菜剩饭,一年到头半毫钱都没有,也没觉得受人欺负。经这么一说一启发就觉得倍委屈,大老爷们儿哭得稀里哗啦,眼泪鼻涕直淌。连队每个兵都"亮相"了,后来不用劝说,争先恐后上台。只有王祖强没去,我像媒婆一样磨破嘴皮跟他说,他不吭声，也不去。

雨水洗过的天空格外蓝，泪水洗过的心灵格外亮。诉苦会后，大家行军打仗干活更利索了，但说笑声少了，相互见了还有点不好意思。

傍晚，队伍开拔。王祖强上好门板后，又一手拎一个桶提回一担水，房东大娘笑眯眯地看着他。以前别人忙时，他像掌柜的看伙计们一样。到达目的地，开班务会，我绕着话把王祖强狠狠夸一通，夸得他像新媳妇一样红着脸低着头不好意思。

从那起，我常夸王祖强。平常瞄着他，有一点进步就夸。他话少多了，不再吹在国民党军队的经历，也不再说打鬼子的事。

雨落了几天，还在落。我从连部开会出来，一路小跑，刚冲进班里就听到一阵欢呼。王祖强头蒙一件破衣服，只露出鼻子嘴巴，双手咔嚓咔嚓地拆卸机枪——连队唯一的歪把子机枪。兵们起哄让他再来一遍。他把机枪每个零部件迅速拆下，依次摆放面前，然后按反顺序装好，手快得像鸡啄米，前后就眨眼的工夫。我看呆了。王祖强边解蒙在头上的衣服边说，兄弟在中央军有"机枪大王"之称，马克沁、大转盘都玩过，兄弟用机枪给"小鬼子"点名，到阎王那儿报到的数不清。王祖强看到我，用满是枪油的手挠了挠后脑勺，嘿嘿一笑。我跟他说过多次，在我们的队伍里大家都是同志，自称兄弟或叫干部为长官怪怪的，没有那种称呼。

我跟连长说，把机枪交给王祖强，让他当机枪手。机枪手大刘牺牲时我在旁边，仗已经打红了眼，大刘半个身子探在战壕外，像推磨

又像挥舞大扫把推转着机枪,阵地前的敌人落叶一样翻滚,远处近处敌人的火力泼水一样扑向他。他身上一处中弹,又一处中弹,喷涌的血溅在滚烫的枪管上,嗤嗤冒烟,顷刻间卷起一层黑乎乎的焦皮,血的焦臭味盖住了硝烟的味道……后来,很长时间我一看到那挺机枪就闻到那股味道,大刘厚厚的嘴唇咧开笑的样子就浮现在我眼前。

连长瞅瞅我,半天没说话。我们从大行山转出来时,大一点笨重一点的家伙都扔了炸了埋了,没办法呀,敌人在后头撵脚追。这挺机枪我们费了老鼻子劲才带了出来,现在是我们连的重火力,关键时刻是压制敌人的"法宝"。连队十几个老兵都记得小胖从"鬼子"手里缴获机枪时的样子,浑身血,抱着机枪微笑着,像熟睡一样。

重火力掌握在什么人手里,连长、指导员心里有本账。一般是交给从根据地入伍的翻身农民,像我这样根正苗红杆子壮的兵,哪怕打起来欠火候。我们握了多年镰刀锄头的手操枪弄炮还真比不过"解放战士",尤其是和"小鬼子"拼过的,人家经过有板有眼的正规训练,不服不行。"解放战士"平常负责教技术,火烧眉毛时还得翻身农民顶上。听说连长过去也是"解放战士",打仗很有几把刷子,当副连长时多次代理连长把制高点拿下,战斗一结束,还是副连长。后来终于当上了连长。

"不会的,他信得过!如果我看错了人,枪毙我!"王祖强上次枪口抬高的事,我没说,但连队干部都知道了。

连长让我去跟指导员说。我说:"打仗不是你管吗?"连长说:

"让你去，你就去，啰唆什么！"

指导员听我兴奋地说完，沉吟一会儿，又详细问了一些王祖强的事，同意了。

当王祖强从连长手里接过机枪时，眼睛发亮，嘴唇抖动。连长什么也没说，只是按了按他的肩膀。谁都知道在战场上机枪火力是重点打击目标，机枪手伤亡大。我不知道自己安的什么心，是信任他，还是想害他？

王祖强撕了一件破衣服把机枪擦得瓦蓝铮亮，晚上搂着睡觉。大家都说机枪成了他的女人。他摸着枪托说，我这女人呀，不说话时温顺乖巧，一开腔脾气可厉害啦。

守榆树庄，王祖强带领战斗小组一口气做了十来个机枪工事，这还不包括战斗间隙抢做的。打一阵换个地方，敌人的迫击炮压过来时他们早已挪窝了。王祖强的机枪能打出步枪的效果，食指轻轻一搭，说几发子弹出膛就几发子弹出膛，绝不多费一颗子弹。那次，他们从天蒙蒙亮到天擦黑，钉子似的顶住了敌人一次又一次气急败坏、头撞墙一样地冲锋，四人战斗小组就一人轻伤。

开战斗总结会，王祖强背后碗里的黄豆最多，他立功了。背地里不记名投票，每个人揣几颗豆子，你认为谁勇敢、打得好，就往谁背后的碗里放一颗。这个办法好使，因为能断文识字的没几个。奖品是几斤炒花生，大家嘻嘻哈哈分着吃。我也抓了一把，真香呀。

王祖强当班长了。

司务处发给班里每月五分钱的豆油，就够临睡前照照亮。我几次看到王祖强端着热气腾腾的洗脚盆进出，把新兵的脚搭在膝盖上，用马鬃细致地引水泡……投在土坯墙上的影子黑压压的。

那天晚上的风能掀起磨盘，话刚出口就滚得老远。风裹着沙粒、尘土打在脸上，又痛又什么都看不见。出发前，炊事班煮了一大锅红辣椒生姜大蒜汤，连长亲自掌勺每人舀一碗，大家辣得像蛤蟆哇哇叫唤。指导员在检查水壶枪支手榴弹等有没有绑结实时说："这鬼天气，待我们赶到那儿，敌人还在被窝里想婆娘呢。"

天亮前占领阵地，只有王祖强他们班没有掉队的，我们班也有两个掉队，有的是没有按时赶到。王祖强让全班把绑腿解下拴成长绳，一个牵一个，像蹚激流一样慢慢往前走。半路上一个根据地入伍的新兵鞋子掉了，哭得像娘们一样赖着不走。王祖强蹲下一阵摸索，说找到了，递过一双鞋子。天蒙蒙亮，进入出击阵地，有人看到王祖强脚上光溜溜血糊糊的。我也注意到了，那双常让我牵挂的鞋子换了新主人。战斗中，王祖强很快捞到一双合脚的鞋子，尸体上扒下的。没有枪没有炮，敌人给我们造，敌人还经常给我们送来吃的喝的穿的。

胜利了。补充很多"解放战士"，每个班几个。尽管盯得紧，行军打仗到了哪个地方，听口音估摸着离谁家不远了，就热情靠上去给他打洗脸洗脚水，饭菜让着点，枪抢着帮背，上茅坑都不动声色跟着。还是不断有人脚底抹油，开溜了。山西、河南兵开溜前话多，活跃；山东、陕西兵默默抢着干活，好像自己不辞而别对不住大家。王祖强班上一个山东籍"解放战士""开小差"了，他的筋像被抽了一样，不说话，好几顿吃不下。三天后，那兵又回来了，抱住王祖强哭鼻子抹眼泪说，走到半道上，想起班长往日里对他那么好，他就那么不讲情义地走了，真不应该。王祖强从炊事班端来一碗热气腾腾的小葱面，只是说回来就好，回来就好。

王祖强带兵打仗的故事让一个使自来水笔、据说是在上海上过洋学堂的记者听说了，事迹上了军区的报纸。在一片松树林里，指导员捧着一张沾满油墨的毛边纸大声地读。风抚摸着他的声音，听上去像随时会哭起来。报纸上说的王祖强差不离，他平日里就是那样做的，我们都是那样做的。指导员读完后，把报纸小心翼翼叠好，说要永远保存，要一代代传下去，他光荣呀，上面说的是他带领的兵。后来，指导员牺牲了，报纸也随他永远消失了。

那段日子，教导员来我们连队很勤，一天几趟，每次来比打了大胜仗还兴奋。有时和连长、指导员密谋一样商量大事，有时去班里和王祖强说说话，还有时找我们聊聊。

王祖强出名了，他的事迹被一级一级往上报。文工队来人了解他，漂亮的女文工队员把他的事编成快板，在行军路旁打着竹板唱。王祖强路过时脸红得像大姑娘，跑得比兔子还快。我怀疑他以前说睡过很多女人是骗人的。他经常外出开会，各种各样的：部署会、报告会、表彰会、座谈会、英雄会，有时一去百十里，好几天。他很少空着手回来，有时带回一些奖品，有布鞋、毛巾、本子、钢笔等，最多的是

第四章　我的战友王祖强

花生、瓜子、大枣、烧饼、红薯干，见者有份。他说仗是大家打的，功劳是大家的。他每次回来他们班像过大年，大呼小叫，又唱又跳。

王祖强当副排长了，我们排的。我心里酸溜溜的。

仗越打越大，越打越顺手。有时候感觉国民党兵像豆腐一样，不经打，一打一喊一冲就垮了。俘虏兵一串串押下来，王祖强总是被抽去改造他们。他不用说什么政策，往那儿一站，说自己的经历就可以了。过去改造"解放战士"要十天半月，苦口婆心的，现在只要一星期、三五天。仗打急了，说几句，发他们一顶帽子，掉转枪口就上。很多"解放战士"知道有个王祖强，甚至国民党军那边也听说了，估计是放回去的俘虏兵说的。指导员说王祖强是号角是旗帜是方向，也有老兵说那是因为我们占上风了。

早上，我们一住下来就把房东家水缸挑满，把院子里里外外扫了一遍。晚上，指导员只夸了王祖强班。开展"满缸运动"以来，王祖强成了"受表扬专业户"。我们做一样的事，有时候比他们班做得还好，但在领导眼里只有王祖强。好像我们是主人、是大人，做好是应该的，做不好肯定挨批评。王祖强呢是客人，是需要夸奖的小孩。

王祖强当排长了。

团军务参谋"郭扫荡"从后方回来了，领着十几个已经康复的伤员。"郭扫荡"隔上一些日子就要回老解放区一趟，把在家养伤已经痊愈的接回部队。老根据地父老乡亲对他又爱又恨，给他起名"郭扫荡"。他到底叫什么，没几个人知道，我也忘了。我们团很多人是他

198

带出来的，有的是在出发前一夜结的婚。他在婚礼上喝喜酒，一两小杯就醉了，说一大堆吉利话，就跟跄走开。他喝酒上脸是真的，但至少能喝半斤八两也是真的。他说在那种场合，看到新郎新娘那么甜蜜幸福，第二天就要带人家上战场，心里难过呀。打仗哪能不死人的，怕喝多怕说错话，还有穷人家的酒金贵，不能敞开喝呀。有一天他老远和我打招呼，说路过柳树庄时见到茶花妹子了，她问起你了，问你在部队上还好吗，立功了没有，让捎话给你，记得一打完仗就回去看她们。"郭扫荡"说完意味深长地看着我笑，没头没脑地冒出一句："茶花可真是一个好姑娘。"

行军打仗，月缺月圆。那次"郭扫荡"还是来我们团送兵，见到我，他一下子变得很不自在，吞吞吐吐的好像有话要说。临离开时，他特地赶到我们连号的房子，伤感地跟我说："茶花姑娘结婚了。"

"跟谁？"我脱口而问。

"一位回乡的伤残军人。"

"伤哪儿了，重吗？"

"一条腿没了，双手还能干活。"

"她让你打完仗过去玩，不要惦记着她了。""郭扫荡"走的时候按了按我毫无知觉的双肩。晚上，躺在"黄金被"麦秸秆里，我摸了又摸枕头包里那双穿过几回的鞋子，好久睡不着。另一双鞋子我送给了王祖强，是不是真有什么预兆？

情况紧急，早晨出发时像是赶去救火。我们正要上门板，房东大叔说不碍事,大娘说等会儿她正好要用门板浆洗被子。连队群众纪律检查小组走在最后,不由分说,给我们班记了一笔。在一座祠堂里全排开会,王祖强说有的班不像话,再急也要把门板上好,给群众留个好印象呀。当时我心里那个委屈呀,再加上茶花的身影老在眼前晃,我腾地站起,出去时没有甩门,是因为门实在太破了。

哼!我的俘虏兵,竟成了我的领导!以前是多么想改造好他,希望他成为一名合格的"解放军战士"。现在他好了,比我预料的还好!我又暗暗盼望一颗长眼睛的子弹打死他,让他"光荣"了。

炊事班长老王和王祖强差点干了起来。老王推搡着王祖强叫嚷,你是号角是旗帜是方向,你迈哪条腿,我们迈哪条腿,你往哪边走,我们就往哪边走,不怕跟不上你!王祖强一声不吭,只是一味退让躲闪,样子看起来很可怜。当时边上好几个从根据地入伍的班长没有一个上前劝劝。我上前把他们拉开,谁叫我当过他班长呢。

老王是老资格,据说营长都是他曾经收留在炊事班的"小八路",帮他烧过火。他能听枪声把饭菜送到最前边,有时还换工一样,帮大伙看一会儿阵地,让我们下来吃饭。一打仗,他准把饭菜做得很多,油水足。有次,指导员忍不住说量大了,吃不完。他神情一下子黯淡下来,小声说:"可能还不够吃呢。"打赢了,一群群俘虏垂头丧气地走在我们趾高气扬的枪口下,饭不够吃,老王乐呵呵地开流水席一样,做了一顿又一顿;有时伤亡大,挑上去的饭菜没人动,死去的不再吃,活着的没胃口。老王苦着脸蹲在那儿,一锅接一锅抽闷烟,守灵一样。

王祖强和老王好像是为了一点芝麻大的事。后来,老王在骨干会上咕哝几句算是做检查,谁也没听清他说些什么。

王祖强像打过霜的瓜秧,谁跟他说话都哦哦地应着,情绪比刚当"解放战士"那阵子还低落。

又打了几个大胜仗,我们继续往南走。还有百十里就是王祖强家乡了。教导员来连队和指导员谈了几次,无论如何要稳住王祖强,做好他的思想工作,他现在是有名的战斗英雄,是"解放战士"的榜样,如果他"开小差"了,洋相就出大了,这责任谁都担不起。指导员很发急,恰恰这个时候出了这档事。

指导员悄悄找到我,面授机宜,如此这般这般。晚上,我紧挨着王祖强睡在门口,直到他打鼾,我还拧了一把自己的大腿;他查哨,我也查哨;他解手,我正好要撒尿;他帮老乡背柴火,我也去帮老乡背柴火。

一天傍晚,大家唱着"北风那个吹,雪花那个飘,雪花那个飘飘,年来到……"去野地里割茅草打地铺。王祖强走在前面,等了我几步,没头没脑地说:"我不会'开小差'的,这儿离我家已经很远了。刚解放时,我报的老家是假的。其实,上星期我们刚路过我家,要跑,早跑了。"我愣在那儿,军衣单薄,站在呼呼作响的寒风中一点也不觉得冷。有的"解放战士"是"老江湖",刚俘虏时报一个跟自己口音差不多的地方为老家,待到了真正的家乡,不提防就跑了。

打过长江去，解放全中国！进军口号随着我们大踏步前进的脚步不断变化，有一阵子好像是保卫胜利果实，建立民主政府。在去大西南的路上，传来新中国成立的消息。我们可都是开国将士，那个高兴呀，像心里盛开一朵大红花。王祖强作为英模代表去师里开会了，听说还要去北京参加全国英模大会。他回来兴奋地给讲我们国旗的样子，比画半天，大家还是云里雾里。他也只是听说。

翻越重庆武隆的白马山，下大雨。前面不断和着雨声传来口令：快！快！敌人要对我们的同志动手了。气喘吁吁的，即使爬也要爬快点。几顿没吃了，远远看到路边支一口锅，逶迤而行的队伍，路过锅旁，每人一把掀下湿乎乎软塌塌满是头油汗渍的帽子，胡子拉碴瘦得打飘的炊事员往里打一勺热腾腾的食物，边走边抓起往嘴里塞，是硬豌豆，没熟，硬得硌牙。有吃的总比没有强。

王祖强背着两把枪摇晃着走在我前面。雨雾里，我闻到一股刺鼻的臭味，有圆溜溜的豌豆粒从他裤腿脚后跟处滚落。"格老子的，肚子闹革命了！"入川前，他也学了一句四川话。我接过他肩上的枪，搀扶着继续往前走。胜利就在前方！

炮声隆隆，前头已和敌人接火了！我们作为预备队，在一个小镇上待命。身旁一拨拨队伍急匆匆往前开，伤员一溜溜往下抬，战斗到了白热化的状态，敌人好像吞了秤砣的王八，铁心要拼个鱼死网破。有小道消息说守敌是蒋介石的"御林军"，往日里受过很多恩惠，所以亡命抵抗。后来才得知是胡宗南的部队，蒋介石的"御林军"个个

银枪蜡杆，一打就散。没有揽到主攻，指导员急得直搓手，不住地说："新中国都已经成立了，这肯定是最后一仗，再赶不上别说吃肉，汤都没的喝。"

上阵地兵们一个个精得跟猴一样，稍一歇息就散架得像竹竿，各种毛病都找上门来了。连队不少兵病倒了，感冒，拉肚子。王祖强也歪躺在一个牛栏里，脸色酡红，厚厚的嘴唇起一层白屑。川东冬日的天气潮湿阴冷，但我们心里亮堂堂、火烫烫的。

终于轮到我们了。连长说，病号都给我留了！集合队伍时，王祖强提着一篮子手榴弹站在最后。连长一个挨一个地和每个兵对视几秒，上阵地前他都这样做。走到王祖强跟前，伸手探了一下他额头："下去！"

王祖强木雕一样，不动。连长盯了他很久，然后猛一挥手，我们就上去了。

我们边打边冲边喊，辛辣的硝烟往嘴里胃里灌，够味提神。王祖强在我前面不远的地方像是绊了一跤，当他跪挺起上半身时，地上花花绿绿摊了一团，他三两下把东西塞回肚子，裹了裹衣服，用腰带一捆，接着扔手榴弹。我冲过去一把抱住他上半身，顺坡往下拖……

炮声没了，枪声越来越远，越来越稀疏。

"挺住！腹部手术我们早就能做了。"早先和"小鬼子"打，和国民党军打，战士们腹部一受伤就毫无办法，只能躺着等死。后来，纵队（军）医院缴获国民党军一些医疗器械，郎中出身的纵队医疗主任死马当活马医做成功几例腹部手术。这些王祖强也听说过。

　　破庙里四处灌风，王祖强睁着眼躺在门板上，垫盖了几床被子，还说冷。天气的确冷。护士说他失血多，感觉更冷。我把海碗大的鹅卵石烧热，用破布包好塞在他被窝里。已派人骑快马去纵队请医生了。我所能做的就是不住地跟他说话，不要让他昏了过去。望着他熏黑变得死灰的脸，我很后悔曾经对他的诅咒。

　　周围一片火急火燎的忙乱。王祖强示意我凑近点，轻轻讲起他过去的事。他家是佃户，光景过得能填饱肚子。他第一次当兵是"小鬼子"路过他们那儿，他爹让"小鬼子"用刺刀挑了，他娘被强奸后，跳井死了。他躲在粪坑里逃过一劫。他挑土填了那口井，算是埋了他娘。几个大户人家还说，可惜一口好井。为了报仇，他跑去当了中央军。和"小鬼子"干过几次恶仗，抱定去死，命大，没死成。有次他们部队打散了，他用枪换了些盘缠，跑回家。第二次当兵是替东家的儿子去，换了几斗米和几块大洋给他孃孃（奶奶）。诉苦时不想说，这都不是什么光彩事。

　　我让王祖强别说话费神，只要我看着他时眼珠子转转就行了。

　　吐到嘴边的话又憋回去难受。他继续说，卖壮丁来钱快，他想多卖几回，然后买地盖房子娶婆娘。可后来一回都没逃脱，有一次他把打牌赢来的钱都给了排长，排长让他藏起来，部队马上出发，等人马走远了，天黑后再出来。晚上黑咕隆咚，他刚钻出来就碰上转了一圈又折回来的队伍，吊着打，白挨了一顿狠揍。当上解放军以后，折腾

好一阵，才明白这是自己的队伍，大家都是穷苦人，为了自己打天下。上次经过老家，他不好意思说，以前报的是假地址。家里亲人都没了，茅草房也没了，地基上的树都跟镰刀把一样粗了，他在村里转悠了一宿，居然没有一个人认出。想到他娘死的时候，还有人说那种话，他就对那儿又爱又恨……

王祖强的声音越来越小，渐渐没了声息："排长，王祖强，祖强兄弟……"他眼睛睁得很大，没有光泽，眼珠不再转动。我没动，也没喊医生，只是静静坐在那儿守着他，别让掩埋组马上抬走了，他身子还没凉透呢。

纵队匆匆赶来的医生过来看了一眼，就去忙别的伤员了。

王祖强报到北京的"战斗英雄"称号批下来了，只是他再也不能去开大会，再也见不到国旗到底是什么样子了。

黄三胖老前辈泪流满面地说："我的好战友好兄弟王祖强一直活着，活在我心里。我想让他活得更久，活灵活现的就像站在每个人眼前一样，希望你把他的故事记下来，讲给更多的人听。"屋子里很安静，安静得只有墙上电子钟的嘀嗒声和冰箱不时启动制冷的声音。黄三胖老前辈的情绪好像平复了些，缓缓地说："看到那双布鞋，我就想起茶花，想起王祖强以及很多老战友、好兄弟。十几年前李政委回老部队时，我托他把那双布鞋带回去，给后辈做个纪念。放家里有啥用呢，等我两腿一蹬，他们肯定当作垃圾扔了。你有空也把布鞋的故事讲一讲，我们无论走到哪儿，老乡都对我们很好！"

第五章
请纠正我的党龄

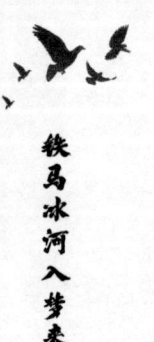

"花褪残红青杏小"。北京的天气渐渐热了起来，女人身上露胳膊露腿的夏装群芳竞艳般盛开。我还不合时宜地穿着厚实的冬装，高帮皮棉鞋，稍微一动浑身汗津津的。奔波一天，填饱肚子后，我像个"流浪汉"，有时坐在路边的长椅上望着脚步匆匆的人们发呆；有时在大街小巷漫无目的地停停走走，看高楼橱窗、各色店铺摊贩，闻瓜果蔬菜、草木鲜花、佳肴美食飘香，听零星欢声笑语飞窜、"十元店"喇叭声不知疲倦地吆喝，这就是人间烟火；有时站在天桥上看河水一样的车流滚滚向前，微风拂来，有"昔我往矣，杨柳依依"之感。这些大都市习以为常的街景，在北京似乎有"大音希声，大象无形"的气势，让我等贩夫走卒深深体味到繁华背后的苍凉，喧闹过后的寂寥。触目所见与白天和老前辈所谈交织在一起，我不禁思绪蹁跹，这情景是他们当年在战场上出生入死所追求奋斗的吗？是他们在长征路上饿得连自己的影子都拖不动时所能想象的吗？

晚上，我在路边小店吃完一斤水饺出来，给营里教导员打了个电话。能吃那么多，我自己都感到怀疑。即使借调上级机关帮助工作或出差在外，我和"家"里也时常保持联系，知道单位的情况，也顺便说说自己的事。教导员说，他的转业已经上报了，应该问题不大，旅里晋升人员也已经公示，今年比去年晚了点。我没问是哪些人，他也没说，猜都能猜到。他安慰我不要灰心，好好干，以后还有机会。挂了教导员的电话，我犹豫要不要和主任聊聊。想到自己任职三年多了，此前每个岗位我都稳扎稳打，一步一个脚印，踏踏实实干满三年，现在可能要干满四年甚至五年了，我在工作上没有偷奸耍滑，叫干啥就干啥……最后我还是拨通了主任的电话，主任一听我情绪不高就说："我们给你争取了，集团军领导也帮你说了话，说你表现不错，可政委有不同的考虑。"半个月前我给集团军组织处长打了电话，就简单问候，随便聊聊天，其他什么都没说。这件事如果搁在以前，我会患"结石"一样隐隐作痛好几天，但经历这一段时间的采访，我读懂读透了很多，心里很快就释然了。

我简单汇报了采访老前辈及资料收集的情况。主任说："听很多老同志提到在庆祝临汾战役胜利的大会上，上级奖励我们旅每个人一块手帕。旅领导说如果能够征集到那块手帕，作为旅史馆的珍贵藏品，同时仿制一部分，作为临汾旅命名五十周年的纪念品，花费不大，意义却很大。"

我问过几位参加临汾战役的老前辈，他们都回忆说曾经得过一块"光荣的临汾旅"手帕，但后来不知道弄到哪儿去了。

黄三胖老前辈回忆起发手帕那一天。1948年6月4日，天气晴朗。在山西洪洞县，就是京剧《苏三起解》里唱"洪洞县里无好人"的那个地方，在一座天主教堂前空旷的广场上，红旗招展，锣鼓喧天。我们整齐列队端坐很久了，歌唱了一支又一支，唱得口干舌燥，学会的差不多唱完了，上级首长才谈笑风生三三两两地入场。临汾战役发起动员时，时任华北军区副司令员、临汾战役指挥员徐向前就宣布，哪个部队最先登城就授予哪个部队"临汾旅"称号。当徐副司令员宣布将"光荣的临汾旅"旗帜授予晋冀鲁豫军区第八纵队二十三旅时，全场军号齐鸣，欢声雷动。纵队还奖给临汾旅每位官兵一块绣有"光荣的临汾旅"字样的手帕。庆功会的高潮是，全旅官兵高举手帕，高唱《我们是光荣的临汾旅》，绕会场一周。黄三胖老前辈右手颤抖着打着节拍，微闭双眼，满脸陶醉地唱起："土飞机在开动，轰隆隆隆轰。城墙开花，烟雾腾空，把敌人的尸体崩得无影无踪。炮声如雷，枪声似风。歌唱着我们面前没有攻不破的城！继运城大捷，连克临汾立奇功。我们是光荣的临汾旅，勇猛顽强老传统……"正午的太阳晒得大家汗津津的。我们整齐的步伐如擂响鼓点，搅得黄土地烟尘滚滚。我们捧着、闻着、摩挲着，笨拙地小心翼翼折叠好手帕……那块小小的手帕承载着我们多大的荣光和骄傲呀。

　　黄三胖老前辈帮着四处打电话，问谁手上还有那张手帕。很多人说，那年月脑袋都别在裤腰带上晃，谁顾惜一块婆婆妈妈的手帕呀，雨天用它抹把脸，晴天用它擦把汗，负伤了情急之下用它来包扎伤口。有一位老同志说，他离开临汾，向太原开进的路上，看到一位随军支前的像他邻居，一问果然是。他摸摸身上没有一件像样的东西，就托邻居把那块簇新的手帕捎回家，告诉他的意中人，他还活着。他做梦都想等仗一打完就回家，回去过"三十亩地一头牛，老婆孩子热炕头"的生活。可当他回家时，意中人已经是拖着两个孩子的妈。当然，孩子和他没关系，孩子他妈也和他没关系。加上当时部队上动员继续干革命，英勇再立功，他就断了退伍回家的念头，跟着部队继续走，一直走过鸭绿江，参加抗美援朝战争。

有好几个老同志说，那块手帕在翻越秦岭进军大西南可派上大用场了。黄昏，追击敌人，部队已一天多没吃饭了，山路边埋一口大锅，煮着热气腾腾半生不熟的黄豆、苞谷，胡子拉碴的炊事班长大声吆喝着，跑过一个兵就往他汗津津的帽子或脏兮兮的衣襟里打一勺。临汾旅的兵几乎每人捧着一块手帕，虽然大都皱巴巴的，同样脏得看不出原来的颜色，但总比打在帽子、衣襟里强。天一会儿雨，一会儿晴，下雨时冷得打哆嗦，天晴时热得像狗喘，临汾旅的兵头上除了有帽子，有的还用那块手帕擦擦汗，一群小公牛似的，咋咋呼呼接连超过好几支队伍。友邻部队的兵脸都气绿了，尤其是二十旅团，他们在临汾战役中也打得很好，旅长都牺牲了。这一次，他们向上级提意见说，临汾旅的兵比公牛还牛，走起路来卵子摇得比铜铃还响。意见反馈到旅里，旅首长指示各营连务必把《我们是光荣的临汾旅》战歌的后半部分唱好唱熟："我们记得很清，功劳的根子扎在群众当中，没有人民的支援，友邻的协同，哪有临汾旅的光荣，我们要更加努力更加虚心，

第五章 请纠正我的党龄

打着临汾旅的大旗一直向前进！"那不是唱，是喊、是吼，吼得营连干部胸挺得能挂住水壶。

翻越秦岭是"光荣的临汾旅"手帕最集中成规模出现的一次，从那以后，手帕就像深秋的风卷过梧桐树梢一样，树叶凋零，几近绝迹。

黄三胖老前辈甚至领着我到位于北太平庄的某干休所，和参加过临汾战役的几位老同志一起座谈，大家相互启发回忆那块手帕。关于它的质地，有人说是家织布漂白的，有人说是洋布的，有人说是丝绸的。上面"光荣的临汾旅"几个字出自谁的手笔？有的说是副司令员徐向前，徐副司令员和毛主席一样都读过师范，有文化；有的说是纵队司令员王新亭，王司令员的字写得也很好；还有的说是纵队宣传科长毕革飞，《我们是光荣的临汾旅》歌词就是他写的。至于那几个字是印上去的，还是绣上去的？位于手帕的什么位置？更是莫衷一是。每一位老同志都有一块记忆中的手帕。

座谈会上有位一直没说话、手不住颤抖的老同志突然大着舌头缓慢地说，七团副参谋长李如虎手上可能有那块手帕，部队出川入朝前，他在李如虎那儿看到过。那位老同志身体都这样了，我有点怀疑老人家的记忆。由于部队入朝参战是以"中国人民志愿军"的名义，出发前所有官兵的个人物品一律存放位于宽甸的留守处，臂章、茶杯、信纸等凡是有"人民解放军"标记的物品必须留下，很多人那点可怜的富有纪念意义的"家私"就此遗失。

老人家仿佛在翻越一座大山，上气不接下气地说，李如虎没有入

朝，就留在川北建立民主政府了。当年那块手帕大家都有，谁也不觉得珍贵，只当一块手帕用。只有李如虎把它当宝贝疙瘩似的，用红布细细包裹，外面还包一层桐油纸，然后贴身装着。行军打仗，走了那么多路遭了那么多罪，手帕还是新崭崭的。只是这么多年过去了，不知李如虎还活着没有，不知那块手帕有没有保留下来？

我问，您和李如虎联系过吗？老同志想了一会儿说，联系过。又说，那是很多年以前的事了。还有当时的联系方式吗？老同志缓缓起身，和谁也不打招呼，自顾自地缓缓移出会议室，向自己家走去。我躬身搀扶着老人一步一步挪，额头上的汗打湿了头发。老同志家的客厅还是几十年前的样子，能拍摄穿越剧。他摸索好一会儿，从茶几下面的抽屉里摸出一本泛黄如小学生作业本似的小本子。老人家凑近小本子一页一页慢慢地翻。我说老首长，我来找。他像是没听见，继续找。找到了！李如虎家住四川省都江堰市某个居民小区，电话号码还是六位数的。老同志看着我记下，说这个地址和电话还不知能不能联系得上？你如果见到他，不要提我，不要说是我告诉你他有手帕的。后来，有人告诉我，那位老同志是临汾战役中解放入伍的，就是李如虎他们营解放的，因为年纪小，又有文化，所以一直留在部队，谨小慎微地干了几十年。

我按照老同志提供的那个号码打过去，第一遍号码拨完后是一片嘟嘟嘟的声音。第二遍语音提示，您拨打的号码有误。第三遍我在前面加了个"8"，这段时间来我收集旅史资料，打电话有经验了。老同志的号码大都是多年前留下的，随着城市日新月异的发展，号码几乎都在升级变动，我总结出的经验是在老号码前加个"6"或"8"，或者把老号码第一个数字拨两遍，如此，常有收获。第三遍果然打通了，接电话的是个中年的女声，她用四川话问，哪一个？我说，请问这是不是李如虎老首长家？我是驻南京临汾旅首长老部队的。电话里十几秒钟没反应。我又问，您是老首长夫人，阿姨，还是老首长的女儿？还是？对方这才说，我喊他接电话。不一会儿，响起拖沓的脚步声和咕噜不清的说话声。喂？一个混浊苍老的声音传来。我赶紧问："您是李如虎老首长吗？"

"是呀，你是谁？"

"我是……"我茫然了，我已经编外了，那我是谁？我想了想，说，"我是临汾旅旅史陈列馆的工作人员刘同志……"

"哦，有什么事吗？"

"听说您老还保存一块庆祝临汾战役的手帕？"

"手帕？临汾战役手帕？"

"是的，是华北军区第八纵队在召开临汾战役胜利庆功大会上发的。"

"哦，还收着呢。"

绕了一圈，李如虎又问我是哪个单位的，姓什么，我又回答了一遍。老年人都一样，刚刚发生的事转眼就忘，几十年前的事却记得牢靠。

四月的营盘满眼葱绿，道路两侧的梧桐树已经成荫了，晴朗天感到丝丝阴凉，阴雨天有一股雾岚氤氲。这个季节和战士们年轻的绿色的身影相衬相宜。

从北京回来，我把收集到的实物、照片、文字资料一一整理出来，形成报告。我甚至设想新编一本故事集，用当下官兵的语言、思维去讲旅史传统故事，顺便把旅里的"大事记"整理出来。我们部队那上下两册油印"大事记"只编到1990年，也就是我当兵那一年，后面十几年是一串省略号。这些年，因为人员的快速流动，因为编制体制的调整，因为每隔一段时间挖地三尺、翻箱倒柜的保密检查，很多资料"宁缺毋滥"地遗失了。有些在当时是很有影响的事，几年后就没人能说清楚，连当事人也只能说个大概。政委、主任更关心在《解放军报》《人民前线》上露脸，那是反映部队情况的中心工作。曾和我同样起点的新闻干事、报道组长廖某，当我还是副连时，他已经提上副营转业了。既然已经成"蜗牛"了，那我就安心"坐冷板凳"吧。政委对我的想法未置可否，旅长在报告上签了两个字：已阅。

我正寻思如何见到那块手帕，如果老同志不愿意捐献，哪怕照张相也行，就因为一块手帕跑那么远，是不是太浪费了，旅领导会同意吗？就在这时，四川茂县一位姓史的代职副县长找到我们部队说，他们县里烈士陵园被泥石流冲坏了。他们没有钱，问当年解放茂县的老部队能否帮帮忙？帮多少都可以，有个心意就行。史县长是转业干部，修复烈士陵园是出于对革命先烈的感情，又因为是代职，想踏踏实实干点事，可是苦于没钱，于是辗转找来。

史县长说，很长一段时间，茂县老百姓都不知道他们那地方是谁解放的，只听说是从北方来的好像是徐向前的部队。他们那儿大大小小打过很多仗，死过很多人，至于具体是哪支部队他们就不知道了。史县长通过查资料，走访健在老兵，很快就弄清楚了。当然，我们部队是始终知道的，那是剪断脐带还连着血脉的历史。

现在，第二故乡的乡亲找上门来了，我们怎能无动于衷呢？旅长说，烈士陵园是我们的"祖坟"呀，不把"祖坟"拾掇好，我们就是不肖子孙。政委在发动全旅官兵捐款时说，那儿是我们的第二故乡，那片土地上的乡亲是我们的骨肉同胞，那儿的羊肠小道我们前辈穿草鞋踩过，那儿清冽的山泉我们前辈双手捧起喝过，那儿怒放的杜鹃是被我们前辈的鲜血染红……政委声情并茂，把全体官兵说得热血沸腾、热泪盈眶。

为了慎重起见，旅领导决定让我和政治部李副主任一起去茂县一趟。看看烈士陵园的受损程度，同时让我尽可能地收集一些旅史资料，充实历史陈列馆。我心里清楚，旅领导让我陪李副主任去，隐约有"安抚"的意思。这是一趟没有压力的"美差"。

我们旅是 1950 年 12 月入川的，参加和平解放成都入城仪式后，就马不停蹄地奔赴川西北高原，开展肃清残敌战斗，灌县（今都江堰）、汶川、北川、茂县、理县、松潘、懋功、靖化、崇化等县，这其中包括今天已蜚声海内外的著名风景区，如九寨沟、黄龙、四姑娘山等。

不知当年老前辈们在追击穷寇时，有没有停一停匆匆的脚步，欣赏一下"养在深闺人未识"的旷世美景。很多老同志说，那时候他们没那份心情，也不觉得身边的风景有多美。就如当年红军长征路过贵州茅台镇留下用茅台酒泡脚的传说一样，酒在终日爬山涉水的红军战士眼里，只是消困解乏的好东西，与品味享受不沾边。

出发前，我翻遍旅战史、组织史、大事记，李如虎的名字就出现在两处，一处是在临汾战役总结表彰人员名单中，仅一个名字；另一处是在1950年10月的大事记记载，没有具体哪一天：部队奉命收拢，七团副参谋长李如虎带领一个排留任茂县公安局长。简单一句话。我对这段历史有所了解，我们部队集结开赴抗美援朝战场前夕，大部分副职干部如珍珠玛瑙一样撒在了川西北高原，担任当地县（区）委书记、县（区）长、公安局长等重要岗位的领导职务。可以说川西北诸县（区）第一届政府、党委大多是临汾旅留下的班底。当时许多人想不通，不太愿意留，但组织的决定，不得不留。大部队开拔后，他们带领小分队留下来创建基层政权，组织群众恢复生产，和残余匪特做斗争，其间的艰苦与艰巨丝毫不亚于战争岁月里的行军打仗。

能在故纸堆里找到"李如虎"三个字，我心里就有底了。很多时候受人之托查找曾在我们部队工作战斗过的某个同志，几乎掘地三尺都一无所获。

随着进川火车单调沉闷的哐当声，我的思绪在秦岭山脉像藤蔓一样纠缠、爬绕。1949年8月中旬，我们部队奉命翻越秦岭入川，一路上边走边打，花了一个多月时间。秦岭深处，交通不便，再加上地主官僚的剥削，当地老百姓的生活非常贫困，特别是缺少布料和食盐的问题严重。老百姓没衣服穿，男人披的衣服是用棕树叶子编的，像蓑衣一样，十七八岁的女孩子也是衣不蔽体。有的人家竟穷得只有一条裤子，谁出门了谁穿，不出门就待在屋里，身上盖着被子，被子也不知被几代人用过了，黑乎乎的，一点也看不出原来的颜色。刚开始时，战士们并不知道老乡们这么穷，但奇怪的是，路上偶尔见到一些国民党军士兵的尸体，个个都是赤身裸体，连短裤、袜子都不见了，战士们还感到挺纳闷儿，不知道是怎么回事。黄三胖说，行军路上，有次忽然发现有一群蓬头垢面的男男女女，身上穿的腰里围的都是一些烂布絮絮，他们还以为是先头部队从监狱里放出来的犯人，后来听见他们在喊："红军来了，到宝鸡城里分东西去！"这才明白是当地贫穷的农民，国民党军士兵尸体上的衣服都是被他们剥走的。山高林密路陡，掉队很多时候是不可避免的，老乡们一看只有一两个战士，就一拥而上脱战士的衣服。他们也不伤害这些掉队的战士，战士们哭笑不得，虽然有枪，但也不能打，想跑也跑不了，十有八九都被扒光了衣服。但战士们心里也清楚，这也不能怪他们，老乡们实在是太穷了！虽然一路上风雨兼程，吃尽了人间苦，但战士们的士气很高，那时部队天天唱《我们是光荣的临汾旅》的歌曲，他们最喜欢前面那句"土飞机在开动，轰隆隆，轰隆隆"，觉得很有气势。

如今过秦岭就十几分钟，动车穿过一个又一个山洞，前面车头进洞口了，后面车尾在另一个山洞里还没出来。耳边是沉闷的轰隆声，眼前闪过高山峡谷，回首惊觉刚才走过的地方在谷底、山腰间，如破折号般一截一截隐约可见。车到阳平关，暮色四合，丘陵起伏，房舍俨然，稼桑蔚然，眼前豁然开朗，好像到了世外桃源。

我们从成都向茂县出发时，有人叮嘱我们进入川北高原要注意的种种事项。我们沿着一条水流湍急的小河往群山深处走，过了汶川，沿途景色开始变得不同。山山岭岭都是光秃秃的，只有河谷平坦处有耕地、房舍、果树，偶尔有石砌如岗楼一样的房子立于路旁。残阳脉脉时分，我们抵达茂县县城，有脸蛋如红苹果般的孩子背着书包在路上追逐打闹，让人顿时感觉生机与活力。县城很小，一两个小时能转遍。那条与我们一路相伴的河流穿城而过，晚上月光洒满河面，流水淙淙声一夜不绝于耳。那晚，我睡得很踏实，梦里又回到故乡那遥远的小山村。

当我和李副主任在茂县民政部门两位同志的陪同下，站在川西北高原凛冽的寒风中向烈士墓三鞠躬时，我的心情沉重得如上祖坟。前辈，我们来看望你们来了！没有纸钱，没有供品，也没有放鞭炮，只有一个花圈，风狂舞着，两道写有"英烈精神万古长青，临汾旅全体官兵敬挽"字样的挽联，两朵没粘牢的绢花很快随风而去。

烈士陵园一片清冷，大门、围墙被泥石流冲得一片狼藉。烈士墓有的裂开一道缝，有点移位，有的开裂，赫然露出里面的陶罐。据当地民政部门的同志介绍说，有的遗骸是从周围山岭当年一些小的战斗场所移来的，所以用陶罐装盛。烈士墓前的墓碑，有水泥的，也有青石板的，看得出年代不一。青石板上漫漶不清的字经红漆描写已变得清晰。墓碑有的倒在地上，有的歪斜着，有的断成两截。我们久久驻足于每一座墓前，目光抚摸我们部队曾经的番号，心里默念着一个个似曾相识的名字。哦，原来您长眠在这儿，在我们保存的英烈名册上只是记载，某某于什么时候在川西剿匪战斗中牺牲。这些年，您远离家乡，远离战斗过的团队，与您相伴的只有当地的乡亲和同您一起长眠的战友。"明月夜，短松冈"，您把自己种在土里扎成根留在这儿，您能否听懂并且会说藏语？是否已经习惯高原这能吹跑石头的风？

上午，阳光明媚，我们径直来到李如虎老同志家。我站在防盗门外，又敲门又按门铃，不见有人来开门，但从门缝里偶尔传出说话声和椅子移动的声音判断，里面应该有人。我掏出手机拨打座机，电话里还是那个女声，我说，这是李如虎老首长家吗？我们是临汾旅的同志，来看望首长了。不一会儿，换成一个苍老的男声接电话。我重复了一遍，老人又问我是哪个单位的，姓什么？我说，我是临汾旅旅史筹建办的刘同志，和我们李副主任一起看望您来了。老人说，那么远就别来了吧，通个电话就行了。我说，我们已经到您家门口了。

门开了。一位满头白发的老人坐在正对门的沙发上抬手朝我们示意，没有起身。一位六十来岁的老年妇女见到我们，双手在围裙上搓着，不知是该让座还是倒茶。家里摆设简朴，改革开放的成果在这屋里好像没有多少体现。

我们估计眼前这位白发老人就是李如虎,自报家门后说明来意。我们此次是来考察茂县烈士陵园在一次自然灾害中的损毁情况,同时来看望老首长。老人"哦"了一声,问见到王石蛋的墓了吗?"王石蛋?"我一愣,说见到了,包括他的墓在内,许多烈士的墓有不同程度的损坏,我们回去后将向旅首长汇报,尽快拿出整修方案。哦。老人停了一会儿突然问起,临汾旅还驻南京吗?我说,是的,有机会请老首长回老部队看看。老人拍了一下腿说,走不动了。

李副主任看了一下我,凑过身子,向李如虎介绍起我们旅正在翻修历史陈列馆的情况。李副主任介绍完后,语速缓慢地说,听说老首长有块"光荣的临汾旅"手帕,不知您老愿不愿意捐献出来,我们将珍藏在馆里,教育激励后人。如果您有别的考虑,我们用相机拍一张照片也行,回去可以仿制一块。

"谁说的?"老人看了我们一眼,声音提高八度,"谁说的我有?"

李副主任将目光抛向我,我像出卖同志似的说出那位老同志的名字。一听这个名字,李如虎笑了,笑得像个孩子,说这家伙是我的俘虏兵,到现在还惦记着他。

李如虎说,剿匪时他是团副参谋长,部队开始收拢准备出川时,决定把他留下来在当地建立民主政权。当时他一百个不情愿,甚至找到师政治部主任李长胜。李长胜当着大家的面帽子一掀,把李如虎劈头盖脸训了一顿:"革命不是请客吃饭,你想得通得留,想不通也得留！"晚上，李长胜提一壶青稞酒来到他的窝棚里，没下酒菜，也几乎没怎么说话，就着酒壶你一口我一口把酒喝完。他俩都听说了，部队刚进驻剿匪时，兄弟部队一位政治部主任被土匪抓到后挑断手脚，毁坏五官，然后将其丢入杀猪的开水锅里活活烹死。现在虽然大股土匪剿灭了，但零星潜伏下来的还不少，大部队一撤离，斗争形势依然严峻。

果然，李如虎后来在一次与小股土匪的战斗中腿部负伤，被紧急送到医院，主刀医生坚持一定要截肢，否则会有生命危险。为了活命，也出于对医生的信任，李如虎选择了截肢，手术还是在没有任何麻药的情况下进行的。此后不久，从主刀医生住处查获一秘密电台，主刀医生竟然是敌人撤退时潜伏下来的特务！李如虎当时作为县公安局长目标太大了，一时不好要他的命，就名正言顺地要了他一条腿。难怪我们进屋老人没有站起来。

"老首长，我们南京军区政治部有个叫陈坚的画家画了一幅叫《临汾攻坚》的油画。画上我军官兵像飞行员一样戴着防风眼镜往城里冲，大伙儿很不理解，认为有这个必要吗？那时候我们有防风眼镜吗？"和老同志交谈一般要从他"过五关斩六将"谈起，不知不觉谈高兴了，入巷了，就把话题往我们需要的方向引。

李如虎陷进沙发里的腰微微一挺，目光倏然一亮。说：我们当然有防风眼镜啦，而且那也是十分必要的。这是我们从攻打运城总结出来的教训，攻打运城，我们没戴防风眼镜，城破的那一刹那，我们冲进去就如在沙尘暴的中心地带一样,眼睛迷得睁不开,什么也看不见。攻打临汾,我们长记性了,主攻团下面的主攻营每人一副防风眼镜。两声地动山摇的巨响后,腾起漫天尘土烟雾,不待冲锋号吹响,兵们如开闸的洪水放栏的骏马,奋力往里冲。我随手抓起一个空子弹箱顶在头顶跟着往里冲,当时只觉得头顶像下冰雹似的,土疙瘩石块砸在弹箱上乓乓作响,狂奔中满鼻满嘴都是烟尘、沙子、土腥,呛得几乎喘不过气来……那位画家是经过深入了解的,没有画错。

"老首长,临汾素有'卧牛城'之称,易守难攻。当年李闯王挂甲而去,后来经过小鬼子和阎锡山苦心经营多年,形成五道防线三层火力网的硬核桃式防务,你们奋战七十二昼夜将它砸烂。老首长,您能说说我们夺取胜利的关键所在吗?"

"哎呀,临汾城墙那个高呀,站在墙边能望掉帽子。上面宽得能并排跑两辆卡车,我们的小钢炮只能给它挠痒痒,一打只是掉一层皮。好在我们有不少官兵是矿工出身,当'土行孙'有经验。它是'卧牛',我们就用'捆仙绳'捆住它。这个'捆仙绳'就是坑道作战。在挖坑道战斗中,敌人埋下大缸,不分昼夜监听,采取水攻、火攻、放毒气、爆破等手段进行破坏。我们攻城部队先后挖了四十八条坑道,最后,剩下我们临汾旅的两条硕果仅存。我们用两口棺材结结实实地塞满炸药,终于让敌人坐上'土飞机'……胜利有一百个母亲,失败只是一个孤儿。你要说临汾战役胜利的关键所在,就是群众的支援。临汾老百姓用新麦烙的大饼那个香呀,临汾城周边数十里的老百姓都把门板卸下来送给我们筑工事、加固坑道。这份军民情就是泰山也能移，何况一座临汾城。"

"老首长，听说临汾战役总结庆功时，纵队给我团官兵每人发了一块手帕？"我不失时机地问。

"是的，有这么回事。"提及手帕，李如虎神情顿时严肃起来，看了看我，又看了看李副主任，说起和手帕有关的故事。

李如虎是山西侯马人，他特意补充说和彭真一个地方的，高小文化。教他们的国文老师叫许灯亮，是地下共产党员，不但教《三字经》《百家姓》《弟子规》和"三民主义"，还讲抗日救亡的道理、一些民族英雄的故事，以及教唱抗日歌谣："小口袋，装干粮，我送大哥去前方。大哥前方打日本，千万别想爹和娘，别把嫂嫂挂心上……"把他们的小眼睛点亮成漆黑矿井中的两团火。1942年7月，李如虎小学毕业，许灯亮带领他和他们班上七个男生参加了八路军队伍。那时候小学毕业就有人马上结婚当父亲，不像现在还是小毛孩，李如虎小学毕业时17岁。

李如虎当兵的连队是八路军第一二九师太行三分区七团八连，解放战争时期前面的番号改了，改为晋冀鲁豫军区第八纵队第二十三旅，后面的几团几连没变。许灯亮因为文化高，又"拉"来了七个人的队伍，所以一入伍就当排长。李如虎他们班长叫李来福，1938年入伍的老兵，枪打得好，打仗也有办法，就是脾气躁，用

脚踹过俘虏兵的屁股，还打过俘虏兵的耳光，所以，一直没当成干部。李如虎记忆中就吃过几顿玉米面窝窝头，因为吃到有些撑，所以印象深刻，大部分时间是吃野菜糊糊，吃不饱，跟着队伍懵懵懂懂地跑。惜子弹如金似的放过几次枪，还有就是单独往区公所送过一次信。排长许灯亮就认为他具备了一个共产党员的基本素质，至少可以培养成一个合格共产党员，和他谈过两次党的知识后，就极其神秘地叮嘱他写入党申请书。

1943年6月27日，这个日子他一辈子都不会忘记。那天落了一天雨，黄昏时还没有停。在一座摇摇欲坠、经他们简单打扫过的关帝庙里，许灯亮和李来福先后找他谈话。许灯亮变魔法似的从怀里摸出一面绣有镰刀斧头图案的旗帜，他和李来福一起拉住四个角，在李如虎面前展开："我志愿加入中国共产党，坚持执行党的决议，遵守党的纪律，不怕困难，不怕牺牲，为共产主义事业奋斗到底！"许灯亮说一句，他跟着重复一句，像许灯亮以前教他们读书那样。

他举手宣誓的那一刻有闪电划过，映照着关老爷威严的被烟火熏黑的脸，紧接着一声炸雷响起。关老爷是武圣，是忠义的化身，如果以后做出对不起党的事，在战场上没被敌人打死，就让雷劈死好了。他当时想。

李副主任问："战争年代入党是公开的吗？"

李如虎说："抗日战争时期是秘密的，连队党支部临时开会各党员之间都是努努嘴使个眼色传递信息，选择一个僻静的角落悄悄地开。解放战争时期是公开的。无论是抗日战争还是解放战争时期，入党都要写申请书。有文化的写字，没文化的像高玉宝当年那样画符号也行，表达出心愿又能让人明白即可。提出申请后，经过组织考察，出身好打仗勇敢的考察半年，不用预备期，就是正式党员。表现不是很突出，考察期有一年，有的加入后还有三个月的预备期，才能是正式党员。总之，那个时候发展党员虽然很慎重，但操作起来没有严格的规范。"

1943年6月，李如虎入党一年，称得上老党员了。一天排长李来福悄悄问他，王石蛋怎么样？让他重点培养培养。副连长牺牲了，排长许灯亮当副连长，李来福终于改掉打俘虏的毛病，被提升为排长——也主要是很长时间没有抓到俘虏，无法验证。李如虎当上了班长。王石蛋是他班里的兵，当兵前是个矿工，"世袭"的矿工。他祖父正值壮年，井下出事，死了；他刚刚冒男性特征的父亲接过祖父撒手的矿灯、洋镐，下井；当他开始发育时，父亲又出事了，比他祖父更惨，尸体都没挖出来，直接封井，埋在下面了；到他成年时，由于没有结婚，也就没有小孩，当然他也没有死在井下，他当兵了。他常笑嘻嘻地说，下井挖煤和当兵吃粮差不多，一个是埋了没死，一个是死了没埋。伤亡太大，有时战斗失利，尸体来不及掩埋。王石蛋身子骨结实得像石头，打起仗来不惜命，他脸蛋圆圆的，黑得像煤。入伍登记时，问他叫啥名字，他说他父亲姓王，从小大家都叫他石蛋蛋，所以就叫王石蛋。听到如此名副其实的名字，大家笑了，他也笑了，露出满嘴黄牙。

王石蛋，这个我曾多次见到，但一直抽象的名字，第一次像条鱼一样轻灵地有血有肉地活泛起来。

1944年8月，李如虎感染上疥疮，整天整夜不停地挠，一沾热气就痒，就忍不住地挠。有道说酸可耐，俗不可耐，痛可忍，痒不可忍，还真是这个道理。越挠越痒，越痒越挠。开始只是裆部，一些私密的角落，后来发展到背上、手上、脚上，甚至爬上了脖子，下一个目标估计是向脸部进发。呼啸的炮弹和如蝗飞的子弹没把他击倒，没想到小小的疥疮竟然把他放倒了。那段日子部队正在休整，他天天躺在一孔向阳的窑洞口晒太阳，宽衣解带四仰八叉地晒，边晒太阳边捉虱子。在毒得长牙的秋老虎下晒了一个月，没有任何好转。每天的伙食很差，一顿一洋瓷碗拌野菜的面糊糊，还是病号饭。后来，他身上挠破的疥疮开始流脓流，流到哪儿哪儿烂，身体虚弱得空着手走路都喘，别说荷枪实弹急行军打仗了。部队休整结束马上要投入新的战斗，许灯亮向上级提出，让李如虎去后方医院或回家养病，病好了再归队。后方医院药品奇缺，连战伤都只是勉强救治，何况李如虎只是皮肤病，一时要不了命。上级给他开具路条，让他回家休养。

李如虎持路条过根据地一路绿灯，根据地政府接待得跟新姑爷一样。过国统区则要把路条藏实掖好，要把自己弄得更邋遢点。国民党兵一看他是个浑身流脓恶臭的乞丐，忙掩鼻挥手让他滚，别的可以装，那气味那化脓的疥疮谁也装不出来。

没想到一块手帕扯出这么多故事来，真是"借驴的借条三页无驴"。李副主任，抬腕看了一下手表，又看了看对面墙上的挂钟，我顺着他的目光望去，一晃眼十一点多，快到吃午饭的时候了。李如虎拍了一下沙发，大声说："小王，打电话，让小店送几个菜，把我那瓶好酒拿出来。"这时我们才注意到那位阿姨一直在厨房里忙。李如虎说，小王是他请的保姆，这些年幸亏有她。李副主任站起来推辞说，不麻烦老首长了，我们出去吃。我坐着没动，只是客气地笑笑。这方面我比李副主任有经验。有次因工作拜访一位老首长，到了吃饭时间，热腾腾香喷喷的水饺都端上来了，我开溜了。结果，老头子被气得大发脾气，告状电话打到旅首长那里，说跟谁客气呢，这样的兵能打仗吗？以前，我只是在旅里各营、连督查或检查工作时吃"碰饭"，即到了吃饭的点，走到哪个连队就在哪个连队蹭饭，碰到什么吃什么，走进连队饭堂就如走进自己家，端起碗就吃，放下碗一抹嘴就开展工作。我们旅有五六个营区，营区与营区之间散得很开，最远的有一两个小时的车程，如果不洒脱一点，肯定会经常饿肚子。从那以后，我到老首长家，只要是老首长真心实意地留饭，我就不把自己当外人。

刚摆好碗筷，一位年龄和我们差不多的年轻人匆匆赶来，李如虎看了年轻人一眼说是他儿子。年轻人自我介绍说，他叫李添翼，也当过三年兵，退伍后在卫生防疫部门上班，听说我们来了，他就赶来了。

李添翼给他老爷子倒了一小杯白酒，给他自己和我们用大玻璃杯倒上大半杯，他跟他老头一样爽快。

在离李如虎住的村子李家庄十几里外的一条山沟里，有两眼泉，神不知鬼不觉形成的温泉，前几天放羊娃打那儿过，还什么都没有，隔两天再去时，那儿竟然冒出两个云蒸雾绕的水凼。两眼泉相距十几米，村里的老秀才给它起名叫"姊妹泉"，又叫"叠（蝶）泉"。两眼泉看似毫不相干，自涌自生，其实下面一眼是上面一眼潜流而成。上面一眼水面沸腾，热浪扑面，甚至可以煮鸡蛋、玉米、土豆、红薯等。下面一眼水温可以洗澡，烈日炎炎的夏季洗澡略烫，寒冬腊月正好。泉边寒风呼啸，白雪皑皑，冰天雪地，泉水里温暖如春，人泡在里面浑身骨头都是酥软的，有个词"温柔富贵乡"可能说的就是这个。李如虎回家后，每天下午去泡一晌澡，傍晚时分回来，不到一个月，身上的疥疮就好利索了。李如虎他们那儿方圆数十里没听说谁患皮肤病，如果身上有痒有痛便去泡澡，一泡准好。那时候人们传说那是两股神水，现在想想不稀奇，因为温泉里有硫矿物质，有杀菌消毒作用，对皮肤有益。可惜那两眼温泉在 1976 年唐山大地震后，又莫名其妙地消失了，像它来时一样。

　　那天，李如虎正在背石块砌猪圈，忙得满头大汗。那个有千里眼顺风耳、无处不在的"郭扫荡"来了，看到他说："你身体已恢复得像头牛，怎么还不归队呢？"还是那个无处不在的"郭扫荡"，每隔一段时间就往返前方和根据地一次，把掉队的、病（伤）愈的，以及一时犯糊涂"开小差"回家的集合起来带回部队。弄得根据地那些大娘大婶大嫂年轻媳妇俏姑娘对他又爱又恨,爱嘛,自己男人又一次雄起,是一条响当当的汉子;恨嘛,就这样硬生生地被带走,不知还能不能回来。李如虎跟着"郭扫荡"回到部队,并没有给他分回七团八连,而是把他分到刚刚伤亡很大急需补充兵员的九团二连。

战争年代,同一个团住得都很散,即便同一个营也像撒豆子一样散住在老百姓家,也就各营、连打前站的同志分房子时有个大致区域划分。作为普通战士,根本不知道友邻部队住哪儿,战场上或配合攻坚打援,更是急匆匆擦身而过。李如虎总想着打完眼下这一仗要回七团他老连队看看。

1945年9月,李如虎归队。过了好一段时间,他偶然发现连队花名册上登记他的入伍年月是1945年9月。"怎么是1945年9月呢?我前面三年兵就白当了?"他和连队干部、文书吵得脸红脖子粗,他拿出路条证明,恰巧"郭扫荡"又来连队送兵,帮他证实,他的入伍年月才改成1942年7月。至于是否已加入党组织这件事,连队党支部很慎重,让他开具组织介绍信来,或请入党介绍人开具证明。指导员说这是组织程序,也是营党委的意见。

难道战争年代团一级司令部军务部门没有兵员实力表、花名册?政治部组织部门没有政治实力表、党团员花名册?

从四川回来,我请教过多位老首长,他们在解放战争初期有的是营连干部,有的是旅团一级干部。听完我的疑惑,他们大都含含糊糊、模棱两可地说可能没有，那时候司令部、政治部可能只是掌握一个总的数字，而且这个数字随时在变动，每个战斗员的具体情况只是营、连掌握。你想想，战争年代兵员伤亡、补充那么快，那么频繁，量那么大，旅、团机关造花名册，建立档案都来不及，何况也没有那个条件。一切有序的档案管理都是在战争结束硝烟散去后才得以展开。

李如虎知道打起仗来千万不要缩手缩脚，当缩头乌龟不但容易让子弹碰到，还会被战友耻笑。正是由于打仗勇敢，又有战斗经验，数次战斗下来，李如虎就当上了班长。但连队党支部还是不让他参加党小组会议、党员民主生活会乃至党员战斗突击队。兵们把他和杨伙根一起当作笑话。杨伙根是从根据地入伍的翻身农民，打起仗来像"黑旋风"李逵直往前冲，他说他每次往前冲的时候就恍惚看到他家三十亩麦地和一片黄澄澄的麦子。这时候连队党员的身份已经公开了，每次党员开会就吹哨，值班员招呼。一吹哨党员开会，杨伙根就不请自到，他一声不吭地盘腿坐在那儿，吧嗒吧嗒地用旱烟杆吸着烟。连队党支部书记指导员请他让一让，说，大伙儿有事要商量一下，他如果有事等会儿说。杨伙根在鞋帮上磕了磕烟锅，很严肃地说，他是来参加党员会议的，怎能赶他走呢。指导员一愣，你目前还不是党员，连预备党员都不是，待你以后加入党组织，再请你参加会议。"我怎么就不是共产党员啦，我一当兵就是党员了。解放军就是共产党，共产党就是解放军。"原来杨伙根把入党和入伍当作一回事了。

几位老党员笑李如虎，还是当了三四年兵的老同志，政治常识懂得跟新同志和"解放战士"差不多。李如虎气不打一处来:"我咋突然就不是党员了呢?我吃饭尽量让着新兵,宁愿自己少吃点;行军路上我背好几支枪,还不停地给战友鼓劲;冲锋我跑在最前面,撤退我走在最后面;宿营哪怕再苦再累我也要支撑着给新兵打洗脚水、挑脚泡;睡觉我睡灌风的门口,马桶放在自己脚边;部队出发前,我总是留心老乡的门板上好了没有,卫生打扫好了没有,铺床的稻草还了没有……从哪一点看出我不像党员,不是党员?"老党员们说,这不能说明什么,每一个班长、骨干和要求进步的战士都是这么做的。

李如虎想等打完眼下这一仗,一定要回七团老连队一趟,找两位入党介绍人把证明开来,让笑话他的人把笑声咽回去。

"你们在茂县烈士陵园看到王石蛋的墓碑上有'中国共产党党员'的字样吗?"李如虎突然问。

我和李副主任面面相觑,这个细节我们还真没在意,一般墓碑上只是注明部队、职务、姓名、籍贯等,没有注明是否是党员还是团员。好在每座烈士墓我都用数码相机拍了照,调出来一看,王石蛋的青石板墓碑上果真赫然写着"中国共产党党员"几个字。

我把照片放大凑过去给李如虎看,他嘿嘿一笑说,王石蛋的墓是他在茂县任公安局长时主持修的,那几个字是他坚持加上去的。王石蛋牺牲时,组织上还没承认他是党员。

原来王石蛋在一次战斗中负伤,在后方医院养好伤后归队,被分在九团十连,和李如虎一个营。一天,他找到李如虎说,李如虎作为他的入党介绍人，要证明他加入过党组织，是党员。李如虎连自己都证明不了，怎能证明他？李如虎让他去找李来福，或者等他证明了自己后，再帮王石蛋证明。

临汾战役打响前，李如虎担任代理排长，之所以没有去掉代理两个字，组织上可能考虑到他的党员身份还没有确定。党缔造的人民军队，如果一个基层带兵干部不是党员，总会让人产生一些想法和顾虑。攻打临汾城，李如虎他们团不是主攻，是助攻，主攻团是九团，主攻营连就是他的老单位三营八连，这是他后来才知道的。主攻和助攻的区分只是在攻城前，城墙一破，攻城部队像潮水般涌入，主攻和助攻就没有什么区别了。李如虎所在的七团二连几乎是紧贴着主攻营冲进去的，他带领全排逐房逐屋搜索前进，一直攻到敌指挥部。这个时候，敌人的心理防线已同城墙一起垮塌了，持一根扁担大吼一声都能抓到一串俘虏。

1948年5月17日，临汾解放。第二天攻城部队休整，配合打援的部队打扫清理战场。这一次李如虎终于准确地知道七团宿营地点，原来他们就住在临汾城东郊，只有一箭之遥。李如虎向连队请假，跑到七团宿营地，在几孔坍塌破败几乎废弃的窑洞边，李如虎问到了八连。

八连的兵差不多换了一茬，绝大多数面孔李如虎不认识了，几个认识的见到他只是默默点了点头，丝毫没有打了胜仗的喜悦。已过开饭时间了，几大盆猪肉炖萝卜，不仔细看猪肉和萝卜一个颜色，还有几大筐白生生的馒头，摊在窑洞边一棵槐树下，有几只苍蝇在嗡嗡地飞，兵们或蹲或坐，双手抄在衣袖里，脸上一片木然。

李如虎拉过一个熟悉的兵，问大伙儿怎么还不吃饭？那兵看了一眼平时能诱得人直吞口水的饭菜，瓮声瓮气地说："不饿。""许副连长他们呢？"那兵低下头不吭声。再问，还是不吭声。李如虎突然有种预感，他像条疯狗一样乱跑乱叫，许副连长呢，那么多人呢，都到哪儿去了？这时一个看起来老成干部模样的站起来说，他们连长牺牲了。那人拉过他在一侧低低地说了个大概。

临汾战役中，七团三营八连作为主攻营连，只待爆炸声一响，城墙炸开，就往里冲。为了在第一时间抢占突破口，团里命令八连组织突击队在离城墙50米处埋伏，营里的命令是40米，到了连队，连长许灯亮带领二十余名突击队员在离城墙30米处埋伏。战役前，老连长到营里当副营长了，副连长许灯亮被提升为连长。两声巨响后，土石飞扬，烟尘漫天，各部队数十把军号同时吹响，天空如一面巨绸被哗然撕裂，后面主攻营、团，乃至助攻部队都一涌而上，可突击队毫无反应。后来察看，突击队由于离城墙太近了，要么被生生震死，要么被滑坡的土石活埋，无一生还。

李如虎还打听到李来福的下落，准确地说不是下落，是他离开后的大致情况。李来福因为打仗灵活有办法，后来被调到团通信排任排长。一次，为突破敌人封锁线向一个坚持战斗的连队传达团指挥所的

撤退命令，接连派出三个通信员都没送到。李来福骑一匹白马亲自去送。那匹白马是李来福缴获国民党军一个团长的座骑，摔得遍体鳞伤才把它驯服。由于白色目标太大，在进攻或转移中常常招致敌人密集的火力攻击，上级多次批评通信排不应该养这么一匹马。李来福几次把它送到运输连、团卫生队，它又几次跑回来，嘶鸣着，往李来福身上蹭。这次李来福过敌封锁线时，在白马身上绑一条装满锯末刨花的麻袋，让白马从一侧飞驰而过，他从另一侧冲过。命令送到了，马没回来，人也没回来。有人说他牺牲在返回的路上，有人说他送完命令后"开小差"了，有人说他送完命令后被俘了。反正活没见人，死没见尸。

　　李如虎终于放弃寻找入党介绍人证明他的党员身份，但他这种放弃只是暂时的权宜之计，在后来漫长的岁月里，一旦有某种触动或某种机缘，他马上又萌生起证明他的第一次入党的念头。从老连队一回来，他急匆匆地一刻都不能耽搁似的从连队文书那儿借来笔、墨、纸、砚，趴在坑沿上写了一份言辞恳切的入党申请书。鉴于李如虎的一贯表现和积极进步的要求，临汾战役胜利庆功会那天下午，组织上批准他加入中国共产党。他担任连长的命令几乎同时下达，部队伤亡大，干部伤亡更大，他很快就当上连长了。

　　说到这儿，李如虎打住了。桌上的残羹剩菜已经变凉，我们也早已停碗歇筷。渐渐西斜的太阳从窗户照进来，看起来好像有很多灰尘在阳光中飘浮,周围很静很静,静得耳朵能出现幻觉。

"你们是哪个单位的?"这一次老人让我们把单位、地址、姓名、电话号码一一写在一个小本子上。

李如虎接过我写好的联系方式端详一会儿,看着我说,你是临汾旅历史陈列馆筹建办的刘同志?我点点头。李如虎转向李副主任说,你是临汾旅政治部的副主任?李副主任微笑点头。"好!"李如虎边小心翼翼地放好小本子边说,"你们承认并开具证明,证明我第一次入党是真实存在的事实,我就把手帕拿出来!"

李副主任看着我,我抽了一口气,这一点是我们始料未及的。李副主任笑着说:"老首长,这……""这没什么呀,我当了那么多年兵,知道政治部组织科不就是管入党入团吗?你们肯定有办法。"李如虎将李副主任吞吞吐吐的话打断。李副主任是从集团军组织处下来的,担任旅政治部分管组织的副主任,估计这种事他也是第一次碰到。"老首长,是这样的,这件事过去多年了,是历史遗留问题,我们纠正、证明起来很难。"李副主任赔着笑说。李如虎满脸凝重地说:"勇于纠正错误是我们党的优良传统,何况我这只是小小的关于党龄的问题,这没有什么难的,你们出个证明就行,我拿到我们干休所去!"

"老首长,我们作为一级组织,开具的任何证明都要经得起考验、检查,要有真凭实据。"李副主任说。

"你这是什么话?难道我不能证明自己,这手帕不是证据吗?"李如虎激动了起来。末了,他自言自语道,也怪他,当年在老连队没

找到入党介绍人，就应该试着到营里去找找的，兴许营党委有记录，有党员认识他，可以证明，但当时没想那么细。可见李如虎在心里把这件事细密地思虑过多少遍了。

时间不早了。我们买的是下午五时从成都飞南京的机票，原计划是在成都或都江堰再逗留一天，坐火车回南京，李副主任接到团政治部值班室的电话说，上级通报成都发现一例输入性禽流感，让我们尽快赶回去，不然，将对我们进行隔离检查。那些日子，各级对传染性疾病谈虎色变。隔离的滋味我和李副主任都尝过，耽误工作不说，限制自由仅次于关禁闭。为了不再上演曾经的尴尬故事，我们决定坐飞机早点赶回去。

李如虎拄着拐杖硬撑着送我们到门口时又说，手帕是解放临汾，我们团被命名为"光荣的临汾旅"的纪念物，也是他第二次入党的一件信物，要拿出来可以，组织上必须承认他的第一次入党。

一直没说话的李添翼坚持把我们送上车。临别时他说，平日老头雷打不动地要午睡，今天他的生活规律全打乱了，从没见过他说过这么多话，也没见过他精神这么好过。

回到旅里，我们把李如虎关于证明党龄的事向旅首长做了汇报，旅首长听了直挠头。我把情况向集团军组织部门也做了反映，他们也没有解决办法。

李如虎隔三岔五地来电话，问完部队问首长，问完训练问伙食，闲聊一会儿后总要问他党龄的事落实得怎样？

我支支吾吾顾左右而言他。隔上段时间，我就给他寄去一两件和我们部队有关而不涉及秘密的东西，如我们公开出版的战史《光荣的临汾旅》，一盘老兵退伍纪念光碟，或一张刊有我们部队事迹的驻地报纸和几张历史陈列馆照片等。我的想法是希望老人淡忘那件事，不要再提及。可是每次事与愿违，他收到东西后，肯定会来电话，而且话比平时多。每次都要叹息一番，咋就不承认他的第一次入党呢，整整五年党龄呀，他又没犯啥错误。

那年底，老兵退伍。我们部队有百十个四川成都周边的退伍老兵，军务部门在挑选送兵干部时，我主动报名，要求去成都方向。送兵不像接兵，时间短，老兵各具心态，要把每个老兵顺利安全送回家，比接兵压力更大。

我把老兵安全送达，交给当地人武部后，又来到都江堰，来到李如虎家。这次，李如虎见到我如见阔别多年的亲人，好几次说着说着，拉住我的手久久不愿松开。

晚上，我住李如虎家，和李添翼同床而卧。那天晚上，李添翼和我谈到很晚。他说，这些年来，老头为了落实党龄，到处写信，反映情况，均如泥牛入海。为此家里人很不理解，党龄又不是工龄、军龄、干龄，又不影响工资待遇，更不影响吃呀喝呀的，每当儿女们这么劝他，定会招来他大声斥责。

老头因为党龄的事，十几年前还回过一次老部队，就住在南京东

郊一座部队干休所他的一个老战友家里。在老部队政治部值班室里，值班员用一次性纸杯给他倒了一杯水，问了几句简单情况后就自顾自忙开了。半天没人理他，直到吃午饭的时候，干部科一个姓陈的干事把他领到机关食堂，打了一份饭，并塞给他两百块钱，很严肃地叮嘱几句就没了踪影。那位陈干事可能把他当作找麻烦的人了。老头吃完饭后，把那两百块钱连同饭钱压在碗下，一声不吭地走了。从老部队回来后，他情绪低落很多天，家里人再也没听见他提他的老部队怎么样。这些"内幕"是李添翼无意中听到老头和他一位战友悄声提起的。老头去老部队并不是为了钱，这些年来全国各地各种灾害发生，老头先后捐款二十万，把自己的毕生积蓄都捐了出去。

李添翼还说，老头十几年前就查出胃癌，动过手术，做过化疗。最近又查出肝癌，而且是晚期，恐怕来日不多了，让我设法帮帮他，哪怕是哄哄也行，让他在最后的日子里有个寄托，每天有个盼头。

我心情沉重地答应了。

第二天早上，我热情洋溢很有把握地对李如虎说，这件事我回去马上拟定方案，拿出报告，上级首长签字后就办，争取早一点办好。这几句话我绕了半天，说得脸红心愧。

李如虎高兴得像小孩，撑着拐杖，用力站起，颤悠悠地走进里屋。不一会儿拿出一个红绸小包，放在茶几上，层层打开，展现在眼前的手帕是：大小和今天商店里卖的差不多，有半张洗脸毛巾大，面料是粗而厚的家织布，四周用细密的针脚锁边，在手帕的一角用红线歪歪斜斜地绣着几个字:"光荣的临汾旅"。字不漂亮,但绣得认真细致。手帕已变得微黄,有几处折痕变得像泥土一样黄,上面红线的颜色已经很淡很淡,淡得泛出白色。整个手帕没有起毛,没有磨损,没有任何污垢,看得出从没用过。

诸如此类纯手工绣品我似曾相识。十几年前我当兵来到临汾旅时,临汾人民送来的慰问品中就有鞋垫、手帕,上面的字如"最可爱的人""人民子弟兵""光荣的临汾旅"等,和眼前手帕上的字差不多,不同的是面料要"现代"多了。每年6月4日,我们部队命名日,临汾市会派人来慰问官兵。现在,他们送来的慰问品中,依然有鞋垫、手帕等,但大都是流水线上的工业制品,比以前美观大方了,但大家很少再把它作为纪念品珍藏。

我把手帕小心叠起包裹好,妥贴地装在贴身的口袋里,似乎强烈地感觉到另一颗心的跳动。那块手帕尽管没能在我们部队命名纪念大会上展示,但能进入旅史馆作为珍贵文物在醒目位置展陈,让更多后来者触摸历史温润的细节,这就足够了。

我回到部队,李如虎依然不时来电话,但间隔时间越来越长。这时李如虎来电话闭口不谈他党龄落实的事情,只是问部队的情况,他那块手帕摆放在陈列馆的哪个地方,旁边的解说词怎么写。其实,这些我已经拍成照片,甚至录像刻制光盘给他寄过去了。有时候我主动提及说,老首长,您落实党龄的事我们已形成报告请首长签字了,或已经上报上级组织部门了。这中间间隔最长的一次近两个月,老人在

电话中声音嘶哑，说几句就喘得厉害，里面还传来：××床打针啦。

最后一次电话是李如虎的儿子李添翼打来的，当时我正在湖南老家休假。李添翼在电话里低沉地说，老头去世了。临终前叮嘱说一切从简，不举行追悼会，不举行遗体告别仪式。他给我打电话的意思是告诉老部队一声，老头走了。

我坚持要赶去送老人最后一程。那天，参加遗体告别仪式的人很少，就老人所在干休所的几个工作人员和老人十来位直系亲属，不到二十人，场面冷清。

李添翼告诉我，老头临终遗言：他落实党龄，最主要的是为了证明他几位战友，他们曾经存在过且为自己的信仰战斗过，直到牺牲。

我捧着印有李如虎生平简历的纸张，一张薄而粗糙的16开纸，简历上李如虎的入党年月仍然是1948年6月。我用签字笔改成1943年6月，在殡仪馆的一个角落，我掏出打火机点燃纸片。暗红色的火光很快将纸片吞噬成几朵黑色的花朵，一阵风吹来，如蝶随风。

旅史馆建成顺利开放后，主任告诉我，我的命令放在通信营的通信修理所，后转到工化营的工兵修理所，技术十级（少校正营），助理工程师。人还待在政治部机关继续写材料、写新闻，偶尔干点跑腿打杂的活。如果说当兵如"陶土"过了一回火，再也回不到土的样子，那么我有幸参加旅史资料收集整理也是淬火一回，我完成了组织交给的任务，冥冥之中也完成了自己"化蛹成蝶"的生命升华。我心怀喜悦地再一次找到主任，希望年底能转业，但我会珍惜穿军装的日子，留队一分钟干好六十秒，后一句话是老兵退伍前的宣传语。主任说不要多想，干好工作是你的事，考虑成长进步是组织的事。

第二年秋天，南京军区筹建军史馆，得知我对军史稍有了解，又有点布展方面的经验，想借调我过去帮助工作。我说，如果是尊重我个人意见，我不愿意去，如果是组织命令，我服从。当时找我谈话的司令部编研室王主任听了，谦和地笑着说，我们会结合各方面因素慎重考虑。军区政治部宣传部领导可能看到我发的一些"无稽之谈""小说家言"，先是悄悄了解我的情况，后来是正儿八经组织座谈，原计划是由我们主任叫上几个人随便聊聊，没想到那天在家的旅领导都参加了，据传把我说得金光闪闪，如果我本人在场，肯定大汗淋漓地从座位上栽倒在地。负责考察的金处长说，军区机关调人有几点基本原则：第一学历全日制本科，担任过营连主官、有两年的军、师以上机关工作经历。他说对照条件我似乎不太符合，但看在我发表了那么多文章，以及旅领导班子集体出动的面子上，他们会认真对待，如实汇报。不久，我调到军区宣传部。再后来，我进入军区政治部文艺创作室担任专职文学创作员。

临汾旅历史陈列馆改造建成庆典，很多老首长老前辈喜气洋洋地回来了，张罗着合影时，我没有迅速跑到一侧最后排露下脸；布展时，也没有"私自"地把自己的形象挂在墙上，幻想达到"不朽"。和平年代的照片，上谁的，不上谁的，上几张，那可得上升到一定高度的讲究。至于体现当下军营火热生活的"群像",照片精彩就行了,有几个营连主官把他们开展篝火晚会、知识竞答、篮球比赛等照片塞给我,希望能登入"庙堂",给各级首长留个印象。我参加旅史馆建设,原以为只是一项阶段性工作,和很多突击性工作一样,完成了也就过去了。没想到那段时光竟烙刻在我心里,让我在每个梦境里奔走厮杀,大汗淋漓,多次惊醒。陈列馆的走廊里、楼梯间等空白地方需要张挂战斗英雄的画像,大的战斗战役得用油画烘托氛围,凝练视觉,场景再现的远景也要用油画。旅政治部电影组四期士官郭班长是位自学成才的画家,平常主要画长城、华表、天安门等"高大上"的题材,现在改行画战争场景油画了,用我们政委的话说,我们的画家画我们的英雄更有意义。当然还有个原因,就是外面的画家我们请不起,请来也不一定画得更好。

郭班长画油画,需要原型,也就是"模特"。上连队找那些形象俊朗、骨骼雄健的战士,坐不到一会儿,他们就屁股上长尾巴一样跑了。那些日子营盘里有个谣传,军区某位画家在酝酿画一位烈火中永生的战斗英雄时,一次来我们部队采风体验生活,看到某连一位战士训练时倔强拼命的样子,心有所动,当即就请他当模特。没过多久,我们部队外出驻训,由于当地老乡清明上坟时用火不慎,引发森林火灾,那位战士在救火中壮烈牺牲。有联想丰富的人把这两件事联系起来,认为是大画家把战士的"魂"勾走了。难怪没人愿意给郭班长当模特,实在找不到人,那就我来吧。郭班长画的战斗场景,上面的主要人物是我们旅史上有名的战斗英雄。他作画"头悬梁，锥刺股"般的刻苦，身上涂抹的油彩如同刚从火线上下来，有点怀疑他在玩行为艺术。他说，想尽可能地还原历史的真实，艺术地再现枪林弹雨、炮火纷飞的激烈战斗，表现出我旅官兵"猛狠拼犟"的战斗精神。可是看过郭班长油画的都说，上面的人像是泥巴捏的，骨骼、肌肉和神态没有画出来，很多人看起来一个样，都是圆溜溜的。这怪不得郭班长，主要怨我，作为人物原型，长得确实寒碜，因为胖，每次五公里考核，即使跑得脱虚，也只能勉强及格。

我在几幅油画上声嘶力竭地呐喊、奔跑、厮杀，我的大刀、刺刀上血淋淋的，血珠子直滴，真怀疑我的魂也被郭班长的画笔"勾"走了。记不清多少次和旅史上那些老首长、老前辈并肩战斗，和他们一起行军、投弹、爆破、射击、冲锋、号房子、睡门板、分伙食尾子，在如豆的油灯下躺在稻草堆上说说笑笑。我和他们好像认识了很多年，我似乎就是他们中的一员，又好像刚加入他们的队伍。我心里忐忑拘束，他们都知道我来自七八十年后的部队，在我眼里，他们是传统教育课上威名赫赫的老首长、老前辈。我开始不敢喊李长胜、王黑塔、王石蛋、李如虎、刘蚂蚁、牛椅子、陈长子等，一个个耳熟能详、久远又鲜活的名字，我见到谁都叫老首长，就像刚入伍的新兵见到老兵都叫班长，见到干部都叫首长。后来，我和他们一起光溜溜地在井边冲凉，他们身上各式各样的伤疤在晶莹水珠中，像勋章一样闪闪发亮。我们一起嘻嘻哈哈卷老旱烟抽，大尺度的笑话无所顾忌地爆响，飞扬。他

们很愿意和我一起闲聊，隐隐希望我能把他们不怕死、重情重义，是一条真汉子的故事传下去，告诉后人。他们中很多人没有我们后来所总结宣传的那些崇高主义与远大理想，他们就想有吃有穿，安心过踏实日子，他们希望子孙后代也能把日子过踏实，不要担惊受怕，不要缺衣挨饿。他们中也有人悄悄说别人的闲话，说谁打仗耍滑头，谁第一次听到炮响尿裤子了，谁偷看女人洗澡，帮房东寡妇干这干那，后来弄得扯不清。他们更喜欢听我讲现在的部队，在露天大会上我面对几千人，毫不怯场地讲过几次，大多是平常一群人围着我，听我眉飞色舞地讲，我在他们跟前完全忘记了保密，我的口才从来没有那么好过，口若悬河地讲我们的国家已经变得如何强大，人民如何幸福，生活条件如何好，科技如何先进，我们不但有陆军，还有海军空军火箭军天军战略支援军，有各种各样的飞机、舰艇、航母、导弹……嗨！你那门当宝贝疙瘩一样的小钢炮算什么，我们的"激光炮"才牛呢！当然，那些原理什么的，他们听不懂，我也解释不清。反正，总之，现在我们国家厉害得不得了，让欺负我们的"小鬼子"们瑟瑟发抖，想拉帮结派地对付我们。老首长、老前辈们听得默不作声，眼睛发直，好一会儿三三两两地走开，有的又哭又笑，有的又喊又跳。我理解只有经历深切苦难的人们，才有如此感受和举动。

我和旅史上的老首长、老前辈在一起，很多时候我是糊涂的，不知是我穿越到了他们的空间，还是他们闯进我的梦境？铁马冰河入梦来，我陷入多前年的战争旋涡，触摸传说。